Arena-Taschenbuch
Band 50885

Weitere Bücher von Mirjam Mous im Arena Verlag:

Room 27

Boy 7

Last Exit

Data Leaks (1) – Wer macht die Wahrheit?

Data Leaks (2) – Wer kennt deine Gedanken?

Mirjam Mous,
geboren 1963 in Made in den Niederlanden,
arbeitete als Sonderschullehrerin, bevor sie hauptberuflich
Schriftstellerin wurde. Sie schreibt Bücher für Kinder und Jugendliche
und ist besonders bekannt für ihre mitreißenden Thriller. »Boy 7«
ist ihr erster Jugendroman, der verfilmt wurde.

Mirjam Mous

Password

Zugriff für immer verweigert

Aus dem Niederländischen
von Verena Kiefer

Informationen zu Unterrichtserarbeitungen unter www.arena-verlag.de

FSC
www.fsc.org
MIX
Papier | Fördert
gute Waldnutzung
FSC® C110508

4. Auflage als Sonderausgabe im Arena-Taschenbuch 2023

Rottendorfer Str. 16, 97074 Würzburg
Die Originalausgabe erschien 2012 unter dem Titel »Password«
bei Van Holkema & Warendorf, Houten.

Aus dem Niederländischen von Verena Kiefer
Covergestaltung: Marina Matschuck unter Verwendung des
Originalcovers von Frauke Schneider
Umschlagtypografie: KCS GmbH · Verlagsservice & Medienproduktion,
Stelle/Hamburg
Gesamtherstellung: Westermann Druck Zwickau GmbH
ISSN 0518-4002
ISBN 978-3-401-50885-6

Besuche uns unter:
www.arena-verlag.de
www.twitter.com/arenaverlag
www.facebook.com/arenaverlagfans

Teil 1
Wie es begann

I have a bad feeling about this

(Star Wars Episode 1, The Phantom Menace)

1.

Die unerklärlichen Ereignisse begannen am Samstag, dem elften Mai, kurz nach zwei Uhr am Nachmittag. Mick stand im Badezimmer und pinkelte. Er war bei Jerro, seinem besten, oder besser gesagt, seinem einzigen Freund. Jerro hatte nicht nur ein eigenes Klo, sondern auch eine Badewanne, eine Dusche und zwei Waschbecken mit einem gewaltigen Spiegel. Anfangs hatte Mick das total seltsam gefunden: ein Schlafzimmer mit angrenzendem Privat-Badezimmer für einen Jungen, der noch zu Hause wohnt. Aber man gewöhnt sich an alles. Sogar an die eingebauten Lautsprecher – so konnte man zur Musik pinkeln.

Mick nickte im Takt des mitreißenden Rhythmus und summte mit. Plötzlich sang Christian Burns mitten in *keeps me breathing through the storm* deutlich lauter. Vermutlich hatte Jerro das Radio noch weiter aufgedreht.

Sympathisch, fand Mick. Während er noch die letzten Tropfen abschüttelte, drückte er schon die Spültaste. Dann knöpfte er sich die Hose zu und betrat das Schlafzimmer.

Jerro lag bäuchlings auf dem Bett. Sein Kopf war seitwärts gedreht und seine rechte Wange ruhte auf der Bettdecke. Gerade hatte er noch gelesen, aber jetzt hielt er die Augen geschlossen. Das machte er öfter, wenn er konzentriert zuhören wollte. Um ihn nicht zu stören, lehnte sich Mick an die Wand und wartete, bis *The light between us* zu Ende war. Gleich darauf dröhnte die neue Single von Jan Smit durch das Zimmer.

Die Schnulzbacke war echt nicht zum Aushalten!

Mick löste sich von der Wand, hielt sich die Ohren zu und ging zu Jerro. »Jan greift an! Jan greift an!«, rief er und tat dabei, als hätte er heftigste Schmerzen.

Jerro reagierte nicht, nicht einmal mit einem unterdrückten Lachen. Er blieb regungslos liegen, als wäre er bewusstlos.

Ein Scherz natürlich.

Wirklich?, flüsterte eine beunruhigte Stimme in Micks Gehirn. Sicherheitshalber schüttelte er Jerro an der Schulter, erst leicht, dann immer fester, bis er schließlich verzweifelt mit beiden Händen an Jerro rüttelte und über den nervtötenden Lärm der Musik hinweg brüllte: »Hör auf, das ist nicht mehr witzig!«

Es half nicht im Geringsten. Mick hätte genauso gut einen Sack Kartoffeln schütteln können. Eine ganze Lawine beunruhigter Stimmen löste sich und schoss durch seinen Kopf. Dann ergriff ihn die Panik.

Er rannte aus dem Zimmer. Zumindest versuchte er das, aber seine Beine hatten sich in Teig verwandelt, er konnte nur noch stolpern. Er riss die Tür auf und schleppte sich nach draußen auf den Treppenabsatz. »Herr Prins, Frau Prins!«

Trottel. Die waren doch nicht da.

»Kasia! Alfred! Wer auch immer!«

Er schaute über das Geländer, sah aber niemanden in der riesigen Diele.

»Kommt schnell! Es ist was mit Jerro!«, rief er jetzt noch lauter.

Noch immer keine Reaktion. Zum ersten Mal in seinem Leben hasste Mick das Haus von Familie Prins. Wenn jemand bei ihm zu Hause pupste, konnte man das buchstäblich bis zum Speicher hören. Aber in diesem Palast mit seinen hohen

Decken, breiten Fluren und geräumigen Zimmern war jedes Geräusch wie ein Stein, der auf ein Kissen fiel.

Es half übrigens auch nicht gerade, dass Jan Smit noch immer weiterplärrte.

Auf noch immer teigigen Beinen ging Mick ins Schlafzimmer zurück.

Ruhig bleiben. Kühlen Kopf bewahren. Erst mal musste er dieses dämliche Radio zum Schweigen bringen.

Mit einem Druck auf die Taste war das erledigt. Dann stand er wieder am Treppengeländer.

»Jetzt hilf mir doch mal einer!«, schrie er fast verzweifelt.

Die Diele blieb weiterhin wie ausgestorben.

Was sollte er nur machen? Wenn er Hilfe holte, würde er Jerro allein lassen müssen. Und wer weiß, wie lange es dauerte, bis er jemanden gefunden ha...

Anrufen! Er konnte einen Rettungswagen rufen!

Mick tastete in der Hosentasche nach seinem Handy.

Nicht da!

Zum zweiten Mal ging er ins Schlafzimmer zurück. Jerro lag noch immer unverändert auf dem Bett. Mick überkam ein Brechreiz. Wo war dieses verflixte Telefon?

Der Schreibtisch! Hastig schob er Bücher und Hefte zur Seite. Manche fielen mit einem Knall zu Boden. Jerros Kalender. Aber kein Telefon. Mick ließ seinen Blick durchs Zimmer schweifen. Boden, Schrank, Wand. Dort! Auf der Fensterbank!

Seine Hand war klamm vor Schweiß.

Eintippen. Erst die 1...

Sein Zeigefinger schien einem anderen zu gehören. Ein unwilliger Körperteil, den er fernsteuern musste.

Noch einmal die 1.

Plötzlich tauchte Kasia, die polnische Haushälterin, in der

Tür auf. Wie immer war sie auf einmal da – wahrscheinlich trug sie Spezialschuhe mit geräuschlosen Sohlen, denn man hörte sie nie kommen.

Mick weinte fast vor Erleichterung. »Jerr...« Mit einem Kopfnicken wies er zum Bett. »Ich rufe die 112.«

Augenblicklich zog Kasia Mick das Telefon aus der Hand. »Ich rufe an. Du sag Carl, Tor aufmachen.«

Mick musste kurz umschalten und blieb einen Moment reglos stehen.

Kasia setzte sich auf das Bett und fühlte Jerros Puls. Das Telefon hatte sie geschickt zwischen Schulter und Ohr geklemmt, so konnte sie unterdessen die Rettungszentrale informieren. Sie nannte Jerros Namen, sein Alter und die Adresse. »Lebt noch, schneller Herzschlag, sehr krank. Rettungswagen soll schnell kommen...«

Mick hätte sich schlagen können – gleich stand der Wagen am Tor und es war immer noch zu!

Er rannte aus dem Zimmer. Eile und Aufregung passten nicht gut zusammen. Er nahm die Kurve auf dem Treppenabsatz zu eng und stieß sich die Schulter am Türpfosten, rutschte fast von der Treppe und wollte durch die Haustür, bevor er sie weit genug geöffnet hatte.

Draußen schien die Sonne, als wäre nichts passiert. Mick rannte über das frisch gemähte Gras, am rechteckigen Teich mit den Koikarpfen vorbei und die Auffahrt hinunter. Der Kies knirschte unter seinen Schuhen. Er war kein athletischer Typ. Sein Herz wummerte und er hörte sich keuchen. Zum Glück machte der Weg schon bald eine Rechtskurve. Er rannte um die Koniferen herum und das Pförtnerhäuschen kam in Sicht.

Carl hatte ihn anscheinend kommen sehen, denn er wartete schon davor.

»Es ist was mit Jerro!«, rief Mick. »Wir haben einen Krankenwagen gerufen. Mach das Tor schon mal auf, dass er gleich durchfahren kann!«

Carl verschwand im Häuschen und wenig später schob sich das riesige elektronisch gesteuerte Tor zur Seite. Als Mick es zum ersten Mal gesehen hatte, war ihm sofort der Name *Stargate* in den Sinn gekommen. Ging man durch das Tor, verließ man die normale menschliche Welt und betrat die Welt der Sterne. Na ja, nicht dass man Jerros Eltern aus Film und Fernsehen kennen würde oder so, aber das Unternehmen von Herrn Prins war ziemlich berühmt und deswegen schwammen sie wie echte Hollywoodstars im Geld.

Mick betrat die Normalwelt und spähte die Straße hinunter. Carl stellte sich schweigend neben ihn, die Füße breit auseinander und unverrückbar. Seine Ausstrahlung war durch und durch unfreundlich, aber vermutlich nur, um eventuelle Eindringlinge abzuschrecken.

Mick presste die Fingernägel in die Handflächen. Wo blieb der Rettungswagen bloß?

Trotz der warmen Sonnenstrahlen auf seinem Rücken wurde ihm kalt. Was war mit Jerro passiert, während er im Badezimmer gewesen war? Kurz davor schien noch alles in Ordnung gewesen zu sein. Jerro hatte sich nicht schlecht oder krank gefühlt. Konnte man denn einfach so ...?

Mick dachte an einen Comic, den er gerade gelesen hatte. Über außerirdische Spinnen, die einem heimlich unter die Kleidung krochen und alles Leben aussogen.

In der Ferne ertönte eine Sirene.

Endlich!

Mick lief schon mal die lange Auffahrt wieder hoch. Er musste sich beeilen, damit er rechtzeitig an der Haustür war und den Rettungsleuten den Weg zeigen konnte.

Das Gesicht des Fahrers ließ Mick an eine Mondlandschaft voller Krater denken und der Sanitäter hatte so große Hände, dass er eher wie ein Bauarbeiter wirkte.

»Ich bringe euch zu Jerros Zimmer«, sagte Mick.

Wenig Chance. Kasia stand schon in der Halle und übernahm die Regie.

»Kommen Sie.« Wie ein Verkehrspolizist winkte sie mit beiden Armen. »Schnell, kommen Sie.«

Mondkrater und Pranke gingen mit der Trage die Treppe hinauf. Mick wollte ihnen folgen, aber Kasia kommandierte: »Du hier bleib.«

Micks Erleichterung wich dem Ärger. Hallo? *Er* hatte Jerro gefunden. Er war *sein* Freund. Dann wurde ihm aber bewusst, dass Jerro es nicht wirklich merken würde, ob er dabei war oder nicht.

Außer wenn er gleich zu sich kam, dann schon!

»Ich will mit ins Krankenhaus«, sagte Mick, sobald sie mit Jerro auf der Trage vorsichtig die Treppe hinunterkamen.

»Gehörst du zur Familie?«, fragte Mondkrater.

»Nein, das nicht, aber ...«

»Im Rettungswagen dürfen nur Angehörige mitfahren«, sagte Pranke.

Tränen juckten hinter Micks Augen. »Aber seine Eltern sind das ganze Wochenende über weg. Wenn ich nicht mitdarf, ist Jerro nachher ganz allein, wenn er wieder zu sich kommt.«

»Tut mir leid. Regeln sind Regeln.« Pranke lächelte wie Herr Buiks, der Mathelehrer, wenn Mick eine Aufgabe nicht verstand. »Aber ich verspreche dir, dass wir gut für ihn sorgen werden.«

Kasia legte ihre schlanke Hand auf Micks molligen Arm. Das beruhigte ihn gerade so weit, dass er nicht explodierte.

Jerro wurde ins Freie gerollt und in den Rettungswagen

geschoben. Die Türen knallten zu. Micks Blick fiel auf das Nummernschild. Die letzte Buchstabenkombination war MS. Mick Schipper, dachte er automatisch. Dann vergaß er es sofort wieder.

Die Männer stiegen ein und die Sirene heulte auf. Die Räder wühlten sich tief in den Kies, Steinchen spritzten und dann fuhren sie mit einem Affenzahn davon.

Kasia schloss die Haustür. Nach all dem Lärm und der Aufregung von eben schien es plötzlich ohrenbetäubend still in der Halle zu sein.

»Du besser nach Hause gehen«, sagte Kasia dann. »Ich Herrn und Frau Prins rufe an.«

Mick nickte, aber er hatte andere Pläne. Jerros Eltern waren in London. Es würde noch eine ganze Weile dauern, bis sie im Krankenhaus sein konnten. Zum Glück war er am Morgen mit dem Fahrrad gekommen. Wenn er kräftig in die Pedale trat, konnte er in einer Viertelstunde bei Jerro am Bett sitzen.

Das Krankenhausgebäude bestand aus grauen Steinen und jeder Menge Glas. Der Eingang war komplett verglast und hatte eine Drehtür, die sich aufreizend langsam bewegte. Mick wich einem Mann mit Krücken aus und eilte zum Informationsschalter. Hinter einem Bildschirm saß eine Frau. An ihrem rechten Schneidezahn funkelte ein kleiner Diamant.

»Hallo«, sagte sie. »Kann ich dir helfen?«

»Mein Freund wurde gerade mit dem Rettungswagen hier eingeliefert.« Mick war noch außer Atem vom Radfahren. »Jerro Prins. Ich wüsste gern, wie es ihm geht.«

»Hm.« Sie tippte etwas in ihren PC. »Jerro Prins, sagtest du?«

»Ja.« Mick nickte, dass ihm fast der Kopf abfiel.

»Tut mir leid, aber bei uns wurde niemand mit diesem Namen eingeliefert.«

2.

Micks Gedanken schwammen immer dieselbe Runde. Das konnte nicht wahr sein. Es gab nur ein einziges Krankenhaus in der Stadt. Und das hatte auch keine Zweigstelle.

»Würden Sie bitte noch einmal nachschauen?«, fragte er heiser. »Jerro Prins. Er ist so alt wie ich. Fünfzehn. Ich war dabei, als er abgeholt wurde.«

Die Frau schaute wieder in ihren Computer. »Tut mir leid.«

Micks Knie waren weich. Er suchte Halt am weißen Kunststofftresen.

»Ich frage noch in der Notaufnahme nach. Manchmal herrscht da so ein Chaos...« Sie brachte ihren Satz nicht zu Ende und nahm den Hörer.

Mick drückte im Stillen die Daumen, aber als sie auflegte, konnte er es schon an ihrem Gesicht ablesen.

»Ich habe wirklich alles überprüft. Leider kann ich dir nicht weiterhelfen.« Sie sog an ihrer Lippe. »An deiner Stelle würde ich mit den Eltern von deinem Freund Kontakt aufnehmen. Vielleicht liegt er in einem anderen Krankenhaus.«

Mick wagte es nicht, noch etwas zu sagen. Er befürchtete, sofort in Tränen auszubrechen, was in einer Halle voller Zuschauer ein ziemlich schlechter Abgang wäre. Also nickte er nur und ging angeschlagen nach draußen.

Warum lag Jerro nicht im Krankenhaus?

Mick öffnete sein Fahrradschloss und versuchte sich unterdessen an logischen Erklärungen. Vielleicht hatte der Rettungswagen unterwegs einen Platten bekommen. Oder einen Motorschaden. Obwohl – Fahrzeuge von Hilfsdiensten wurden natürlich ständig überprüft und gegengecheckt. Nein, dann war es wahrscheinlicher, dass sie einen Unfall gehabt hatten. Ein anderer Verkehrsteilnehmer, der bei Grün über eine Ampel fuhr und die Sirene nicht hörte. Der Rettungswagen, der plötzlich auftauchte…

Während Mick auf dem Rad saß, rollte in seinem Kopf ein Horrorszenario nach dem anderen über die Bühne. Jerro, der aus einem Autowrack geschnitten werden musste. Eine Autoentführung, bei der es die Diebe nicht auf den Wagen, sondern auf Jerro abgesehen hatten, um anschließend einen Haufen Lösegeld von seinen Eltern zu verlangen. Eine Entführung durch Außerirdische, vermummt als Krankenhauspersonal…

Trotz seiner Sorgen musste Mick lachen. Solche Fantasien hatte man, wenn man so viele SF-Filme anschaute wie er. Er sollte lieber die Festnetznummer von Jerros Eltern anrufen und Kasia fragen, ob sie mittlerweile schon mehr wüsste. Seine Hand fuhr in die Hosentasche.

Oh nein. Sein Handy lag noch in Jerros Zimmer. Kasia hatte es ihm nicht zurückgegeben und er selbst hatte auch nicht mehr daran gedacht. Er musste warten mit dem Anrufen, bis er zu Hause war.

Mick trat fester in die Pedale. Es war lange her, dass er sich so verausgabt hatte. Eigentlich hasste er jegliche Form körperlicher Anstrengung. Sein Körper war nicht dafür gemacht. Wenn er rannte, scheuerten seine dicken Oberschenkel gegeneinander. Außerdem bekam er immer so seltsame rote Flecken ins Gesicht, als hätte ihn jemand mit der flachen Hand auf die Wangen geschlagen. Und als würde das noch nicht reichen, mussten sie während des Sportunterrichts auch noch diese lächerlichen kurzen Hosen anziehen.

Hosen, die sich spindeldürre Sportlehrer mit ADHS ausgedacht hatten, um Jungen wie Mick zu quälen.

Was war gegen einen Trainingsanzug einzuwenden?

Da war schon die Bosporuslaan. Mick bog um die Ecke und fuhr auf den Bürgersteig. Sofie arbeitete samstags bei H&M und würde erst spät nach Hause kommen. Seine Mutter war offensichtlich schon zurück von ihrem Besuch bei Oma – zumindest stand der rote Peugeot in der Einfahrt.

Er sprang vom Rad und parkte es seitlich am Haus. Die Hintertür stand offen.

»Du bist schon da?« Seine Mutter hatte ihre Jacke noch nicht abgelegt. Sie sah Mick forschend an. Manche Menschen können aus der Hand lesen, aber sie las alles vom Gesicht ab. »Ist was?«

»Jerro.« Auf einmal merkte Mick, wie müde er war. Er ließ sich auf einen Küchenstuhl fallen und beugte sich vor, bis sein Kopf die Tischplatte berührte. Er versuchte, nicht zu weinen, aber viel fehlte nicht.

»He.« Seine Mutter drückte kurz seine Schulter. »Was es auch ist, es wird bestimmt wieder gut.«

Warum wollen Erwachsene einen immer beruhigen, als wäre man noch ein Kleinkind?

»Woher willst du das denn wissen?« Mick tat seine heftige Reaktion sofort leid. Seine Mutter konnte schließlich nichts dafür, dass Jerro im Krankenhaus lag.

Wenn er denn dort lag.

Mick wollte aufstehen. »Ich muss anrufen.«

Seine Mutter drückte ihn auf den Stuhl zurück, setzte sich neben ihn und legte ihre Hand auf seine. »Jetzt erzähl erst mal in Ruhe, was los ist.«

Mick fing an zu reden. Nicht ruhig, sondern schnell. Ständig stolperte seine Zunge über die Worte. Von Jerro.

Von der Frau am Informationsschalter, die behauptete, er sei nicht eingeliefert worden.

»Und jetzt…«

»Ich rufe mal an.« Seine Mutter zog ihr Handy aus der Jackentasche und suchte im Telefonbuch. »Kasia, bist du das? Hier ist Micks Mutter. Wie möchten gern wissen, wie es Jerro geht.«

Mick sah seine Mutter an. Wie sie nickte und sich eine verirrte Haarsträhne hinter das Ohr strich. Sie sah nicht übertrieben beunruhigt aus.

»Aber er ist ins Krankenhaus gefahren und Jerro war nicht da«, sagte sie nach einer Weile.

Mick setzte sich aufrechter hin.

»Doch?« Sein Mutter schwieg wieder kurz. »Vielleicht hat er es dann falsch verstanden.«

»Was?« Mick bekam große Lust, ihr das Telefon aus der Hand zu reißen.

»Jerro ist ganz normal aufgenommen worden.« Sie schrieb mit einem unsichtbaren Kuli in die Luft.

Mick sprang schon auf, um Papier und Stift zu suchen.

»Abteilung Ost«, sagte seine Mutter. »Zimmer zwei-null-vier.«

Mick notierte die Nummer. »Ich werde ihn sofort besuchen.«

»Morgen erst?«, fragte Micks Mutter. »Aber wer ist denn bei ihm? Seine Eltern sind doch…« Sie gab ein verstehendes Brummen von sich. »Gut. Ich werde es ausrichten. Tschüss, Kasia.« Sie legte das Telefon auf den Tisch.

»Bringst du mich mit dem Auto hin?«, fragte Mick.

»Morgen.« Seine Mutter stand auf und zog die Jacke aus. »Jerro ist jetzt noch zu schwach, um Besuch zu empfangen. Sie vermuten eine Lebensmittelvergiftung. Aber du brauchst dir keine Sorgen zu machen, er ist in guten Händen. Laut Auskunft der Ärzte spricht er gut auf die Behandlung an.«

Morgen erst.

»Aber das dauert noch so lange!«, sagte Mick verzweifelt. »Ich bin sicher, er fände es schön, ein bekanntes Gesicht zu sehen. Seine Eltern sind auch nicht da und…«

Seine Mutter seufzte. »Ich weiß es, Schatz. Es ist alles ganz blöd. Aber im Krankenhaus wissen sie bestimmt am besten, was für Jerro gut ist.«

Mick unterdrückte das Bedürfnis, irgendwo gegenzutreten. Wäre er bloß nicht so ungeduldig gewesen. Er hätte einfach in der Eingangshalle des Krankenhauses warten sollen, um sich später noch einmal am Schalter zu informieren. Dann wäre Jerro doch noch aufgetaucht und er hätte jetzt höchstwahrscheinlich bei seinem Freund sein können.

»Kopf hoch, mein Junge.« Seine Mutter strich ihm durch die Haare.

Mick war ziemlich angesäuert und wich aus. »Bin kurz weg«, brummte er.

»Du gehst nicht zu Jerro«, mahnte seine Mutter.

»Nur zu ihm nach Hause. Mein Handy abholen.« Mick schlug die Hintertür mit einem Knall hinter sich zu.

Es war seltsam, allein in Jerros Zimmer zu sein. Mick sammelte die Bücher und Hefte auf, die er früher an diesem Nachmittag vom Schreibtisch geschubst hatte. Sein Handy fand er auf dem Bett und steckte es ein. Am Kopfende lag auch noch das aufgeschlagene Comicheft. Er sah wieder vor sich, wie Jerro am Nachmittag auf dem Bauch liegend gelesen hatte: auf den Ellbogen gestützt, das Kinn auf den Händen. Mick würde so schon nach wenigen Minuten Nacken- oder Rückenschmerzen bekommen, aber Jerro konnte diese

Haltung problemlos eine Stunde durchhalten. Zumindest bis heute.

In der linken Seite des Heftes war ein Knick. Wahrscheinlich hatte sich Jerro aus Versehen daraufgelegt, als er bewusstlos wurde.

Mick nahm den Comic und strich über das Papier. Das würde Jerro bestimmt nicht gut finden. Er bewachte seine Comicsammlung wie Goldbarren. Nur Mick lieh er manchmal ein Heft aus. Eine echte Ehre, aber auch eine Last, denn Jerro sagte immer dazu: »Ich schieße dich auf den Mond, wenn ich es nicht heil zurückbekomme.«

»Ach«, antwortete Mick dann. »Es gibt blödere Orte, an die man geschossen werden könnte.«

Er schloss das Heft. Legte es auf den Schreibtisch und stapelte andere Bücher darauf, in der Hoffnung, den Knick so zu glätten. Währenddessen dachte er an die Frau am Infoschalter. Sie hat sich einfach geirrt, versuchte er, sich selbst zu beruhigen. Aber das unangenehme Gefühl, dass da irgendetwas nicht stimmte, blieb in seinem Magen.

Teil 2
Zwei Jahre und acht Monate vorher

There's only one hacker in the world
who can break this code...
(Transformers)

1.

Montagmorgen. In fünf Minuten würde es zur ersten Stunde klingeln. Mick hatte gerade sein Fahrrad untergestellt und ging mit gesenktem Kopf auf den Schulhof, während er mit aller Kraft versuchte, sich unsichtbar zu machen. Er war erst seit einem Monat in der Orientierungsstufe der Prismaschule, aber ihm kam es vor wie ein Jahrhundert. Daran waren Lex Hartman und seine drei Klone schuld. Vom ersten Tag an hatten sie es auf Mick abgesehen. Sobald er in die Nähe kam, gaben sie Grunzlaute von sich. Sie nahmen ihm seine Schulbrotbox ab und warfen den Inhalt in den Müll. Beim Duschen nach der Turnstunde spritzten sie sein Handtuch nass, sodass er sich mit seinem T-Shirt abtrocknen musste. Seine Fahrradreifen hatten schon mehrfach auf mysteriöse Weise keine Luft mehr gehabt und letzten Freitag hatten sie sein Mäppchen ins Klo geworfen. Und warum? Mick hatte keine Ahnung. Und das war vielleicht das Allerschlimmste. Wenn man nicht wusste, was man falsch machte, konnte man auch nichts daran ändern. Also hielt er sich möglichst bedeckt.

Leider. Er hatte den Fahrradunterstand vor kaum drei Sekunden verlassen und schon war sein Unsichtbarkeitsmodus auf null gesunken.

»Ha, da ist ja unser Mümmelchen mit seinem Pimmelchen!«, erklang es von der Seite.

Pieter – Lex' Hauptsklave.

Mick tat, als ließe ihn die Bemerkung kalt, aber innerlich krümmte er sich.

Nicht reagieren. Einfach weitergehen.

Unterdessen beobachtete er das Grüppchen aus den Augenwinkeln. Sie trugen allesamt schwarze Hosen, weiße T-Shirts, schwarze Trainingsjacken und weiße Sneakers. Es sah aus, als gehörten sie zu einem Sportteam. Anführer Lex schlug Pieter wohlwollend auf die Schulter. Die Jungs, die dabeistanden, lachten wie in einem B-Movie. Hassan zeigte mit Daumen und Zeigefinger den Durchmesser eines Cocktailwürstchens.

»Kleiner«, sagte Yannik. »Ganz viel klei...«

»Guckt mal dahinten.« Lex machte eine Kopfbewegung zum Tor hin.

Ein großer, blitzender Mercedes mit verspiegelten Scheiben. Pieter schnalzte mit der Zunge. Ausnahmsweise musste Mick ihm recht geben; das war wirklich ein toller Wagen.

Der Fahrer stieg als Erster aus. Er war so kahl wie eine Billardkugel und trug einen schmal geschnittenen Anzug und eine Sonnenbrille. Mick tippte darauf, dass der Mann nicht nur Fahrer, sondern auch Bodyguard war. Sein Blick war wachsam und seinem Körper war regelmäßiger Sport anzusehen. Er trat seitlich an den Wagen, schaute sich gründlich um und öffnete dann die hintere Tür.

Der ganze Schulhof hielt den Atem an. Alle Augen hingen mit imaginären Fäden an dem Mercedes. Auch die von Mick. Er erwartete, irgendeine Berühmtheit aussteigen zu sehen, aber es war ein ganz normaler Junge.

Na ja, normal...

»Wer ist das?«, hörte Mick jemanden fragen.

Der Junge schlenderte mit seinem Bodyguard zum Eingang der Prismaschule. Seine schwarzen Haare reichten ihm fast bis zur Schulter und sie waren auf eine Weise strubbelig, dass sie nicht unordentlich, sondern cool wirkten. Er trug eine Jeans der Marke *Blue Blood,* ein Shirt, auf dem in roten Buchstaben ALDEBA-RAN stand, und silberne Sneakers. Von einer Schulter baumelte ein Rucksack von Björn Borg und am Handgelenk glänzte eine Rolex.

Alle starrten ihn an – neidisch, bewundernd oder beides zusammen. Fransje stieß sogar einen kleinen Schrei aus.

Dann ertönte die Klingel.

Sehr schön. Niemand achtete mehr auf den dicken Jungen aus der 1 B.

Mick eilte ins Gebäude.

Mitten in der Mathestunde ging die Tür auf und Direktor Harkema streckte den Kopf herein. »Entschuldigen Sie die Störung, Herr Buiks. Aber ich habe hier einen neuen Schüler.«

Bestimmt wäre Harkema lieber Quizmaster als Direktor geworden, denn er machte aus allem ein Spiel. Außerdem trug er Anzüge in schreienden Farben, immer mit einer idiotischen, aber dazu passenden Fliege – an diesem Tag war es eine kanariengelbe mit kleinen roten Punkten.

Buiks hatte seinen Stift kaum auf den Rand des Whiteboards gelegt, als Harkema auch schon seinen Act startete. Er schwenkte die Tür ganz auf, schob jemanden hinein und holte weit aus: »Darf ich vorstellen? Jerrro Prrrins!«

Es war der Junge aus dem Mercedes mit den verspiegelten Scheiben.

Harkema schaute mit strahlendem Gesicht in die Klasse. »Ich hoffe, ihr alle werdet dafür sorgen, dass er sich so schnell wie möglich auf unserer wunderbaren Schule zu Hause fühlt.«

»Ganz bestimmt!«, rief Fransje und blinzelte mit ihren Rehaugen.

Sicher nicht, dachte Mick mit einem schrägen Blick auf Fiesling Lex.

Harkema verschwand mit einer kleinen Verbeugung, als erwarte er Applaus.

Buiks gab Jerro die Hand und nannte seinen Namen. »Setz dich. Wir arbeiten gerade an Tabellen.«

Nur neben Mick war noch Platz.

»Pass nur auf, dass du keine Schweinepest kriegst«, flüsterte Yannik.

Mick schaute zu Buiks, aber der war auf einmal taub. Es passierte öfter, dass Lehrer so taten, als schauten sie gerade in eine andere Richtung, wenn ein Schüler schikaniert wurde. Mick fragte sich, ob es einfach eine Frage der Bequemlichkeit war oder ob sie insgeheim befürchteten, selbst zur Zielscheibe zu werden.

Jerro zog seine Sachen aus dem Rucksack. Ein Mäppchen, ein Heft, ein Mathebuch und einen Comic. Augenblicklich begann er, darin zu lesen.

Drei Minuten, dachte Mick. Höchstens.

Aber Jerro wurde nicht erwischt. Wenn Buiks ihm eine Frage stellte, gab er sofort die richtige Antwort, als wäre er ein Mathegenie. Und wenn der Lehrer näher kam, legte Jerro geschickt sein Mathebuch über das Comicheft. Micks Bewunderung wuchs mit jeder Sekunde.

Nach Mathematik hatten sie Englisch in einem anderen Klassenraum. Mick hatte sich gerade hingesetzt, als Lex vorbeikam. Er erstarrte. Ja, klar, schon war es wieder da: dieses ekelhafte Grunzen, das ihn manchmal bis in seine Träume verfolgte.

Jerro hörte es auch und sah Lex mit einer hochgezogenen Augenbraue an.

»Was?«, schnauzte Lex.

»Ich fragte mich, ob du der schwachsinnige Cousin von Babe bist oder ob du doch vielleicht eher dem Bruder von Miss Piggy ähnelst«, sagte Jerro.

Lex wurde rot. Dunkelrot sogar, als ein paar Mädchen kicherten – Fransje am lautesten von allen.

»Scher dich um deinen eigenen Kram«, sagte Lex so cool wie möglich. »Ich hab nicht mit dir gesprochen, sondern mit diesem fetten Ferkel da.« Er nickte zu Mick hinüber, der versuchte, die Worte wie Wasser an sich abperlen zu lassen. Sobald sie merkten, dass man verletzt war, hörten sie überhaupt nicht mehr auf.

»Ihn hab ich nicht grunzen hören.« Jerro legte seinen Rucksack auf den Tisch. »Also wenn hier jemand einem Schwein ähnelt…«

Lex suchte Unterstützung bei seinen drei Klonen, aber zu Micks großem Erstaunen guckten sie, genau wie Buiks vorhin, ganz zufällig in eine andere Richtung. Jerros Verhalten nötigte offensichtlich Respekt ab. Oder lag es an der Rolex, dem Mercedes und dem Bodyguard? War ja auch völlig egal – nur das Ergebnis zählte: Lex gab sich geschlagen und setzte sich mit mürrischem Gesicht hinten ins Klassenzimmer!

»Danke«, flüsterte Mick, der sich kurz wie eine Art Superman fühlte.

Jerro zuckte die Schultern.

Es klingelte zur Pause. Alle wollten so schnell wie möglich raus. Oder besser gesagt: alle außer Mick. Er hatte sogar eine spezielle Trödeltechnik entwickelt, bei der er übertrieben langsam seine Tasche einräumte oder so tat, als ob er etwas vergessen oder verloren hatte. Die Lehrkraft, die den Klassenraum abschließen musste, spielte unterdessen ungeduldig mit den Schlüsseln, aber daraus machte sich Mick nichts. Mit ein bisschen Glück waren die anderen Schüler schon in der

Cafeteria oder auf dem Schulhof, wenn er die Klasse verließ, und es gelang ihm, die Pause ohne Schaden zu überstehen. Ein selten benutzter Toilettenraum im zweiten Stock, ein fast nicht einzusehendes Eckchen bei der Garderobe und in der Nähe des Heizkessels waren die besten Verstecke.

Heute schlenderte Mick an den kleinen Schließfächern vorbei zur Garderobe. Die Strecke war sicher. Er brauchte nur an dem Bodyguard und an ein paar knutschenden Oberstufenschülern vorbeizugehen.

Oh nein! An seinem Geheimplatz hinter den Jacken hockte jemand auf dem Boden und las. Mick wollte schon weglaufen, als er sah, wer es war. Der Junge, der ihn aus Lex Hartmans Klauen gerettet hatte. Von ihm hatte er nichts zu befürchten.

»Hey«, sagte Mick.

Jerro las unbeirrt weiter in seinem Comic – ein Heft von *Storm*.

»Gute Serie«, sagte Mick. »Aber nicht mehr so gut wie früher. Als Don Lawrence noch die Zeichnungen gemacht hat, meine ich.« Jetzt war Jerros Interesse erwacht. Er ließ das Album auf seinen Schoß sinken. »Seine Nachfolger sind aber auch nicht übel. De Vos zeichnet jedenfalls besser als Matena.«

»Matena …« Mick dachte kurz nach. »Hat der nicht einen Spin-off der Stormserie gemacht?«

»Stimmt. *Die Chroniken aus der Zwischenzeit.*«

»Ich glaube, ich habe mal eins davon gelesen«, sagte Mick. »Wenn ich mich richtig erinnere, war die Geschichte nicht so stark.«

»Stimmt. *Die Chroniken von Pandarve* sind viel besser.« Jerro nannte einige Titel. Er war fast wie Wikipedia für Comics.

Da bewegten sich auf einmal die Jacken an der Garderobe und wurden auseinandergeschoben. Mick erschrak. Zum Glück kam nicht Lex', sondern Fransjes Kopf zum Vorschein.

»Hier ist er!«, rief sie erfreut.

Sofort erschien auch Biancas Kopf zwischen den Jacken. Wie im Kasperletheater.

»Sagte ich doch.« Sie grinste zufrieden. »Dieser Leibwächter steht bestimmt nicht da, um die Schließfächer zu bewachen.«

Sie verschwanden wieder hinter den Kulissen und kamen dann um die dicht behängte Garderobe herum mit in das Versteck in der Ecke. Auf einmal war es proppenvoll. Als wäre Jerro ein Wassereis und die beiden ein Wespenpaar. Sie hockten sich neben ihn, jede zu einer Seite.

»He, Jerro«, sagte Bianca, während sie ihn unterhakte. »Sollen wir dir die Schule zeigen?«

»Ja.« Fransje übernahm die Verantwortung für den anderen Arm. »Du bekommt eine kostenlose Führung und danach laden wir dich zu einer Überraschung ein.«

»Nein, danke«, sagte Jerro. »Ich unterhalte mich gerade mit Mick.«

Mick traute seinen Augen und Ohren nicht! Bianca und Fransje waren die attraktivsten Mädchen der ganzen Schule. Allein schon bei der Vorstellung, sie *könnten* ihn fragen, bekam er feuchte Träume. Nicht, dass es je in Wirklichkeit passieren würde, das war ihm schon klar. Höchstens zum Scherz... damit sie ihn anschließend knallhart auslachen konnten.

Fransje seufzte tief. »Dann eben ein anderes Mal.« Aber sie blieb einfach stehen, bis Bianca ihre Hand nahm und sie mitzog.

Jerro hatte sie augenblicklich wieder vergessen. »Zu Hause habe ich die komplette Serie von *Trigan*«, sagte er. »Die meisten Bände hat Don Lawrence gezeichnet. Wenn du willst, kann ich sie dir mal zeigen.«

»Gern.«

»Heute Nachmittag?«, fragte Jerro. »Nach der Schule?«

Mick musste sich zurückhalten, um nicht zu jubeln. »Von mir aus.«

2.

Der Fahrer und Bodyguard, der auf den Namen Alfred hörte, brachte sie mit dem Mercedes zu Jerro nach Hause. Micks Fahrrad lag im Kofferraum und die Jungen saßen auf der Rückbank. In die Lehnen der Sitze vor ihnen waren kleine Monitore eingebaut. Man konnte alles Mögliche auf ihnen machen: Filme ansehen, Computerspiele spielen, chatten, skypen und noch viel mehr.

»Nicht normal, Mann«, sagte Mick.

Jerro grinste. »Mein Vater ist ein ziemlicher Nerd.«

Sie ließen das Zentrum hinter sich. Mick genoss in vollen Zügen. Der Motor war lautlos, die Sitze rochen nach echtem Leder und das futuristische Armaturenbrett würde sich auch in einem Raumfahrzeug gut machen.

Leider dauerte die Fahrt nur kurz. Fünf Minuten später standen sie vor dem Stargate. Das Tor war zwischen zwei gemauerten Säulen eingehängt, an denen Kameras befestigt waren, die sich hin und her bewegten, bis sie den Mercedes perfekt im Visier hatten. Ein leises Summen ertönte und das Tor öffnete sich. Alfred fuhr den Kiesweg hoch und hielt dann am Pförtnerhäuschen.

Hinter dem Mercedes schloss sich das Tor wieder. Seltsame Sache, fand Mick. Als wären sie auf einer gesicherten Militärbasis gelandet oder so.

Alfred ließ die Scheibe hinunter. »Tag, Carl.«

Der Pförtner nickte ihm zu und kam aus dem Häuschen. »Ist noch was?«

»Jerro hat einen Freund dabei.« Alfred wies auf die Rückbank. »Mick… äh…«

»Schipper«, sagte Mick.

Carl beugte sich vor, um durch das offene Fenster hineinzuschauen. Sein Blick war so durchdringend, dass sich Mick sehr unwohl fühlte.

»Er ist bestimmt kein Terrorist«, murrte Jerro.

»Das mag ja sein. Aber wenn etwas schiefgeht, bin ich dran.« Carl richtete sich wieder auf. Mick sah nur noch seinen Bauch und seinen Gürtel mit einer Waffe.

Carl klopfte auf das Autodach zum Zeichen, dass sie weiterfahren durften. Alfred fuhr an. Der Kieselweg führte nach links, die Koniferen verschwanden und Mick hatte freie Sicht auf das Ende der Auffahrt.

»Dort wohnst du?«, fragte er verblüfft.

Die gigantische Villa wirkte atemberaubend in der Vorabendsonne. Warmer roter Backstein. Hohe Bleiglasfenster, ein Balkon und sogar ein kleiner Turm.

Jerro nickte. »In diesem Bunker, ja.«

Mick lachte. »Palast, meinst du wohl. Habt ihr im Lotto gewonnen oder was?«

Alfred schaute Mick über den Rückspiegel an. »Du kennst Bjorge Prins nicht?«

Mick durchforstete sein Hirn. Soweit er wusste, gab es keinen Schauspieler oder Sänger mit diesem Namen. Vielleicht ein Politiker? Davon hatte Mick keine Ahnung. Er schaute sich lieber SF-Filme an als langweilige Talkshows.

»Nicht, dass ich wüsste.« Er sah Jerro fragend an. »Bjorge Prins ist dein Vater?«

»Biologisch gesehen ja. Nur verhält er sich fast nie so. Er hat Wichtigeres zu tun.« Jerro rieb mit dem Daumen über seinen Zeige- und Mittelfinger. »Geld verdienen, du weißt schon.«

»Dein Vater…«, setzte Alfred an.

Mick hätte gern gehört, was er sagen wollte, aber Jerro fiel Alfred ins Wort. »Setz uns einfach hier ab. Den restlichen Nachmittag brauche ich dich nicht mehr.«

Das klang ziemlich arrogant und Mick schämte sich ein wenig für Jerro.

»Wie du willst.« Alfred stellte den Motor ab.

Jerro und Mick stiegen aus. Sie gingen an einem Teich vorbei und über einen Millimeterrasen zur Haustür.

Mick starrte auf den Rücken seines neuen Mitschülers. Er hatte gerade einen ganz anderen Jerro gesehen als den Jungen, der am Morgen für ihn Partei ergriffen hatte. Was wusste er eigentlich von ihm, außer dass er ein Comicfan und ein Mathegenie war?

Jerro drückte auf die Klingel.

»Hast du keinen Schlüssel?«, fragte Mick.

»Das hält meine Mutter für überflüssig«, antwortete Jerro. »Sie fürchtet, er könnte in die falschen Hände geraten, wenn ich ihn verliere. Außerdem ist immer jemand zu Hause.«

Eine blonde Frau mit groben Gesichtszügen öffnete die Tür. Auf ihrer Wange befand sich ein behaarter Mutterfleck von der Größe eines Fingerabdrucks.

»Kasia«, sagte Jerro. »Unsere Haushälterin.«

»Guten Tag.« Mick hatte keine Erfahrung mit Hauspersonal und wusste nicht, ob er ihr die Hand geben sollte, also nickte er nur, wie Fahrer Alfred auch ihm zugenickt hatte.

»Mick geht in meine Klasse«, sagte Jerro. »Er will meine Comicsammlung sehen.«

Kasia schloss die Tür hinter ihnen. »Ich komme gleich, bring Tee.« Sie verschwand lautlos und ließ Mick und Jerro allein in der riesigen Diele. An der hohen Decke hing ein Kronleuchter und in der Mitte befand sich eine stattliche

Treppe. Es sah aus wie ein Ballsaal in diesen Historiendramen, auf die Micks Mutter so versessen war.

»Wir gehen in mein Zimmer.« Jerro stand schon auf der untersten Treppenstufe.

Mick schaute sich um. »Soll ich mich nicht kurz deinen Eltern vorstellen?«

»Die arbeiten noch.«

»Darf ich raten?« Mick legte die Hand auf das schwere Treppengeländer. »Dein Vater ist Rechtsanwalt und deine Mutter Ärztin. Ich meine, wenn man so ein Haus bezahlen kann …«

»Meine Mutter ist die Anwältin«, sagte Jerro und ging Mick voraus. »Sie ist auf Unternehmensrecht spezialisiert.«

»Und dein Vater?«

Jerro drehte sich um. »Bist du wegen meiner Comicsammlung hier oder willst du mich aushorchen?«

Allmählich glaubte Mick schon, Bjorge Prins sei ein berühmter Meisterbetrüger, der sein Kapital zusammengeklaut hatte.

»Mein Vater ist letztes Jahr gestorben«, sagte er.

»Wie schlimm, Mensch!« Jerro blieb kurz stehen. »War er krank oder so?«

»Herzinfarkt auf dem Tennisplatz.«

»Und dann behaupten immer alle, Sport sei gesund.« Jerro ging wieder weiter und nahm die beiden letzten Stufen auf einmal.

Sie betraten einen Treppenabsatz mit sehr vielen Türen. Bei der dritten blieb Jerro stehen. »Mein Zimmer.«

Es war hell, geräumig und an den Wänden hingen gerahmte Poster. Red Sonja im Bikini und zwischen sich windenden Schlangen, Franka auf einem Motorrad, Rothaar mit einem Schwert und Asterix und Obelix neben einem dampfenden Kochtopf. An der Wand stand ein Schreibtisch mit passendem Drehstuhl. Außerdem gab es noch ein Doppelbett, auf dem ein MacBook lag, einen Riesenkleiderschrank, einen Flatscreen-Fernseher mit Rekorder, eine supersonisch aussehende Musikanlage und ein Bücherregal voller Comichefte.

Und dann war da noch diese offen stehende Tür.

Mick blinzelte. »Ist das ein Badezimmer?«

Jerro nickte. »Meine Eltern wollen nicht, dass ich ihres benutze. Immer so ein Zirkus mit Wartezeiten und so. Also habe ich eins für mich allein.«

Mick lachte laut auf. »Du gehst in meine Klasse. Also bist du zwölf? Dreizehn?«

»Ich brauche es nicht selbst sauber zu machen«, sagte Jerro. »Das macht Kasia immer.«

»Oh. Na ja, dann ist es ganz normal.« Mick nickte so ernst er konnte.

Jerro gab ihm einen Schubs. »Das Gästezimmer hat auch eins.«

»Ein Haus mit drei Badezimmern.« Mick schüttelte den Kopf. »Tja, reiche Stinker brauchen das natürlich auch.«

Jerro lachte, als hätte er einen irre guten Witz gehört. Dann setzte er sich vor das Regal mit den Comics und wurde plötzlich wieder ganz ernst.

»*Trigan* war der große Durchbruch für Don Lawrence«, sagte er, während er die Comics vorsichtig auf den Boden legte.

Mick blätterte ein paar durch und bewunderte die Zeichnungen. Kasia brachte Tee und eine Schale mit Miniwindbeuteln, von denen Mick einfach nicht die Finger lassen konnte. Dann zeigte ihm Jerro einen Asterixband.

»Ich mag vor allem Science-Fiction-Comics«, gestand

Mick. »Und eigentlich stehe ich noch mehr auf Science-Fiction-Filme und -Serien.«

»Nee, echt?« Jerro ließ sich hintenüberfallen. »Das musste mir ja passieren. Nehme ich einmal jemanden mit nach Hause, schon ist er ein Trekkie!«

»*Star Trek* ist tatsächlich ziemlich cool.« Mick grinste. »Aber ich bin wirklich kein Trekkie und ich spreche auch kein Klingonisch.«

Jerro ließ die Augenbrauen hüpfen.

»Die Sprache der Klingonen«, erklärte Mick. »Sie sehen fast aus wie Menschen, aber sie haben dicke Haare und eine gerunzelte Stirn.«

»Na, bitte. Ein Trekkie.« Jerro setzte sich wieder auf und stellte seine Comics wieder ins Regal. »Normale Leute wissen solche Sachen nicht.«

»Normale Leute haben auch nicht eine Million Comicbände.«

»Es sind nur 724«, sagte Jerro.

Mick tat erstaunt. »So wenige?«

Jerro musste wieder lachen. Das gab Mick ein gutes Gefühl. Er hatte gar nicht gewusst, dass er so witzig sein konnte.

»Okay, es sind schon eine Menge«, gab Jerro zu. »Aber ich sammle sie auch schon sehr lange.«

Einen Augenblick war es still.

»Warum bist du eigentlich erst heute auf unsere Schule gekommen?«, fragte Mick dann.

»Früher ging nicht. Wir haben vorher in den USA gewohnt.«

Das Land, aus dem die besten Science-Fiction-Filme kamen!

»Hast du ein paar bekannte Schauspieler gesehen?«

»Wenig Gelegenheit. Ich durfte das Gelände kaum verlassen«, murrte Jerro. »Meine Mutter hat nicht viel Vertrauen zu frisch eingestellten ausländischen Leibwächtern.«

»Und was ist mit Alfred?«

»Der war hiergeblieben.«

Mick nahm noch einen Windbeutel. »Scheint mir ziemlich nervig. Ständig so ein Leibwächter in der Nähe.«

»Das kannst du laut sagen.« Jerro seufzte. »Sobald ich was anstelle, wissen es meine Eltern.«

»Na ja. Es hat ja auch eine gute Seite.« Mick schaute sich herausfordernd im Zimmer um. »Die meisten Jungs wären neidisch auf dich.«

»Der goldene Käfig«, spottete Jerro. »Willst du tauschen? Kriegst meine Sachen und ich den Schlüssel.«

Mick versuchte, sich vorzustellen, wie es wäre, wenn er wirklich nirgends allein hingehen dürfte. »Kannst du nicht mit deinen Eltern darüber reden?«

»Das habe ich schon so oft versucht.« Jerros Gesicht wurde starr. »Sie sagen, dass es nun mal nicht anders geht. Seit Johnny de Mol fast entführt wurde, haben sie eine Scheißangst, mir könnte das auch passieren. Du weißt schon: reicher Papi, viel Lösegeld. Mittlerweile ist Alfred schon seit zehn Jahren mein Schatten.«

»Na ja. In deinem Zimmer rückt dir jedenfalls niemand auf die Pelle«, sagte Mick.

»Aber nur, weil das Haus von allen Seiten bewacht wird.«

»Und wenn du mit zu mir gehst?«

»Dann stellt sich Alfred vor eure Tür.«

Mick konnte es sich genau vorstellen. Er lachte.

»Ich verstehe nicht, was daran so komisch sein soll«, meinte Jerro.

»Warte, bis du die Gesichter der Nachbarn siehst«, sagte Mick. »Dann verstehst du alles.«

3.

Alfred stand nicht vor der Tür. Micks Mutter hatte ihn zum Sofa im Wohnzimmer dirigiert und ihm einen Kaffee und die Zeitung in die Hand gedrückt.

»Setz dich«, sagte sie dann zu Jerro. »Magst du Tee?«

Mick verdrehte die Augen. »Ma-ham.«

»Ist ja schon gut.« Sie verdrehte genauso übertrieben die Augen. »Ich dachte, es wäre nett, deinen neuen Freund ein bisschen kennenzulernen, aber wenn ihr lieber auf dein Zimmer gehen möchtet ...«

Mick stand schon in den Startlöchern.

»Tee fände ich gut, Frau Schipper.« Jerro setzte sich an den Küchentisch.

Mick verstand die Welt nicht mehr. Sofies Freundinnen wollten immer sofort mit ihr nach oben.

»Wir können ihn auch in meinem Zimmer trinken«, schlug er vor.

»Warum sollten wir?« Jerro schaute sich um. »Hier ist es doch gemütlich?«

Micks Mutter lächelte, als hätte man ihr ein Geschenk gemacht. »Ich habe noch Apfelkuchen in der Tiefkühltruhe. Wenn ich den kurz in die Mikrowelle stelle, ist er ruck, zuck aufgetaut.«

»Wunderbar, Frau Schipper«, schleimte Jerro.

»Sag ruhig Louise.«

»Wunderbar, Louise.«

Mick überkam das dringende Bedürfnis nach einer Spuckschüssel.

Seine Mutter setzte Wasser auf. »Du sammelst Comichefte, hab ich gehört.«

»Ja, Frau ... äh, Louise.« Jerro begann zu erzählen.

Mick stöhnte innerlich. Jetzt hatte er endlich mal einen Freund und schon beanspruchte seine Mutter ihn für sich. Und es wurde noch schlimmer, als Sofie nach Hause kam.

»Gibt es was zu feiern?«, fragte sie, als sie den angeschnittenen Apfelkuchen sah.

»Irgendwie schon«, sagte Micks Mutter. »Das ist Jerro. Er geht in Micks Klasse.«

»Hi, ich bin Sofie.« Sie setzte sich neben Jerro und sah ihn neugierig an. »Du bist also der Junge, der in einem Palast wohnt?«

Mick wäre am liebsten im Boden versunken.

»Kannst du Tuppen?«, fragte sie dann auch noch.

Jerros Gesicht verwandelte sich in ein großes Fragezeichen. »Was ist das?

»Ein Kartenspiel. Wir haben es oft zu viert gespielt. Aber seit Papa tot ist ...«

Mick spürte einen Stich in seiner Brust.

»Vielleicht könnt ihr es mir beibringen«, sagte Jerro.

»Das gefällt dir bestimmt nicht«, warnte Mick.

»Doch bestimmt«, sagten Jerro und Sofie gleichzeitig.

Micks Mutter lächelte schon wieder so glücklich. »Ich hole die Karten.«

Sie spielten, bis Jerro fast nach Hause musste. Mick blieben noch zehn Minuten, um ihm sein Zimmer zu zeigen, auch wenn es nichts Besonderes war. Jedenfalls war es etwa dreimal kleiner als Jerros Zimmer und das Einzige, was man an technischem Glanz darin finden konnte, war der Computer – ein Erbstück eines Verstorbenen aus dem Seniorenheim, in dem seine Mutter arbeitete. Poster gab es jedoch mindestens so viele wie bei Jerro, bloß nicht gerahmt und auch nicht mit Comicfiguren darauf. Stattdessen Plakate von Science-Fiction-Filmen wie *Moon, Race to Witch Mountain* und *Alien Raiders*. Über dem Bett hing auch noch ein uraltes Poster: ein pechschwarzer Himmel mit einem knallroten V darin.

»V?«, fragte Jerro.

»Von *Visitors.*«

»Lass mich raten. Außerirdische mit bösen Absichten«, sagte Jerro in einem Ach-wie-originell-Tonfall.

»Visitors sehen aus wie Menschen«, fuhr Mick unbeirrt fort. »Aber in Wirklichkeit sind es mordgierige Reptilien. Sie essen Ratten, Mäuse und sogar Meerschweinchen.«

Jerro war nicht beeindruckt. »Ich habe auch schon einmal Meerschweinchen gegessen«, sagte er. »Vom Grill. Als wir in Peru Urlaub gemacht haben.«

»Aber das war tot und gegrillt.« Mick stand schon bei seinem Computer. »Die Visitors essen lebende Tiere. Auf YouTube gibt es einen Filmausschnitt.«

Sie schauten sich *V Diana is a hungry alien* an. Eine Frau stand in einer Selbstbedienungs-Snackbar und zog statt einer Fleischkrokette ein zappelndes Meerschweinchen aus dem Klappfach in der Wand. Sie stopfte es sich in den Mund und an ihrer Kehle war ein Knubbel zu erkennen.

Mick schmatzte. »Jetzt noch runterschlucken ...«

»Witzig«, sagte Jerro, als es vorbei war.

»Witzig?« Mick stieß ihm den Ellbogen in die Seite.

»Und unappetitlich«, gab Jerro zu. »Aber nicht wirklich spannend. Ich finde, das ist ziemlich stümperhaft gemacht. Man sieht sofort, dass es ein Film aus dem Jahr null ist.«

»Kennst du *Invasion of the Body Snatchers?*«, fragte Mick hartnäckig weiter.

Jerro schüttelte den Kopf. »Auch SF, wahrscheinlich?«

Mick nickte. »Und auch aus dem Jahr null. Trotzdem einer der spannendsten Filme, die ich kenne. Es gibt auch noch eine Schwarz-Weiß-Version davon, aber die in Farbe finde ich besser.«

»Tut mir leid, ich finde alte Filme zum Gähnen.« Jerro lehnte sich an den Schreibtisch. »Alles bewegt sich nur im Schneckentempo und man sieht sofort, dass es Fake ist.«

»Meistens schon, stimmt«, sagte Mick. »Aber *Body Snatchers* ist echt sehr gut gemacht. Das war der Lieblingsfilm von meinem Vater und ...« Er konnte gerade nicht weiterreden und kämpfte gegen die Tränen.

Jerro war doch nicht so ein Superheld, wie Mick gedacht hatte. Jetzt traute er sich nicht, Mick weiter anzusehen, und starrte stattdessen schweigend auf einen Fleck an der Wand, als wäre es eine faszinierende Comiczeichnung.

»Sorry.« Mick wischte sich mit dem Ärmel über die Augen. »Meistens bin ich nicht so eine ...«

»Macht doch nichts.« Jerro berührte Mick kurz an der Schulter. Es wirkte ungeschickt und wieder trat Schweigen ein. »Das ist bestimmt ein klasse Film«, sagte Jerro dann. »Ich würde ihn wirklich gern sehen.«

Das meinte er natürlich nicht ernst.

»Kein Problem.« Micks trauriges Gefühl schlug sofort in Freude um. »Ich habe ihn auf DVD.«

Jerro sah ihn perplex an und rief: »Nee, oder?«

»Doch, doch«, sagte Mick.

4.

Ein paar Tage später kam Mick endlich dahinter, welcher Art von Arbeit der geheimnisvolle Bjorge Prins so nachging. Sie hatten Pause und Mick und Jerro standen auf dem Schulhof, als Pieter – Pieter! – auf sie zukam.

»Ist dein Vater der Direktor von *Prince Enterprise?*«, fragte er Jerro.

Mick spitzte die Ohren. Prince Enterprise war absolut führend auf dem Computerspielgebiet und weltberühmt. Alle Spiele, die was zu bieten hatten, kamen aus diesem Unternehmen.

Jerro erstarrte. »Wie kommst du denn darauf?«

»Mein Vater sagte das.« Pieter keuchte fast vor Aufregung. »Er ist auch in der IT-Branche, und als ich deinen Namen nannte...«

»Schön für deinen Vater.« Jerro wandte den Kopf ab.

»Mir war gleich klar, dass du nicht irgendwer bist«, fuhr Pieter fort. »Bei dem Leibwächter und den teuren Klamotten und so. Aber das, Mann! Warum hast du nichts gesagt? Wenn mein Vater sich *Carfighters* und *Slash Gordon* ausgedacht hätte, dürften das ruhig alle wissen.«

Ja, dachte Mick. Ich würde es auch von den Dächern schreien und dann würden sie mich nie wieder schikanieren.

»Geh du mal schön wieder zu deinen Freunden«, sagte Jerro schlecht gelaunt. »Dein Grunzkumpel findet es sicher nicht gut, dass du mit uns redest.«

Pieter blieb einfach stehen. »Lex? Der hat nichts zu finden. Er ist nicht mein Boss.«

Und ob er das ist!

»Geh trotzdem«, sagte Jerro. »Du störst. Ich war nämlich gerade in ein sehr interessantes Gespräch mit Mick vertieft.«

»Oh.« Pieter hielt kurz den Mund. Er sah Mick an. Nicht verächtlich wie sonst, sondern mit einer Spur von Respekt. »Na, dann eben später.«

»Das glaube ich nicht«, sagte Jerro, als Pieter weit genug weg war.

Mick merke, wie seine Mundwinkel nach oben gingen. Es fühlte sich so an, als hätte er gerade Karriere gemacht.

»Was grinst du denn so?«, fragte Jerro.

»Ich glaube, dein Vater ist ein Trekkie«, dachte sich Mick schnell aus.

Jerro sah ihn verständnislos an.

»Prince Enterprise«, sagte Mick, mit Betonung auf *Enterprise*. »So heißt das Raumschiff in *Star Trek* auch.«

Jerro lachte. »Ich habe ihn aber noch nie Klingtonisch reden hören oder wie das heißt.«

»Klingonisch.«

»Von mir aus auch Klingonisch.«

»Warum hast du denn so geheimnisvoll getan, wenn es um ihn ging?«, fragte Mick. »Ist doch toll, dass er so ein bekannter Spieleentwickler ist?«

»Meine Eltern wollen, dass ich möglichst nicht in der Öffentlichkeit auftauche.« Jerro bekam einen verbissenen Zug um den Mund. »Sobald die Leute wissen, dass mein Vater Chef von Prince Enterprise ist, verhalten sie sich nämlich vollkommen idiotisch. Ich habe keinen Bock auf stalkende Journalisten oder Fotografen auf dem Schulhof. Übrigens ist nicht nur die Presse nervig. Auch Mitschüler fangen oft an zu schleimen, wie Pieter gerade. Sie laden mich nach Hause ein, in der Hoffnung, dass sie danach zu mir dürfen. Nicht, weil sie an mir interessiert sind. Sie wollen nur meinen ach so berühmten Vater sehen.«

So hatte Mick das noch nicht betrachtet.

»Mich interessiert es nicht, okay«, sagte er schnell. »Und wenn dein Vater Müllmann wäre.«

Jerro lächelte, aber nicht von Herzen. »Manchmal wünschte ich, er wäre es wirklich.«

Es läutete. Sie schlenderten zur Turnhalle. Alfred folgte ihnen mit ein paar Metern Abstand.

»Samstag wieder bei mir?«, fragte Mick.

»Abgemacht.« Jerro klang richtig froh. »Tuppen wir dann wieder?«

»Kommst du eigentlich zu mir oder zu meiner Mutter und Schwester?«, fragte Mick gespielt beleidigt.

»Na ja ...«

Mick gab Jerro einen Schubs. »Die sind nicht mal zu Hause. Wir schauen uns einen Film an. Und wenn dann noch Zeit ist, können wir vielleicht noch ein Spiel machen.«

Sie drückten die Tür auf und betraten den Gang.

»He, Jerro!«, rief Fransje. »Ich habe gerade gehört, dass dein Vater ...«

»Nichts wie weg«, raunte Jerro Mick zu.

Lex und Yannick waren schon in der Umkleide.

»Dämliche Erste Hilfe.« Missmutig warf Lex seine Tasche auf den Boden. »Warum muss das denn im Sportunterricht sein?«

Ein Sanitäter sollte heute einen Kurs geben. Mick fand das prima. Alles besser als Handball oder Hockey.

Es war Samstag. Alfred schob ganz allein Wache in der Küche der Familie Schipper. Jerro hatte es sich mit einer Tüte Chips auf dem Sofa im Wohnzimmer gemütlich gemacht.

Mick schob die DVD ins Gerät: *Invasion of the Body Snatchers.*

Der Film spielte in San Francisco. Die Leute fingen auf einmal an, sich anders als sonst zu verhalten. Sie zeigten weniger Gefühle und schauten sogar bei einem schlimmen Verkehrsunfall unbewegt zu. Gesundheitsinspektor Matthew Bennell entdeckte, dass das an den mysteriösen Samen lag, die aus dem All gesegelt waren. Aus den Samen wuchsen Blumen, die wunderschön aussahen, aber in Wirklichkeit handelte es sich um gefährliche Aliens.

»Wie originell«, höhnte Jerro.

»Pass nur auf«, sagte Mick. »Ab hier wird es spannend.«

Wenn man schlief, kamen die Blumen angekrochen, um einem den Körper zu stehlen. Es gab nur eine einzige Möglichkeit, ihnen zu entkommen: wach bleiben! Immer mehr Menschen verwandelten sich in Aliens. Es war besser, man tat so, als gehörte man zu ihnen, sonst war man sofort als Nächstes dran. Man konnte sie nur täuschen, wenn man selbst auch wie ein gefühlloser Roboter herumlief. Das Gruseligste war, dass man niemandem trauen konnte. Auch der eigene Mann, die Frau oder das eigene Kind konnten sich plötzlich in einen Alien verwandelt haben und einen verraten.

Mick fand die Schlussszene besonders spektakulär. Eine Frau sah Matthew Bennell und dachte, er sei noch immer ein normaler Mensch. Was nicht stimmte. Sobald sie ihn ansprach, zeigte er mit dem Finger auf sie, sein Mund öffnete sich sperrangelweit und er stieß einen schaurigen Schrei aus. Die Aliens hatten gewonnen.

»Nicht schlecht«, sagte Jerro, als der Abspann lief. »Vor allem dieses Hündchen mit dem Menschenkopf war ziemlich witzig.«

»Nicht schlecht?« Mick bombardierte ihn mit den Sofakissen. »Das müsste dir mal passieren. Du glaubst, dass dein Freund immer noch dein Freund ist, aber eigentlich ist er ein gefährlicher Alien.«

»Bonnell und die Frau hätten einfach ein Password vereinbaren müssen«, sagte Jerro. »Ein geheimes Wort, das nur sie beide kennen, damit sie sich gegenseitig bei jedem Treffen überprüfen können. Wenn der andere das richtige Password verwendet, ist er noch Mensch. Weiß er das Password nicht mehr, ist er ein Außerirdischer.«

»Hm.« Mick dachte kurz nach. »Okay, dann sag es.«

»Häh?«

»Was unser Password sein soll. Damit ich checken kann, ob dein Gehirn nicht von irgendeinem Alien übernommen wurde, wenn du dich auf einmal wie ein Schwachsinniger benimmst.«

Jerro brach in Lachen aus. »Gefährliches Zeug, diese Science-Fiction-Filme.«

»Das dachten Bennell und diese Frau vielleicht ja auch.«

»Dann los.« Jerro grinste immer noch. »Was hältst du von Storm?«

»Zu leicht.«

»Rothaar?«

Mick nickte. »Einverstanden.«

Teil 3
Micks Geschichte

You look the same …

(Tron: Legacy)

1.

Sonntagmorgen, zwölfter Mai. Der Tag, nachdem Jerro ins Krankenhaus aufgenommen worden war. Mick wurde von der Sonne geweckt, die durch die Vorhänge lugte. Er setzte sich auf, schlug die Decke zur Seite und rieb sich die Augen.

Wie es Jerro wohl ging?

Mick hatte ihn gestern mehrfach versucht anzurufen, aber er bekam immer nur die Mailbox. Auch auf die SMS, die er daraufhin schickte, war keine Reaktion gekommen. Vielleicht fühlte sich Jerro zu krank zum Antworten. Oder sein Handy lag noch zu Hause.

Mick stieg aus dem Bett, ging unter die Dusche und zog sich an. Als er nach unten kam, war der Frühstückstisch schon gedeckt. Die Küche roch nach Spiegelei mit Speck und Kaffee.

»Gut geschlafen?«, fragte seine Mutter.

»Geht so.« Mick sah auf die Uhr. Blöderweise dauerte es noch eine Ewigkeit bis zur Besuchszeit.

Sie frühstückten zu zweit. Sofie schlief noch, wie immer sonntags, wenn sie am Abend davor aus gewesen war. Sie hatte die zierliche Figur ihrer Mutter geerbt und besaß Horden von Anbetern und Freundinnen. Mick war eine Kopie seines Vaters.

»Keinen Appetit?«, fragte seine Mutter.

Dumme Frage. Er hatte immer Appetit. Das war ja gerade das Problem.

»Ja, doch.« Er tunkte sein Butterbrot in das flüssige Eigelb.

Kurz vor zwei wurde Mick von seiner Mutter beim Krankenhaus abgesetzt. Sobald er in die Halle kam, schaute er zum Empfangsschalter. Die Frau mit dem kleinen Diamanten war nicht da. Jetzt saß dort ein Mann.

Mick fischte den Zettel aus seiner Tasche. Zimmer 204. Zweiter Stock.

Er nahm den Aufzug und lief dann schnell den Gang hinunter. Da musste es sein, die Tür stand offen.

Er schaute hinein und merkte, dass er grinste. Ja, Jerro saß aufrecht im Bett! Sein Gesicht hob sich bleich gegen die dunklen Haare ab.

»Hallo!« Mick ging ins Zimmer.

Jerro kniff die Augen zusammen. »Mick?«

»Ich wollte gestern schon kommen, aber ich durfte nicht.« Mick schob einen Schemel neben das Bett. »Kasia sagte, du seist noch zu krank.«

Jerro schaute ihn an, sagte aber nichts.

»Wie fühlst du dich?«, fragte Mick.

»Besser als gestern.« Jerro hob kurz den Arm. »Sie haben mir gerade die Infusion abgenommen.«

»Ich habe mich zu Tode erschreckt, Mann. Als ich von der Toilette kam, hingst du auf einmal in den Seilen.«

Jerro schwieg wieder.

»Waren deine Eltern schon da?«

Jerro schüttelte den Kopf. »Ich hatte sie aber an der Strippe. Sie kommen gleich.«

»Ich habe dich gestern auch versucht anzurufen«, sagte Mick. »Du warst sicher zu erschöpft, um dranzugehen?«

»Ziemlich.«

»›Lebensmittelvergiftung‹, sagte Kasia.«

»Wahrscheinlich das Makrelenbrötchen.«

»Liebling!«, erklang es schon auf dem Gang.

Jerros Mutter kam herein. Sie hatte dunkle Ringe unter den Augen und ihre sonst so makellose Kleidung war zerknittert. Ihr Mann folgte ihr mit einer Plastiktüte. Mick hatte ihn noch nie zuvor unrasiert gesehen.

»Wir haben die ganze Nacht gebraucht, um einen Rückflug zu organisieren.« Frau Prins nahm Jerro in die Arme und küsste ihn auf die Wange. »Erst heute Morgen gab es wieder Plätze.«

Herr Prins wuschelte Jerro nur durch die Haare. »Wie geht es dir jetzt? Ich habe ständig mit den Ärzten telefoniert. Sie sagten, es sei eine Histaminvergiftung.«

»Es war doch eine Lebensmittelvergiftung?«, fragte Mick. »Von der Makrele?«

»Stimmt«, sagte Herr Prins. »Es war zu viel Histamin im Fisch, und das ist giftig.«

In Micks Ohren klang das wie Abrakadabra.

Frau Prins setzte sich auf die Bettkante und nahm Jerros Hand. »Ich habe mir solche Sorgen gemacht.«

Und ich erst, dachte Mick.

»Hier.« Herr Prins legte Jerro die Plastiktüte auf die Beine. »Das wird dich bestimmt aufmuntern.«

Es war ein Comicheft darin.

»Ich habe es in London gekauft«, erzählte Herr Prins. »Es ist eine Sonderausgabe in einer begrenzten Auflage, von der nur wenige signiert sind.«

Jerro schlug das Album auf. Auf dem Deckblatt war eine Unterschrift mit einer tollen Illustration.

»Wow«, sagte Mick.

»Ja.« Jerro klappte es wieder zu und legte es auf den Nachttisch. »Danke.«

»Du solltest es eigentlich zu deinem Geburtstag bekommen«, sagte seine Mutter. »Aber weil du so krank warst…«

Wahrscheinlich war Jerro noch immer ziemlich erschöpft, sonst hätte er nicht so lasch auf so ein besonderes Geschenk reagiert.

»Weißt du schon, wann du nach Hause darfst?«, fragte Mick.

»Heute Abend«, antwortete Jerro. »Zumindest, wenn ich mich dann immer noch gut fühle.«

»Vor oder nach der Besuchszeit?«

»Keine Ahnung. Ich rufe dich an, wenn ich wieder zu Hause bin.«

Jerros Eltern nickten.

Sie wollten also nicht, dass er auch am Abend wieder ins Krankenhaus kam. Plötzlich fühlte sich Mick überflüssig. »Ich denke, ich geh mal lieber.«

»Okay«, sagte Jerro, dem das offensichtlich egal war.

Sobald Mick draußen stand, rief er seine Mutter an. »Holst du mich wieder ab?«

»Jetzt schon? Ich bin gerade erst nach Hause gekommen.«

»Jerros Eltern waren auch da und …« Er hatte einen Kloß im Hals. Blödes Selbstmitleid. »Also …«

»Es wurde zu viel. Ich verstehe schon«, sagte sie. »Bis gleich also.«

Mick steckte sein Handy ein und setzte sich zum Warten auf einen Pflanzenkübel. Er hatte Kopfschmerzen. Die hatte er lange nicht mehr gehabt. Kopfschmerzen gehörten in die Zeit vor Jerro. Die Zeit, in der er sich regelmäßig abgewiesen und allein gefühlt hatte. Ein Außenstehender, wie gerade eben …

Jammerlappen, nörgelte eine Stimme in seinem Hirn. Sei froh, dass Jerro lebt und dass es ihm besser geht.

Nach dem Abendessen sah sich Mick den Film *Sunshine* an. Die fantastischen Spezialeffekte fesselten ihn überhaupt nicht. Er musste die ganze Zeit an verdorbene Makrelen denken und an Jerro, der bestimmt schon aus dem Krankenhaus war, aber immer noch nicht angerufen hatte.

Der dritte Raumfahrer segnete das Zeitliche. Mick schaltete den Fernseher aus und ging in sein Zimmer. Der Computer war noch an.

Wie hieß das Zeug noch? Hestamin oder so.

Mick gab das Wort bei Google ein. Hestamin war der Suchmaschine unbekannt, aber Histamin kannte sie. Auf Wikipedia stand eine komplizierte Geschichte über biochemische Stoffe, Neurotransmitter und dass es in Fisch und anderen Lebensmitteln wie einigen Käsesorten, Sauerkraut und Wurst vorkommen konnte.

Mick ging zur Startseite zurück und googelte Histaminvergiftung.

Fast viertausend Treffer!

Er klickte verschiedene Links an. Es stimmte, was Herr Prins erzählt hatte. In Fisch, zum Beispiel in Makrelen, war Histidin, eine Aminosäure. Wurde der Fisch nach dem Fang nicht sofort gut gekühlt, setzten Bakterien das Histidin in Histamin um. Eine Art Gift also. Wenn man den Fisch kochte oder einfror, blieb das Histamin einfach drin. Das konnte man weder sehen noch riechen. Jerro hatte die Makrele gegessen und nichts gemerkt.

Mick beugte sich näher zum Bildschirm. Las er das jetzt richtig? Laut Verfasser des Artikels erfolgte die Reaktion auf die Vergiftung sofort oder maximal nach einer halben Stunde. Jerro war gegen zwei bewusstlos geworden. Da war Mick schon fast eine Stunde bei ihm. Konnte so eine giftige Makrele bei jedem anders wirken?

SYMPTOME.

Micks überflog die Zeilen.

ROT ANLAUFEN. PRICKELNDES UND BRENNENDES GEFÜHL IM MUND. ROTER, JUCKENDER AUSSCHLAG IM OBEREN RÜCKEN, BRUST, ABER AUCH GESICHT UND NACKEN. KOPFSCHMERZEN, SCHWINDEL, ÜBELKEIT, ATEMPROBLEME, DURCHFALL UND BAUCHSCHMERZEN. MANCHMAL IST EINE KRANKENHAUSAUFNAHME NOTWENDIG. ÄRZTE KÖNNEN DORT ANTIHISTAMIN VERABREICHEN, WODURCH DIE BESCHWERDEN SCHNELL ABKLINGEN.

Nichts davon stimmte. Jerro war nicht rot geworden. Er hatte keine Probleme beim Atmen gehabt und hatte nur furchtbar still auf dem Bett gelegen.

Mick las den Text auf dem Schirm noch einmal. Danach schaute er sich eine andere Website an und dann noch eine. Er rieb sich mit Daumen und Zeigefinger über den Nasenrücken. Natürlich stand auch ein Haufen Unsinn im Internet, das war ihm schon klar. Aber alle Links, die er anklickte, sagten dasselbe aus.

Es gab keine einzige Website, auf der stand, dass man von einer Histaminvergiftung ohnmächtig wurde.

2.

Am nächsten Tag war Jerro nicht in der Schule und hatte auch immer noch nichts von sich hören lassen. In der Pause hielt Mick es nicht mehr aus und simste: LIEGST DU NOCH IM KRANKENHAUS?

Die Antwort kam fast sofort: NEIN, BIN ZUM GLÜCK ZU HAUSE.

Sollte Mick ihn fragen, ob er vorbeikommen durfte? Aber was, wenn Jerro Nein sagte? Diesmal würde er sich nicht abwimmeln lassen. Es war wichtig, dass er mit Jerro über die Vergiftung sprach. Oder sollte er besser »die sogenannte Vergiftung« sagen? Wenn man den Websites Glauben schenken durfte, war etwas ganz anderes mit Jerro los gewesen. Und wenn die Ärzte so daneben liegen konnten, war wahrscheinlich immer noch irgendwas los.

Mick dachte kurz nach und simste dann: ICH KOMME NACH DER SCHULE.

Dann schaltete er sein Handy aus.

Gegen vier klingelte Mick bei der Villa. Wie üblich öffnete Kasia die Tür. »Ich nicht weiß, ob ...«

»Hausaufgaben«, erfand Mick schnell.

Auf Erwachsene wirkten Wörter, die mit Schule zu tun hatten, immer wie Zaubersprüche. Kasia machte einen Schritt zur Seite, damit er vorbeikonnte. »Okay. Aber nicht zu lange. Jerro noch müde.«

Mick ging die Treppe hinauf. Irgendwie war er ein wenig

nervös. Stell dich nicht so an, dachte er bei sich. Aber das Gefühl ließ sich nicht so einfach wegdrücken.

Er erreichte den Treppenabsatz, auf dem er vorgestern noch verzweifelt um Hilfe gerufen hatte. Jerros Zimmer war zu. Mick trommelte auf die Tür, rief »Ich bin's« und trat ein.

Jerro saß auf dem Bett, sein MacBook auf dem Schoß. Er klappte es zu, als er Mick sah, und legte es neben sich.

»Ich muss mit dir reden.« Mick ließ seine Tasche fallen und setzte sich auch aufs Bett. »Ich glaube, du hast überhaupt keine Histaminvergiftung gehabt. Die Symptome stimmen hinten und vorne nicht.«

»Ach.« Jerro schaute ihn an, als hätte er sie nicht mehr alle. »Ich wusste gar nicht, dass du Medizin studiert hast.«

»Was für Anzeichen hattest du denn?«, beharrte Mick.

»Eine ganze Menge Sachen, die ich am liebsten so schnell wie möglich vergessen möchte.«

»Was für Sachen?«

Jerro stöhnte. »Hörst du danach auf zu quengeln?«

»Versprochen«, sagte Mick.

»Mir ging's total elend, mir war schlecht und ich hatte Mordsdurchfall«, erzählte Jerro. »Außerdem bekam ich überall rote Flecken, die juckten wie verrückt. Mein Mund brannte, als hätte ich einen Liter Tabasco getrunken, und irgendwann dachte ich, ich sterbe, ich bekam kaum noch Luft.«

Genau die Symptome, die im Internet standen! Mick fühlte sich auf einmal um einige Kilo leichter.

»Zufrieden?«, fragte Jerro.

»Jetzt ja. Als ich dich fand, warst du nur bewusstlos und …«

Ein leises Klopfen an der Zimmertür.

Kasia, dachte Mick. Wollte sie ihn jetzt schon nach Hause schicken?

Zu seinem Erstaunen betrat Frau Prins den Raum. Sie trug ein Tablett mit zwei gefüllten Saftgläsern und ein paar Stück Sandkuchen.

»Ich möchte lieber Cola«, sagte Jerro, der es offensichtlich ganz normal fand, dass seine Mutter so früh aus dem Büro zurück war.

»Das hier ist besser für jemanden, der sich noch erholen muss. Frisch gepresst und randvoll mit Vitaminen.« Sie stellte das Tablett auf den Nachttisch und fühlte an Jerros Stirn. »Noch immer fieberfrei?«

»Ja-ha.«

»Schön so.« Sie sah auf ihre Uhr. »Dann lasse ich euch mal wieder allein. Ich muss noch einen Stapel Akten durchgehen.«

Jerro wartete, bis sie die Tür wieder hinter sich geschlossen hatte.

»Die ist total verrückt«, sagte er dann. »Sobald ich mit der Schule fertig bin, mache ich wirklich nie mehr Hausaufgaben.«

»Dann solltest du auf keinen Fall das Gleiche werden wie deine Mutter.« Mick nahm ein Stück Kuchen. »Ich möchte dich übrigens noch etwas fragen. Der Rettungswagen, der dich abgeholt hat, war viel später im Krankenhaus als ich. Ist unterwegs etwas passiert, was euch aufgehalten hat, oder so?«

»Woher soll ich das denn wissen? Wie du schon gesagt hast: Ich war bewusstlos.« Jerro nahm die Fernbedienung seiner Musikanlage. »Mach dir nicht so viele Sorgen um nichts.«

Um nichts!

»Du hast leicht reden«, murmelte Mick. »Du lagst da schön bewusstlos und wusstest von nichts, während ich... ich...«

Die Panik, die er verspürt hatte, drückte schon wieder von innen gegen seinen Magen. »Ich dachte, du wärst tot, Mann.«

»*Schön* bewusstlos?«, fragte Jerro.

»Na ja, du weißt schon, was ich meine.« Mick biss in den Kuchen. Die Süße hatte etwas Beruhigendes.

»Einfach nicht mehr dran denken, Mick.« Jerro zappte die Radiosender durch. »Die Ärzte haben mich für gesund erklärt und morgen muss ich leider wieder in die Schule.«

Von wegen leider! Das waren fantastische Neuigkeiten!

Mick trat sich die Schuhe von den Füßen und zog die Beine hoch. »Ist der Knick eigentlich wieder rausgegangen?«

Jerro sah auf. »Hä?«

»Aus dem Comicbuch, in dem du gelesen hattest, bevor du umgekippt bist. Ich nehme an, du hast dich draufgelegt.« Mick machte eine Kopfbewegung zum Schreibtisch hinüber. »Ich habe die Seite so gut wie möglich geglättet und das Album unter einen Bücherstapel gelegt.«

»Oh.« Jerro machte die Musik lauter.

Nun ja, Musik... Es war dieses grässliche Stück von Jan Smit.

»Sehr witzig!«, rief Mick. »Kann der jetzt vielleicht auch wieder die Klappe halten?«

Jerro begann mitzusingen. Er kannte den Text auswendig!

Mick grinste. »Nach Aerosmith jetzt auch noch Jerro Smit.«

Leider ließ Jerro das Stück trotzdem weiterlaufen. Er schloss sogar die Augen, als würde er konzentriert zuhören. Mick konnte es kaum aushalten. Es erinnerte ihn an vorgestern, als Jerro bewusstlos auf dem Bett gelegen und er sich denselben Lärm hatte anhören müssen. Er war froh, als die Nummer endlich vorbei war.

Jerro stellte das Radio wieder leiser. »Der ist bald auf Platz eins.«

Mick seufzte. »Das befürchte ich auch, ja.«

»Du magst ihn nicht?«, fragte Jerro.

Micks Beunruhigung flog wie ein Bumerang zu ihm zurück. »Du jetzt auf einmal schon?«

Jerro sah ihn durchdringend an. Er schien zu versuchen, Micks Gedanken aufzusaugen.

»Jan Smit?« Dann begann er laut zu lachen. »Bist du irre?!«

3.

Sie hatten zwar kein Spruchband aufgehängt mit WILLKOMMEN ZURÜCK AUF DER PRISMASCHULE!, aber viel hätte nicht gefehlt. Mick wurde wahnsinnig von all den Lehrern und Schülern, die Jerro immer wieder anhielten, um zu fragen, wie es ihm ginge. Selbst der Hausmeister und die Sekretärinnen kamen extra wegen ihm aus ihren Eckchen.

»Ich lebe noch«, war Jerros stereotype Antwort.

»Könntest du es nicht durchsagen lassen?«, fragte Mick nach dem 89. Mal.

Jerro legte die Hände wie einen Trichter um seinen Mund und brüllte: »Ich lebe noch!«

Lachend verließen sie das Klassenzimmer.

»Geh es heute noch ein wenig ruhiger an«, sagte der Englischlehrer.

Na, das stieß nicht auf taube Ohren. Mick hatte Jerro noch nie so langsam schreiben sehen.

In der Pause kam Fransje und brachte ihm eine Tüte Pfefferminzbonbons. »Die sind gut für deinen Magen.«

»Die ist echt knackig«, sagte Jerro, als sie sich ganz langsam wieder entfernte.

»Hast du es endlich kapiert?«, fragte Mick.

»Hä?«

»Fransje will dich schon seit der Orientierungsstufe. Aber du hattest nie Interesse.« Mick ließ seine Augenbrauen vielsagend hüpfen. »Übrigens auch nicht für andere Mädchen.«

»Ich bin nicht schwul«, sagte Jerro heftig. »Wenn du das vielleicht meinst…«

Mick sah ihn erstaunt an. »Warum sollte ich das auf einmal denken? Und im Übrigen, selbst wenn…«

»Aber es ist nicht so«, beharrte Jerro.

»Nein, aber…«

»Jetzt hör schon auf damit.« Jerro steckte sich ein Pfefferminz in den Mund und sah sich suchend um. Sein Blick blieb an dem Schild über der Tür zum Toilettenraum hängen. »Bin mal pinkeln.«

Mick starrte ihm nach.

Hatte er sich das eingebildet oder wusste Jerro echt nicht mehr, wo die Klos waren? Und dann dieser sonderbare Ausbruch eben. Seit Jerro im Krankenhaus gelegen hatte, war er irgendwie nicht mehr er selbst. Na ja, von außen schon noch. Aber es war, als hätte sich jemand anderes in seinem Körper eingenistet.

Bleib mal auf dem Teppich, dachte Mick. Aliens in Menschengestalt gibt es nur in Fernsehserien und Filmen…

Das Password! Er konnte Jerro nach dem Password fragen. Das war natürlich eigentlich ein Spaß gewesen und er wusste es bestimmt noch. Und wenn er es wusste, bräuchte sich Mick weiter keine Sorgen zu machen.

Jerro kam aus den Toiletten.

»Das Password«, sagte Mick.

»Hä?«

»Ich will unser Password wissen.«

Jerro runzelte die Stirn. »Das vom PC meines Vaters, meinst du?«

»Nein, *unser* Password. Das wir verabredet haben. Du weißt schon, *Invasion of the Body Snatchers.*«

»Oh. Warum willst du das wissen?«

»Einfach so. Um zu prüfen, ob es dir gut geht.«

»Mir schon, aber wie sieht das bei dir aus?«, fragte Jerro. »Meiner Ansicht nach bist du derjenige, der sich hier komisch benimmt.«

»*Ich* weiß das Password aber noch.«

»Na los, dann sag's.«

»Nein, natürlich nicht. Wir haben es ja gerade vereinbart, weil ...« Mick ließ seine Arme neben dem Körper baumeln. Auf einmal war er todmüde. »Oder weißt du das vielleicht auch nicht mehr?«

»Natürlich weiß ich's.« Jerro kratzte sich am Kopf. »Mach dir keine Gedanken. Ich erinnere mich gleich daran. Ich muss nur mal kurz nachdenken.«

Mick war zu angespannt, um geduldig zu sein. »Und? Weißt du es schon?«

»Fast.« Jerro tat so, als würde er sich heftig an den eigenen Kopf schlagen. »Bam. Bam. Bam. Muss mal kurz die Festplatte aktivieren.« Dann seufzte er. »Ich habe es wirklich vergessen.«

Na bitte! Mick tat es schon fast leid, dass er davon angefangen hatte. Es hatte seine Unruhe nur verstärkt. »Na ja, ist ja auch schon wieder eine Weile her«, sagte er mehr zu sich als zu Jerro.

»Genau. Ich brauche einfach ein bisschen mehr Bedenkzeit. Wetten, dass es mir gleich wieder einfällt?« Jerro sah zu einer Mitschülerin, die mit einer Papiertüte der Bäckerei Joppen durch die Tür kam. »Sollen wir uns ein Käsebrötchen genehmigen?«

»Von mir aus«, antwortete Mick matt und schlenderte neben Jerro her. Wie üblich folgte ihnen Bodyguard Alfred.

»Fransje will also schon seit der Orientierungsstufe was von mir?«, fragte Jerro.

»Du willst mir doch nicht weismachen, dass dir das noch nie aufgefallen ist?«

»Na ja …«

»Du hast lieber mit mir geredet als mit ihr«, sagte Mick.

»Dann wäre ich ja irre.«

»Stimmt.«

Jerro lachte.

Es wirkte ansteckend. Trotz seines unguten Gefühls musste Mick mitlachen. »Vielleicht hat so eine Histaminvergiftung ja Nebenwirkungen«, sagte er.

Jerro nickte vollkommen ernst. »Sie macht tierisch geil.«

Mick konnte es nicht lassen. »Und vergesslich.«

»Fängst du jetzt wieder mit diesem blöden Password an?« Jerro gab ihm einen Schubs.

Mick schubste zurück. »Schon traurig, Mann. Alzheimer mit fünfzehn.«

»Die ganze Zeit nerven«, sagte Jerro. *»Das* ist traurig.«

Nicht, wenn dein bester Freund auf einmal nicht mehr weiß, wo die Klos sind, dachte Mick. Und gleich danach: Dann hat Jerro wahrscheinlich auch vergessen, wo die Bäckerei Joppen ist!

Sie verließen den Schulhof. Mick wurde langsamer, sodass Jerro vor ihm gehen musste.

Was würde er machen? Stehen bleiben? Links oder rechts raten? Die Straße überqueren? Mick traute sich fast nicht mehr zu atmen.

Jerro bog ohne Zögern nach rechts ab. Es sah nicht aus, als würde er raten, es war, als würde er den Weg genau kennen, weil er schon hundert Mal in der Bäckerei gewesen war. Mick kamen wieder Zweifel. Hatte er sich das vorhin doch nur eingebildet?

»He, ich hab dich was gefragt.«

»Was?«

»Sollen wir am Samstag ins Kino gehen?«, sagte Jerro. *»The Avengers* läuft.«

»Okay.« Mick kannte die Superhelden aus den Comics. Neben Thor gab es Iron Man, Captain America und …

Moment! Jerro hatte das Password vergessen, aber es gab auch noch andere Methoden, um ihn zu testen.

»Iron Man hat doch auch so eine Spezialwaffe?«, fragte Mick unschuldig.

»Stimmt«, antwortete Jerro. »Sein Schild fängt nicht nur alle Schläge auf, er kann es auch als Diskus benutzen.«

Richtige Antwort.

»Und wie ist das noch mit diesem Hulk?«

»Wer hat denn hier jetzt Alzheimer?«, fragte Jerro.

»Ich weiß schon, dass er regelmäßig aus seinem Hemd platzt vor Wut«, sagte Mick. »Aber ich habe gerade vergessen, warum das noch mal so ist.«

»Dr. Robert Bruce Banner war Kernphysiker«, ratterte Jerro herunter. »Während eines Experiments explodierte eine Gamma-Bombe. Gefährliche Strahlung wurde freigesetzt, er wurde kontaminiert und seither …« Jerro gab eine gar nicht so schlechte Ich-verwandle-mich-in-ein-Monster-Vorstellung.

Wieder richtig!

Noch eins, dachte Mick. Das Allerletzte und Schwierigste. Er räusperte sich. »Wer hat sich *The Avengers* eigentlich ausgedacht?«

Ups, das war jetzt genau die Frage zu viel gewesen.

Jerro zog die rechte Augenbraue hoch. »Warum willst du das denn alles wissen? Machst du bei einem Comicquiz mit, oder was?«

Mick spürte sein Herz bis in den Hals klopfen. »Du weißt es also nicht?«

»Klar weiß ich das«, sagte Jerro empört. »Stan Lee und Jack Kirby. Sie haben die bekanntesten Superhelden von Marvel Comics zusammengebracht und *The Avengers* genannt.«

Scheiß auf das Password! So was wusste nur ein echter Comicfan.

»Hab ich was verpasst?«, fragte Jerro.

»Wieso?«

»Du siehst aus, als hättest du für ein Jahr Kinofreikarten gewonnen!«

»Ich freue mich nur auf das Käsebrötchen«, sagte Mick.

4.

Es war Samstagabend. Nach dem Film holten sie sich an der Imbissbude noch ein paar Fritten. Alfred hielt auf einem Stuhl neben der Tür Wache.

In dieser Imbissbude war alles braun oder gelb. Der Boden und die Wände, die Plastikmöbel und sogar der Inhaber – ein Vietnamese in einer braun-gelb gestreiften Kochjacke. Vielleicht hoffte er, dass man dadurch Appetit auf Currywurst bekam.

Jerro schubste Mick an und nickte zum Fenster hinüber, während er die Anfangstöne einer mega-angesagten Soap summte. Mick versuchte, einen unauffälligen Blick in die Richtung zu werfen. Am Tisch beim Fenster saßen zwei blonde, fleckig gebräunte Mädchen. Sie sahen aus wie Zwillingsschwestern von Barbie.

Sie brauchten nicht lange auf ihre Bestellung zu warten. Immer wenn ein Film zu Ende war, herrschte Hochbetrieb in der Imbissbude, also warf der Inhaber zu den Stoßzeiten immer besonders viele Fritten ins Fett. Sie bezahlten und nahmen ihre Schälchen von der Theke. Mick wollte sich an den letzten freien Tisch setzen, aber zu seiner Verblüffung ging Jerro zu den Barbie-Schwestern.

»Hey«, sagte er. »Ist euch doch sicher recht, wenn wir uns zu euch setzen.«

Sie schauten auf seine Rolex.

»Ich halte dich nicht davon ab«, sagte das Mädchen mit den größeren Ohrringen. Ihre Freundin nickte. »Vor allem nicht, wenn du uns noch 'ne Cola spendierst.«

Jerro fummelte ein paar Münzen aus seiner Hosentasche und gab sie Mick. »Du hast es gehört.«

Hallo!, dachte Mick. Ich bin doch nicht dein Laufbursche. Trotzdem stellte er sein Schälchen ab, um zwei Colas aus dem Automaten zu holen.

Und bekam noch nicht mal ein Dankeschön, als er zum Tisch zurückkam. Die Mädchen hatten nur Augen für Jerro.

»Bjorge Prins? Den kennst du doch?«, fragte er. »Von Prince Enterprise.«

Mick wollte sich gerade eine Fritte in den Mund schieben. Seine Hand blieb wie erstarrt auf halbem Wege in der Luft.

»Das ist mein Vater«, sagte Jerro stolz.

In Horrorfilmen sah man manchmal, wie der Geist eines verstorbenen Mannes während einer Seance in den Körper einer Frau kroch. Dann machte sie den Mund auf und sprach plötzlich mit einer gruseligen, schweren Stimme. So war das hier auch. Na ja, es klang schon noch wie Jerros Stimme. Aber was die Stimme sagte, stimmte einfach nicht. Jerro gab nie mit seinem Vater an! Im Gegenteil: Am liebsten war ihm, wenn niemand wusste, was sein Vater machte.

»Was stehst du denn so herum, Mann?«, fragte Jerro.

Die Mädchen kicherten übertrieben.

Mick legte die Fritte zurück und warf das Schälchen in den Abfall. Zum ersten Mal in seinem Leben hatte es ihm den Appetit verdorben.

Während der Fahrt nach Hause wollte Jerro die ganze Zeit von Mick wissen, warum er sich so seltsam verhalten hätte.

Seltsam. Er!

»Die waren einfach nicht mein Typ«, murmelte Mick. Er drehte sein Gesicht und seine linke Schulter zum Fenster und tat, als würde er hinausschauen, um nicht mehr reden zu müssen.

»Ich erinnere mich übrigens wieder an das Password«, sagte Jerro nach einer Weile.

Zu spät, dachte Mick. Aber irgendwo tief in seinem Inneren keimte doch ein kleines bisschen Hoffnung auf.

Er setzte sich wieder gerade hin. »Ach ja?«

»Ja, Meerschweinchen.« Jerros weiße Zähne blitzten im Dunkeln. »Weil Diana aus dem Film so verrückt danach ist. Ich weiß auch nicht, wie mir das entfallen konnte.«

»Falsch.« Mick kniff ins Leder des Autositzes. »Das ist nicht das Password.«

»Nicht?« Jerro versuchte, gleichgültig zu tun, aber seine Oberlippe zuckte. »Dann verwechsle ich das bestimmt mit etwas anderem.«

Das Auto bog in eine Seitenstraße ein.

»Die Bosporuslaan«, sagte Alfred. »Wir sind da.«

Mick war froh, dass er aussteigen durfte. Er schlug die Tür zu und schaute sich nicht mehr um.

5.

Mick lag ausgestreckt auf dem Sofa. Er hatte das Reich für sich allein: Sofie war bei einer Freundin und seine Mutter bügelte oben. Gedankenlos stopfte er eine Schüssel Popcorn in sich hinein und schaute sich dabei den SF-Film *District 9* im Fernsehen an.

Hauptrollenspieler Van der Merve verlor gerade den zigsten Zahn und sah immer mehr aus wie eine außerirdische Garnele. In dem Moment, in dem er einen schwarzen Brei auskotzte, ertönte der Nachrichten-Laut von Micks Handy.

Er stellte die Schale auf den Boden und sah auf das Display. Eine Nachricht von Jerro: PASSWORD = ROTHAAR. ZUFRIEDEN?

Ganz und gar nicht!

Mick setzte sich auf. Sie hatten das Password regelmäßig verwendet. Einfach so zum Spaß. Zum Beispiel, bevor sie ihre jeweiligen Zimmer betreten durften. Und trotzdem hatte Jerro es vergessen. Okay, es war nicht unmöglich; Mick vergaß auch ab und zu etwas und dann fiel es ihm später doch wieder ein. Aber dass einem das *falsche* Password einfiel … Und jetzt kam plötzlich diese wundersame Eingebung: Jerro wusste auf einmal doch, dass es Rothaar sein musste.

Auf dem Fernsehschirm verwandelte sich der Arm des Hauptdarstellers gerade in eine Klaue. Er verbarg sie, so gut es ging, und versuchte, niemanden etwas merken zu lassen.

Mick drehte die Lautstärke herunter und dachte nach.

Vorläufig sollte er am besten dieselbe Strategie anwenden

wie Van de Merve. Für die Außenwelt würde er so tun, als wäre alles in Ordnung, aber währenddessen …

Als Erstes würde er Jerros Nachricht beantworten. GLÜCKWUNSCH! SIE HABEN DEN HAUPTPREIS GEWONNEN!

So tun als ob, war schwieriger, als Mick sich vorgestellt hatte. Er fühlte sich wie ein Verräter. Echte Freunde waren ehrlich zueinander. Sie brauchten nicht zu kontrollieren, ob sie dem anderen vertrauen konnten, ganz zu schweigen davon, dass sie sich gegenseitig in die Falle lockten. Aber genau das versuchte er gerade.

Während der Chemiestunde zum Beispiel, als sie mit einem Experiment zugange waren, fragte er: »Weißt du noch, wie wir die Feuerwerksbombe gebastelt haben?«

Jerro nickte. »Klar doch!«

»Was ging die ab!«

»Ja, das war vielleicht ein Knall.« Jerro formte eine Bombe mit den Händen und ließ sie anschließend auseinanderfliegen. »Baff!«

Mick bekam einen ekligen Geschmack im Mund. Sie hatten noch nie eine Feuerwerksbombe gebastelt.

»Du hattest verdammt Glück«, legte er noch eins drauf. »Dass Alfred es nie deinen Eltern erzählt hat.«

»Stimmt«, bestätigte Jerro.

Mick hätte ihn schütteln können. Er wollte seinen alten Freund zurück.

Aber als sie am nächsten Tag in Jerros Zimmer saßen, schien alles wieder normal. Aus der Musikanlage erklang ein Stück von Anouk.

»Das beste Geschenk, das ich je von meinen Eltern bekommen habe«, sagte Jerro.

Er meinte nicht die CD, sondern das Livekonzert, das sie gegeben hatte, als er vierzehn geworden war. Anouk war bei ihm zu Hause auf seinem Fest aufgetreten.

»Besser als ein Zauberkünstler«, bestätigte Mick.

»Nur schade, dass sie nicht noch nackt aus einer Torte gehüpft ist.« Jerro stellte die Musik lauter und spielte Luftgitarre. Mick konnte das Stück nicht richtig genießen. Sein Kopf schwirrte vor Fragen. Warum konnte sich Jerro an manche Dinge noch sehr gut erinnern und an andere gar nicht? Hatte er vielleicht irgendeine Krankheit, die Löcher in sein Gehirn fraß, wollte ihn das aber nicht merken lassen und redete deswegen mit Mick so, als wüsste er noch alles?

Mick musste an seine Oma denken. Als sie allmählich dement wurde und immer häufiger den Faden verlor, hatte sie es so lange wie möglich geleugnet. Eine Zeit lang hatte sie alles, was sie behalten wollte, auf Zettel geschrieben. Bis sie auch die Zettel vergaß...

Bei Jerro war diese Veränderung nicht langsam aufgetreten, sondern schnell. Kurz bevor er bewusstlos wurde, hatte er sich noch vollkommen normal verhalten.

Also musste im Krankenhaus etwas passiert sein.

Mick sah einen futuristischen Operationssaal vor sich und in der Mitte einen Tisch, auf dem Jerro lag, festgebunden, und um ihn herum allerlei seltsame und brummende Apparate. Die Ärzte waren durchsichtige grüne Wesen mit Facettenaugen...

Oder nein, nicht im Krankenhaus, sondern im Rettungswagen! Jerro war mit Blaulicht und Sirene abtransportiert worden. Es war ein Rätsel, weshalb er dann doch erst so spät im Krankenhaus angekommen war. Es sei denn, unterwegs war etwas völlig schiefgegangen. Ein Unfall, medizinische

Komplikationen, Pranke, der einen Fehler gemacht hatte und ihn verschwieg.

Oder ein Doppelgänger hatte Jerros Platz eingenommen. Weil es keinen normalen Zwillingsbruder gab, müsste das ein Klon sein, wie in *Moon*.

Mick rieb sich mit den Knöcheln über den Schädel.

Filmquatsch. In Wirklichkeit konnte man den Körper eines Fünfzehnjährigen nicht kopieren. Um Jerro zu klonen, brauchte man eine seiner Zellen. Aus dieser Zelle wurde dann ein Baby geboren und nicht sofort ein identischer Junge von fünfzehn Jahren. Und obwohl Jerros Gedächtnis Lücken aufwies, strotzte er ansonsten vor Gesundheit. Geklonte Tiere hingegen wurden meistens frühzeitig krank und starben.

Aber jemanden einer Gehirnwäsche unterziehen, das ging natürlich.

Die beiden Einzigen, die vermutlich mehr darüber wussten, waren Mondkrater und Pranke …

Lang lebe die Überwachungskamera!

6.

Mick hatte Glück – die letzte Stunde fiel aus. Um halb zwei stand er bei Carl im Pförtnerhäuschen.

An der Wand hingen sechs kleine Monitore. Auf jedem Schirm war ein anderes Bild zu sehen: ein Stück Straße, ein Teil des Gartens und sogar die Haustür der Familie Prins.

»Würdest du mir zeigen, wie die Überwachungskameras funktionieren?«, fragte Mick.

»Willst du etwa einbrechen?«, fragte Carl zurück.

Mick nahm an, dass es ein Scherz sein sollte, aber bei Carl wusste man das nie so genau. Sein Gesicht war immer ernst.

»Das ist eine Aufgabe für die Schule.« Mick hoffte, er würde jetzt nicht allzu rot werden. »Wir müssen ein Referat über einen besonderen Beruf halten und ich habe mich für den Pförtner entschieden.«

»Aha.« Carl schaute noch immer ernst, war aber sichtlich geschmeichelt.

»Das meiste weiß ich ja«, sagte Mick. »Ich kenne dich schon so lange. Aber das mit den Kameras hast du noch nie richtig erklärt.«

»Also gut.« Carl klopfte auf einen der Bildschirme. »Hierauf beobachte ich, was außerhalb des Zauns und im Garten passiert.« Danach legte er seine Hand auf einen flachen schwarzen Apparat. »Und dieser digitale Rekorder zeichnet alles auf, was sich bewegt. Geschieht etwas Verdächtiges, kann ich mir das immer noch einmal ansehen.«

Noch einmal ansehen!

Mick nickte interessiert. »Wie lange werden die Aufnahmen aufbewahrt?«

»Einige Wochen«, sagte Carl. »Wenn die Festplatte voll ist, werden die ältesten Bilder automatisch überschrieben.«

Einige Wochen. Es war neunzehn Tage her, dass Jerro ohnmächtig geworden war.

»Kannst du mir zeigen, wie das funktioniert?«, fragte Mick. »Wenn ich, sagen wir mal, die Bilder vom elften Mai noch einmal anschauen möchte.«

»Elfter Mai.« Carl setzte sich vor den Rekorder. »Mal schauen.«

Mick drückte die Daumen. Hoffentlich waren die Aufnahmen noch nicht gelöscht!

»Gefunden.«

Die sechs Monitore schalteten kurz auf Schwarz. Danach zeigten sie alle genau den gleichen Film, sodass Mick den Eindruck hatte, in einem Laden für Fernseher zu stehen.

Carl zeigte auf die weißen Ziffern unten im Bild. »Datum und Zeit kann man dort ablesen. Elfter Mai, zwei Uhr nachts. Zu diesem Zeitpunkt haben nur die Kameras am Tor Aufnahmen gemacht. Dies ist vom linken Pfeiler aufgenommen …«

Auf dem Film fuhr ein roter Roller vorbei.

»Und vom rechten Pfeiler.«

Wieder der Roller, jetzt aber schon ein Stück entfernt.

»Alle Kameras haben eine Nachtsichtfunktion«, fuhr Carl fort. »Wenn ich nicht da bin, übernehmen meine Kollegen Van Velzen und Rikkerts, aber selbst dann kann ich noch über mein Handy oder Internet mitschauen.«

»Und wenn man vorspulen will?«, fragte Mick. »Auf zwei Uhr nachmittags oder so?«

Die Bilder flitzten vorbei. Verkehr. Ein Mann, der am

Zaun entlanglief. Carl, der ankam. Sein Kollege, der wegging. Irgendwann sah Mick sich selbst vor dem Tor stehen, durch den Garten laufen und bei der Haustür ankommen. Danach folgten nur noch Straßenbilder und dann kam Mick aus der Haustür gerannt.

»Aha«, sagte Carl, »das ist der Tag, an dem Jerro ins Krankenhaus kam. Hast du jetzt genug gesehen?«

»Noch ein kleines Stück«, antwortete Mick aufgeregt. Ja, da war der Rettungswagen!

»Kann man den Film auch anhalten?

Carl drückte auf eine Taste und das Bild fror ein.

Mick starrte auf den Rettungswagen. Oder besser gesagt, auf die blaue Rufnummer, die darauf stand. Im Erste-Hilfe-Kurs hatte man ihnen erklärt, daran könne man erkennen, woher das Rettungsfahrzeug kam. War Unterricht doch wenigstens einmal nützlich. Er prägte sich die Ziffernfolge ein: 20-128.

»Danke schön«, sagte er dann.

»Gern geschehen.« Carl stellte etwas am Rekorder ein. Der Rettungswagen machte wieder Platz für Livebilder von der Straße.

Mick ging schnell hinaus, zog einen Stift aus seiner Tasche und schrieb sich die Nummer innen aufs Handgelenk. Dann nahm er sein Rad. »Machst du das Tor wieder auf?«

»Gehst du nicht zu Jerro?«, fragte Carl.

»Ein anderes Mal«, sagte Mick. »Ich will jetzt erst mein Referat ausarbeiten.«

Sobald Mick nach Hause kam, verzog er sich hinter seinen Computer und gab »RUFNUMMER 20-128« in die Suchmaschine ein. Zwei Treffer. Er klickte den ersten Link an. Auf dem Bildschirm erschienen fünf Rettungswagen mit

Rufnummer, Marke, Typ, Kennzeichen und Standort. Der Rettungswagen, der Jerro abgeholt hatte, befand sich mit weiteren vier Autos im Südteil der Stadt. Mick versuchte, die Telefonnummer des Standorts zu finden, aber das gelang ihm nicht. Nach langem Suchen fand er immerhin die Adresse. Er schrieb sie auf einen Zettel und schaute in Google Maps, wo das war. Dann ging er zurück zu der Website mit den Fotos, um die Daten zu notieren – mit ein wenig Glück gab es am Standort einen Plan, auf dem man sehen konnte, welcher Rettungswagen zu welchem Zeitpunkt und mit welchen Mitarbeitern ausgerückt war – und scrollte zu dem Chevrolet mit der Rufnummer 20-128. Da erst sah er es. Das Kennzeichen war 01-SJ-PH.

Micks Herz schlug schneller. Das stimmte nicht! Auf dem Kennzeichen des Wagens hatte MS gestanden, da war er hundert Prozent sicher. Jerro war von einem Rettungswagen mit einem falschen Kennzeichen oder einer falschen Rufnummer abgeholt worden.

Mick schrieb alle Daten auf den Zettel und schob ihn in seine Hosentasche. In der Küche schmierte er sich ein Brot mit Erdnussbutter. Kraftnahrung. Bis zum Südteil der Stadt waren es gut zwanzig Minuten mit dem Rad.

Der Standort war nicht schwer zu finden. Eigentlich war es eine Feuerwache, in der aber nicht nur Löschfahrzeuge, sondern auch Rettungswagen standen. Mick parkte sein Rad und betrat nervös die große Eingangshalle.

Sofort kam ein Mann auf ihn zu. »Kann ich dir helfen?«

Mick war froh, dass er sich unterwegs schon eine Ausrede ausgedacht hatte.

»Ich hoffe es«, sagte er. »Mein Freund ist neulich ins Krankenhaus gebracht worden und jetzt bin ich auf der Suche nach den Leuten, die ihn mit dem Rettungswagen abgeholt haben. Sie haben ihm das Leben gerettet und ich will mich bei ihnen dafür bedanken.«

»Kennst du ihre Namen?«, fragte der Mann.

»Nein.« Mick betrachtete die glänzenden Fahrzeuge. »Aber es war am elften Mai um zwei Uhr mittags und sie sind meiner Ansicht nach mit diesem Wagen gefahren.« Er zeigte auf den Chevrolet mit der Rufnummer 20-128.

Der Mann wiederholte Datum und Uhrzeit. »Warte mal kurz.« Er verschwand in einem kleinen Büro.

Mick umkreiste den Rettungswagen. Das Nummernschild stimmte mit dem auf der Website überein, aber nicht mit dem Nummernschild, das er am elften Mai gesehen hatte. Auch die Stoßstange wirkte anders. Je länger er schaute, desto sicherer war er, dass Jerro nicht mit diesem Wagen abgeholt worden war.

Der Mann betrat wieder die Halle. »Ich glaube, du irrst dich. Der 20-124, der 125er und der 126er sind am Mittag des elften Mai ausgerückt, aber der 128er nicht.«

Mick hatte nicht vor, so schnell aufzugeben. »Kennen Sie alle Fahrer?«

»Das will ich meinen. Ich bin der Betriebsleiter und wir arbeiten hier mit einem festen Team.«

»Der Fahrer, den ich meine, hatte blonde Locken«, sagte Mick. »Er war etwa vierzig und sein Gesicht war voller Pockennarben.«

Der Betriebsleiter schüttelte den Kopf.

»Dann vielleicht der Sanitäter?«, fragte Mick. »Ein blasser Mann um die dreißig mit rötlichem Haar. Er war nicht viel größer als ich, aber er hatte Hände in der Größe von Baseballhandschuhen.«

»Nein, tut mir leid.« Der Betriebsleiter ging zur Tür und hielt sie für Mick auf. »Wahrscheinlich stand doch eine andere Rufnummer auf dem Wagen. Wenn man aufgeregt ist, funktioniert das Gehirn nicht immer optimal.«

Es wurde aufgezeichnet, du Trottel, dachte Mick, ehe er mit großen Schritten nach draußen ging.

»Du könntest es auch noch im Stadtteil Nord versuchen!«

Mick kam nach Hause und öffnete die Hintertür. Er hatte nicht vor, noch das ganze Ende nach Nord zu fahren. Vorläufig wusste er genug. Jerro war von einem gefakten Rettungswagen abgeholt worden. Die Frage war: Woher bekam man die?

Mal wieder ins Internet. Vielleicht gab es eine Art Marktplatz oder eBay für abgeschriebene Rettungsfahrzeuge.

Er nahm eine Packung Milch aus dem Kühlschrank und ging in sein Zimmer. Bei Google gab er »Rettungsfahrzeug kaufen« ein.

Sobald er das Suchergebnis sah, rutschte ihm das Herz in die Hose. Offenbar konnte man problemlos so ein Fahrzeug kaufen. Bei Diac Holland verkauften sie alte und neue Rettungswagen, bei verschiedenen Autowerkstätten stand ein aufgemöbeltes Exemplar zum Verkauf und dann gab es auch noch Privatanzeigen. Es war nicht machbar, sich bei allen Verkaufadressen nach Mondkrater und Pranke zu erkundigen.

Aber wie sonst sollte er ihre Identität herausfinden? Sie waren bestimmt keine echten Rettungsmitarbeiter. Wäre er doch bloß so clever wie Jerro. Einfach logisch nachdenken, sagte der immer. Nur drehte es sich dann meistens um Mathematik.

Logisch nachdenken …

Eigentlich wirkte die ganze Aktion noch am ehesten wie eine Entführung. Eine schlaue, bis in alle Einzelheiten vorbereitete Entführung. Ein Fake-Rettungswagen öffnete alle Türen. Sogar das Stargate – der sonst so wachsame Carl hatte das Tor sperrangelweit aufgemacht. Mondkrater und Pranke konnten Jerro mitnehmen, ohne dass ihnen jemand auch nur einen winzigen Stein in den Weg legte. Auch Mick hatte natürlich, ohne weiter nachzudenken, schön mitgemacht. Und dann: Zahltag! Ein paar Millionen Lösegeld waren auf diese Art schnell verdient.

Na ja, so hätte es sein können.

Aber Jerro war nicht entführt worden, sondern nur verändert.

Mick trank einen Schluck Milch und wischte sich mit dem Handrücken über den Mund.

Woher hatten sie eigentlich gewusst, dass Jerro bewusstlos war und ins Krankenhaus musste?

Mick steckte die Hand in seine Tasche und fühlte an seinem Handy. *Er* hatte die Notfallzentrale angerufen. Wer weiß, vielleicht wurde sein Telefon abgehört!

Schnell schob er den Gedanken wieder weg. Niemand war an den Gesprächen eines langweiligen, dicken Jungen interessiert. Die Wahrscheinlichkeit, dass sie sich ins Verbindungsnetzwerk der Hilfsdienste eingehackt hatten, war viel höher. Oder in der Zentrale arbeitete ein Handlanger für sie, der den 112-Ruf an Mondkrater und Pranke durchgegeben hatte.

Aber warum?

Mick dachte an verbotene medizinische Experimente, bei denen das Gedächtnis durcheinandergeriet und sich das Verhalten änderte. An ein Komplott gegen die Menschheit durch Wesen einer höheren Macht.

Er seufzte.

Das klang wie das Gegenteil von logisch. Das war wie Science-Fiction.

7.

Am nächsten Tag war es drückend heiß. Fenster und Tür von Jerros Zimmer standen auf Durchzug, damit sie bei ihren Hausarbeiten nicht wegschmolzen. Na ja, Hausarbeiten sollten sie machen, in Wirklichkeit schaute Jerro aber auf den Monitor seines MacBooks und Mick beobachtete Jerro aus den Augenwinkeln. Seine Motorik hatte sich nicht verändert und er grinste auch noch wie immer.

»Was starrst du mich so an?«, fragte Jerro.

Mick zuckte zusammen.

»Du lenkst mich wenigstens nicht ab«, log er schnell. »Im Gegensatz zu Red Sonja in ihrem Bikini.« Er wies mit einem Kopfnicken zum Poster hinüber. »Wenn ich sie sehe, denke ich an ganz andere Sachen als an dämliche Vokabeln.«

Jerros Gefühl für Humor war auch noch dasselbe. Er lachte und klappte seinen Mac zu. »Ich geh mal eben pinkeln.«

Dann schob er den Laptop unters Bett!

Mick spürte das Blut in seinen Schlafen pochen. Jerro ließ sein Mac immer offen, wenn er zur Toilette ging. Und er würde es schon gar nicht unter seinem Bett verstecken. Jerro verschwand im Bad.

Mick blieb regungslos auf dem Boden sitzen, den Rücken an das Bücherregal gelehnt. Nur sein Blick flog nervös hin und her. Vom Badezimmer zum Bett, zur Tür, zum Bett …

In dem Mac stand bestimmt etwas, was er nicht sehen durfte. Irgendein Geheimnis, das Jerros verändertes Verhalten vielleicht erklären konnte. Die Lösung lag zum Greifen nah. Zwei Meter weiterrücken und er war beim Bett.

Das kannst du nicht machen, sagte eine Stimme irgendwo in seinem Hirn.

Doch, sagte eine andere Stimme. Du willst Jerro doch helfen? Zum x-ten Mal checkte Mick die Badezimmertür. Der Schweiß brach ihm aus. Was sollte er sagen, wenn er erwischt wurde?

Nicht nachdenken. Beeilung! Das ging alles nur von seiner kostbaren Zeit ab.

Er holte tief Luft, streckte die Hand unters Bett und zog den Mac zu sich heran. Aufklappen. Seine Finger zitterten. Er fühlte sich wie ein Dieb, der einen Tresor öffnet.

Auf dem Bildschirm erschien eine Textdatei. Sie sah aus wie ein Aufsatz für die Schule.

Doch Hausaufgaben, dachte Mick enttäuscht. Bis er zu lesen anfing.

ERSTE BEGEGNUNG M. SCHULGARDEROBE STORMCOMIC.

M. FAN VON DON LAWRENCE.

Wie ein Slalom-Skifahrer raste er mit Höchstgeschwindigkeit durch den Text und las die Sätze, die ihm begegneten.

PASSWORD NACH INVASION OF THE BODYSNATCHERS, VATER M.

Mit jedem Satz, den er las, fühlte er sich elender. Das hier waren Gedankenstützen, wie Omas Zettel. Auch Jerro selbst hatte gemerkt, dass sein Gedächtnis nachließ, und deswegen so viel wie möglich aufgeschrieben.

Er scrollte weiter nach unten. Dort tauchten reihenweise Fotos auf. Sie waren bei verschiedenen Festen aufgenommen worden, während der Ferien, an einem Sporttag, einem Discoabend, auf einer Comicbörse, die Mick mit Jerro besucht hatte, und bei noch diversen anderen Anlässen. Mick kannte die meisten Fotos. Sie waren immer auf dem MacBook gewesen. Normal abgespeichert in iPhoto und ohne Kommentar. Bei diesen Fotos hier war das anders. Es wurde zu jedem erklärt, wer darauf zu sehen war und um welches Ereignis es ging ...

Im Badezimmer war das Geräusch von fließendem Wasser zu hören.

Jerro hat die Spülung gedrückt!

Der Mac fühlte sich auf einmal an wie eine entschärfte Handgranate. Mick klappte ihn blitzschnell zu und schob den Laptop unter das Bett. Zurück zum Regal rutschen und das Vokabelheft wieder in die Hand nehmen...

Gerade noch rechtzeitig.

»Streber«, sagte Jerro. »Das ist echt nicht mehr gesund, wie du hier herumhockst und lernst. Dir steht ja schon der Schweiß auf der Stirn, Mann.« Er zog seinen Mac wieder hervor und legte sich damit aufs Bett.

Mick tat, als würde er weiter Vokabeln lernen, damit er in Ruhe nachdenken konnte.

Was sollte er machen? Doch mit Jerro reden?

Aber dann müsste er auch erzählen, dass er heimlich in den Mac geschaut hatte, und das bedeutete vielleicht auch das Ende ihrer Freundschaft. Jerro war im Augenblick ziemlich schwer einzuschätzen und fühlte sich schnell auf den Schlips getreten. Nein, Mick schien es besser, einen Erwachsenen einzuschalten. Wenn wirklich was Ernsthaftes mit Jerro los war...

»Hallo.«

Mick schrak auf.

»Ich bringe Leckerei.« Kasia kam mit zwei Eisbechern durch die offen stehende Tür. Der Duft warmer Schokolade stieg Mick in die Nase.

»Dame blanche«, sagte sie. »Zum Abkühlen.«

Mick kam eine Idee. Er könnte Kasia um Hilfe bitten. Sie sorgte schon seit Jahren für die Familie Prins und kannte Jerro ziemlich gut. Wenn jemand seinen Gedächtnisschwund bemerken würde, dann vermutlich sie. Und sie konnte ausgezeichnet mit Stresssituationen umgehen – als Jerro bewusstlos auf dem Bett gelegen hatte, hatte sie genau gewusst, was sie machen musste.

Eine Stunde später stopfte Mick seine Bücher in seinen Rucksack. »Ich gehe dann mal.«

Jerro nickte. »Bis morgen.«

Mick ging nach unten, aber nicht wie sonst gleich zur Haustür. Wenn er Glück hatte, würde er Kasia in der Küche antrefffen.

So war es. Sie saß am Küchentisch und schälte Kartoffeln.

»Hallo«, sagte Mick. »Darf ich dich kurz stören?«

Sie zeigte mit dem Messer auf einen Stuhl.

Er war doch etwas nervös. Wo sollte er anfangen? Und wie würde Kasia auf seine Geschichte reagieren? Vielleicht würde sie ihn ja für verrückt erklären.

»Es geht um Jerro.« Mick räusperte sich und begann zu erzählen. Seine Stimme zitterte und manchmal war es schwierig, die richtigen Worte zu finden, aber nach einer Weile kam er in Schwung und erinnerte sich an immer wieder neue Vorfälle, um Kasia davon zu überzeugen, dass er recht hatte. Sie hörte schweigend zu, legte erst die Kartoffel, dann auch das Messer auf den Tisch. Dann faltete sie die Hände, als würde sie beten.

»Ich weiß nicht, was ich machen soll«, sagte Mick schließlich. »Aber Jerro braucht dringend Hilfe.«

Es wurde still in der Küche. Mick hörte den Kühlschrank

brummen und Kasia saß da wie in Stein gehauen. Mit jeder endlosen Sekunde spürte er mehr Energie aus seinem Körper entweichen. Sie glaubte ihm nicht. Trotz seiner hunderttausend Argumente.

»Ich sehe, was tun«, sagte sie dann. »Erst ich werde gut aufpassen. Wenn Jerro Dinge vergisst, ich das merke. Andere Mal weiterreden, du und ich. Wenn ich mehr weiß. Ja?«

Mick nickte. Okay, das war nicht ganz die Antwort, die er sich erhofft hatte, aber sie lachte ihn zumindest nicht aus und tat es auch nicht sofort als Unsinn ab.

Er stand auf. »Dann gehe ich jetzt mal nach Hause.«

Kasia nahm ihr Messer wieder zur Hand. »Ist gut.«

Mick schlurfte durch den Flur zur Haustür. Vorläufig war er noch nicht wirklich viel weitergekommen. Er betrat den Garten und wollte die Tür schon hinter sich zuziehen …

Trottel. Er hatte seine Tasche bei Kasia stehen lassen.

Er ging wieder hinein und zurück zur Küche. Die Tür war angelehnt. Kasia hatte wohl Besuch bekommen. Mick hörte jemanden mit ihr reden.

»Das kam aus heiterem Himmel«, sagte eine Frauenstimme. »Ich habe versucht, möglichst normal zu reagieren, und mich noch ein wenig herausgemogelt, aber …«

Seltsam. Sie klang wie Kasia, aber doch anders.

»Du hast leicht reden. Wenn sie dahinterkommen, bleibst du schön außen vor.«

Mick versuchte, lautlos zu atmen. Er spähte durch den schmalen Türspalt zu Kasia, die am Tisch lehnte. Sie war ganz allein in der Küche und telefonierte. Die Stimme, die er gerade gehört hatte, war ihre. Er hatte sie nur nicht sofort erkannt, weil Kasia plötzlich vollkommen fehler- und akzentfrei sprach.

8.

Eine unsichtbare Hand presste Mick die Kehle zu. Kasia steckte mit Mondkrater und Pranke unter einer Decke!

»Und du glaubst, er gibt es dann auf?«, fragte Kasia den Unbekannten am anderen Ende der Leitung. »Jerro ist immerhin sein bester Freund.«

Es ging um *ihn*.

Mick wurde plötzlich klar, dass auch er in Gefahr war. Er war immer davon ausgegangen, dass Kasia Jerro aus Versehen die verdorbene Makrele gegeben hatte und der eigentliche Fehler beim Fischhändler zu suchen war. Aber jetzt war er davon überzeugt, dass sie Jerro vorsätzlich vergiftet hatte. Sie hätte ihn auch umbringen können!

Mick dachte an die Dame blanche vom Nachmittag. Im Nachhinein schmeckte die Schokolade wirklich sehr bitter. Er nahm sich vor, nie wieder etwas zu essen, was Kasia zubereitet hatte.

»Ausgezeichnet, lass uns das versuchen«, klang es aus der Küche. Kasia legte den Hörer auf und starrte aus dem Fenster. Vielleicht überlegte sie ja schon, wie sie Mick für immer den Mund stopfen konnte!

Das wollte er doch mal sehen. Er würde Jerro jetzt sofort warnen. Lieber sauer als tot!

Mick lief auf Zehenspitzen weg von der Tür und schlich die Treppe hinauf in Jerros Schlafzimmer.

»Was …«, begann Jerro verblüfft.

Mick legte den Finger auf die Lippen und schloss die Tür hinter sich. »Ich muss mit dir reden. Es ist dringend.«

Jerro schob sein MacBook zur Seite und setzte sich auf.

»Ich habe ein paar Dinge herausgefunden«, sagte Mick. »Du wurdest von einem gefakten Rettungswagen abgeholt. Die Rufnummer stimmt nicht mit dem Kennzeichen überein. Ich weiß noch nicht genau, warum, aber Kasia hat dir absichtlich diesen schlechten Fisch gegeben, damit du ins Krankenhaus gebracht werden musstest. Als ich die Notrufzentrale anrufen wollte, hat sie mir das Telefon schnell aus der Hand genommen. Ich glaube, dass sie nicht wirklich mit jemandem aus der Zentrale gesprochen hat; sie hat nur so getan, weil ich neben ihr stand. Sie wollte, dass ich so schnell wie möglich nach draußen verschwinde, dann konnte sie Mondkrater und Pranke informieren. Darum wurde ich mit der Nachricht zu Carl geschickt, er solle schon mal das Tor öffnen.«

»Pranke und Mondkrater.« Jerro sah Mick an, als wäre er ein gefährlicher Psychiatriepatient.

»So nenne ich das Rettungswagenteam. Schließlich waren die nicht echt, weder der Fahrer noch der Sanitäter.«

»Nein, natürlich nicht«, sagte Jerro spöttisch.

»Ich weiß, dass es verrückt klingt«, fuhr Mick schnell fort. »Aber meiner Ansicht nach ist in diesem Rettungswagen etwas geschehen, was dich so verändert hat. Dein Gedächtnis zum Beispiel …«

»Was ist mit meinem Gedächtnis?«

»Zum Beispiel weißt du unser Password nicht mehr.«

»Fängst du schon wieder damit an?« Jerro drehte die Augen zur Decke. »Es lautet Rothaar. Das habe ich dir doch schon längst gesagt?«

»Und als du nach dem Krankenhaus zum ersten Mal wieder in die Schule kamst, wusstest du nicht mehr, wo die Toiletten waren«, behauptete Mick hartnäckig. »Du hast an allen Türen nach Schildern gesucht.«

Jerro runzelte die Stirn. »Spionierst du mir nach oder was?«

Oje. Das ging in die völlig falsche Richtung.

»Wirklich nicht«, sagte er schnell. »Ich habe es bloß zufällig gesehen.«

»Na, dann hast du es eben zufällig falsch gesehen. Mein Gedächtnis ist ausgezeichnet.«

»Ach ja? Und wozu dienen dann all diese Gedächtnisstützen auf deinem Computer?«, platzte Mick heraus.

Jerro sprang wie von der Tarantel gestochen auf, fing sich aber blitzschnell wieder und sagte dann furchterregend kühl: »Hast du auch wieder zufällig mitbekommen, nehme ich an?«

Mick hätte sich die Zunge abbeißen können.

»Nun?« Jerro kam drohend auf ihn zu.

»Nein, aber...« Mick machte einen Schritt zurück. »Ich wollte dir nur helfen.«

»Wie würdest du es finden, wenn ich hinter deinem Rücken in deinen Sachen herumschnüffeln würde?« Jerros Gesicht kam so nahe, dass es Mick Spucketröpfchen auf die Wange regnete.

»Ich sagte doch, es tut mir leid.«

Jerro packte Mick am Hemdkragen und machte eine Vierteldrehung. »Und du glaubst, das reicht mir?«

Mick starrte ihn ängstlich an. Nicht, weil er Angst vor Schlägen gehabt hätte – mit seinem großen, schweren Körper konnte er Jerro wirklich problemlos abwehren –, sondern weil es total erschreckend war, dass sein Freund so ausrastete wie sonst nur Lex.

»Was ist bloß los mit dir?«, rief Mick. »Merkst du jetzt, dass du dich verändert hast? Jerro würde mich nie bedrohen.«

Jerro erstarrte kurz, kam dann wieder zu sich und ließ Micks Kragen los.

»Idiot«, sagte er. »Ich *bin* Jerro.« Er gab Mick einen leichten Schubs gegen den Brustkasten. »Und jetzt verschwinde.«

Mick zwängte sich an Jerro vorbei, ging mit brennenden Augen zur Tür und auf den Treppenabsatz hinaus. Noch bevor er an der Treppe war, besann er sich und ging zurück.

»Kasia stand vorhin in der Küche und telefonierte«, sagte er zu Jerro, »und sie sprach auf einmal fehler- und akzentfrei. Nur, dass du's weißt.«

Dann drehte er sich um und rannte aus dem Haus.

Draußen war es immer noch drückend heiß – Brutkastenwetter, hätte Micks Vater gesagt –, aber am Himmel zog es sich schon zusammen und in der Ferne war ein Grollen zu hören. Mick merkte es kaum. Er radelte langsam nach Hause und fühlte sich, als säße ein Elefant auf seinen Schultern.

Jerro und er hatten sich noch nie gestritten. Na ja, zumindest nicht richtig, nur Meinungsverschiedenheiten und Diskussionen. Obwohl sie sich dann ziemlich heftig angreifen konnten, war dabei immer auch ein respektvoller Unterton. Und wenn die Stimmung mal wirklich im Keller war, machte einer von ihnen einen Scherz, bevor es allzu unangenehm wurde. Aber jetzt war alles anders. So aggressiv wie heute hatte er Jerro noch nie erlebt …

Mick hätte heulen können. Er war sich auf einmal ganz sicher, dass es nie wieder gut werden würde.

Über seinem Kopf ballten sich immer mehr Wolken zusammen. Er verließ das Villenviertel und fuhr weiter über den Fahrradweg am Rundweg entlang. Er trat wie automatisiert in die Pedalen. In Gedanken stand er wieder in Jerros Zimmer, wo er um ein Haar erwürgt worden war. Bei der Erinnerung daran wurde er stinksauer.

Dieser Mistkerl!

Ein Blitz tauchte die Welt plötzlich in ein seltsam grelles Licht. Mick wusste nicht, ob es davon kam, aber im selben Moment sah auch er selbst wieder klarer: Er hatte keinerlei Grund, auf Jerro sauer zu sein. Pranke, Mondkrater und vielleicht auch Kasia hatten etwas mit ihm angestellt, wodurch sich Jerro so verändert hatte. Dieser Streit von heute Nachmittag war *ihre* Schuld! Und was hatte er getan? Als Jerro ihm nicht sofort geglaubt hatte, war er aus dem Haus geflohen. Er hatte Jerro mit einer Frau allein gelassen, die ihn jeden Moment wieder vergiften konnte. Einmal Reißen an seinem Hemd und er war abgehauen. Er war wirklich nichts wert als Freund. Statt Jerro zu helfen ...

Bumm!

Mick erschrak von dem harten Donnerschlag. Warme Regentropfen fielen auf seine Stirn. Er stellte sich unter den erstbesten Baum und zog sein Handy aus der Hosentasche.

ES TUT MIR LEID, simste er. ABER HÖRST DU BITTE AUF MICH? DU BIST IN GEFAHR.

Er wartete auf Antwort, aber sein Telefon schwieg.

ICH DENKE MIR DAS NICHT AUS!

Keine Reaktion.

MORGEN IN DER SCHULE DANN. WIR MÜSSEN REDEN.

Es blitzte wieder. Der Donner folgte ein paar Sekunden später. Es war nicht gerade intelligent, bei diesem Wetter unter einem Baum stehen zu bleiben.

Mick steckte sein Telefon ein.

Morgen, dachte er. Dann bringe ich alles wieder in Ordnung.

Am nächsten Tag ging Mick absichtlich früh zur Schule. Er hoffte, dass Jerro seine Nachrichten gelesen hatte und auch da sein würde.

Ja, dahinten am Zaun! Er wartete natürlich auf ihn. Mick stieß einen Seufzer der Erleichterung aus und hob die Hand.

»He, Jerro!«

Jerro schaute durch ihn hindurch.

Déjà-vu. Mick wünschte augenblicklich, er wäre wirklich unsichtbar. Er ließ die Hand sinken, fuhr auf den Hof und verschwand so schnell wie möglich im Fahrradschuppen.

Jerro kann nichts dafür, hielt er sich vor. Ich darf ihn nicht im Stich lassen.

Mit Bauchschmerzen ging er auf den Hof zurück.

Er hatte die Reaktion vorhin bestimmt nicht richtig eingeschätzt, denn jetzt kam Jerro ganz normal auf ihn zu. Er hatte zwei Taschen bei sich. Seine eigene und Micks Rucksack. Er stellte ihn auf den Boden und sagte: »Den hast du gestern vergessen. Er stand noch in der Küche.«

Puhh, alles war wieder in Ordnung.

»Danke.« Mick hängte ihn über die Schulter. »Hast du noch mit Kasia gesprochen?«

Jerro nickte. »Wir haben uns kaputtgelacht.«

Das unbehagliche Gefühl war sofort wieder da. »Wieso?«

»Was dachtest du denn? Wegen deiner irren Geschichten natürlich.« Jerro grinste herablassend. »Es wird wirklich Zeit, dass du dir Hilfe suchst, beim Schulpsychologen oder so.«

Mick krallte die Hände in den Rucksackträgern fest. Er hätte die Klappe halten sollen. Jetzt konnte er nicht mehr zurück.

»Ich weiß, dass das alles merkwürdig klingt«, unternahm er noch einen schwachen Versuch, »aber Kasia ist wirklich nicht zu trauen. Sie arbeitet mit den Leuten vom Rettungswagen zusammen.«

»Großfuß und Mondmännchen!« Jerros Stimme schallte über den ganzen Hof, sodass alle ihn hören konnten. Lex und zwei seiner Klone drehten sich um. Fransje, Bianca und noch ein paar Mädchen hörten auf zu schwatzen. Auf der Mauer beim Eingang hockten bestimmt zehn Erstklässler. Für ihr Alter sahen sie ziemlich frech aus und alle schauten zu Mick.

»So heißen die gefährlichen Außerirdischen, die mich zu Hause abholen kommen«, sagte Jerro und zeigte mit dem Finger auf Mick. »Das behauptet er zumindest.«

Mick erwartete fast, dass wie bei Matthew Bennell ein eisiger Schrei aus Jerros Mund kommen würde, aber es blieb bei einem lautlosen Grinsen.

Die Mädchen starrten Mick an, als wäre er eine Kirmesattraktion. Kichern war zu hören und hier und da ein spöttisches Lachen. Lex lachte so übertrieben, dass er sich kaum noch auf den Beinen halten konnte. Alfred war der Einzige, der über die Situation sichtlich unglücklich war, aber auch er hielt den Mund.

Mick spürte, wie seine Wangen rot anliefen. Er musste hier weg! Mit großen Schritten lief er zur Schultür, in der Hoffnung, dass sie schon offen war.

»Das kommt davon«, rief Jerro ihm nach, »wenn man zu oft Science-Fiction-Filme schaut!«

Mick sah sich gequält um.

Jerro merkte es nicht einmal und zwinkerte Fransje zu. »Pass bloß auf«, sagte er zu ihr. »Gleich denkt er noch, du bist eine verkleidete Echse, die Ratten und Meerschweinchen frisst.«

»Igitt!« Fransje kicherte.

Mick drückte mit voller Kraft gegen die Tür. Puhh. Offen! Er rannte ins Schulgebäude.

Oh, wie er Jerro hasste!

Die Eingangshalle verschwamm vor seinen Augen. Halb blind stolperte Mick die Treppe hinauf und knallte fast gegen Buiks. Ohne etwas zu sagen, lief er weiter, den langen Gang hinunter, während ihn Buiks' wütende Stimme verfolgte und es in seinem Kopf immer nur rauschte: weg, weg, weg! Er flitzte um die Ecke, stürzte in den Toilettenraum und versteckte sich auf dem hintersten Klo.

Tür abschließen!

Keuchend ließ er sich auf den WC-Deckel fallen. Es fühlte sich an, als wäre er in der Zeit zurückgereist. Da hockte er wieder, untergetaucht, genau wie in diesen ersten Katastrophenwochen in der Orientierungsstufe. Er rieb sich die Augen. Vorläufig war er hier sicher. Niemand konnte zu ihm rein oder sie müssten die Tür eintreten. Er spitzte die Ohren, aber es blieb zum Glück still.

Nach einer Weile ging die Schulklingel. Er lauschte dem Lärm auf dem Gang. Der Unterricht begann, aber niemand kam ihn holen. Warum sollten sie auch?

Aber dann kam jemand zum Pinkeln. Mick blieb ganz still sitzen und wartete, bis wieder Ruhe eingekehrt war. Wieder wanderten seine Gedanken in der Zeit zurück. Das Hohngelächter. Seine Schulsachen, die ständig in Klos und Mülleimern endeten, die Grunzlaute. Bis Jerro gekommen war und ihn aus den Klauen seiner Peiniger gerettet hatte. Derselbe Jerro, der ihn gerade ...

Mick seufzte. Er war der letzte normale Sterbliche in einer Welt voller Bodysnatchers. Zumindest fühlte es sich so an.

9.

Eine Stunde lang saß Mick auf dem Klo und grübelte. Dann hatte er einen Plan. Der war nicht umwerfend, aber so schnell fiel ihm nichts anderes ein und Mick musste jetzt sofort etwas tun, weil er sich sonst vielleicht nicht mehr trauen würde. Er schaute auf die Uhr. Die Unterrichtsstunde würde noch fünfzehn Minuten dauern. Er öffnete die WC-Tür, vergewisserte sich, dass die Luft rein war, und schlich auf den Gang.

Moment! Wenn er einfach so schwänzte, bestand die Gefahr, dass die Schulleitung seine Mutter informierte. Sie würde sofort hysterisch werden und ihn für den Rest seines Lebens in seinem Zimmer einschließen. Nein, er sollte sich lieber krank melden. Die Hände auf den Bauch gepresst ging er zu Frau Boks ins Sekretariat.

»Ach herrje«, sagte sie mitleidig, während sie seinen Namen auf einem Zettel notierte. »Soll ich vielleicht jemanden anrufen, um dich abzuholen?«

Es war schwieriger, Menschen zu belügen, die nett zu einem waren.

»Das klappt schon«, sagte er, ohne sie anzusehen. »Ich wohne in der Nähe.«

»Na, dann gute Besserung.«

»Vielen Dank.« Mick trottete zum Fahrradschuppen. Am liebsten wäre er gerannt, um so schnell wie möglich außer Sicht der Klassenräume zu sein, aber dann würde Frau Boks misstrauisch werden und ihn vielleicht zurückrufen.

Sobald er sicher unter dem Vordach stand, überprüfte er sein Handy.

Alles in Ordnung. Der Akku war voll und die Aufnahmefunktion bereit. Er steckte das Telefon in die Tasche, schwang sich auf sein Rad und fuhr sofort zu Jerros Haus. Unterwegs versuchte er intensiv, nicht an Kasia zu denken, und vor allem nicht daran, wie gefährlich sie wahrscheinlich war. Stattdessen konzentrierte er sich darauf, was er ihr gleich sagen würde. Er wollte sie mit dem Telefongespräch konfrontieren, das er gestern belauscht hatte. Vielleicht konnte er auch ein wenig bluffen und so tun, als wüsste er viel mehr. Auf jeden Fall musste er sie so reizen, dass sie sich verplappern würde, während er alles heimlich mit seinem Handy aufzeichnete.

Und wenn sie weiterhin leugnet?, fragte eine besorgte Hirnzelle.

Mick konnte sich das Untergangsszenario genau vorstellen. Wenn sein Plan misslang, hatte er noch immer nicht den Hauch eines Beweises. Kasia und ihre Handlanger würden in Zukunft besonders auf der Hut sein. Es war durchaus denkbar, dass sie von sich aus eine Gegenaktion starten würden. Er wäre nicht der erste Trottel, der vom Erdboden verschwand, weil er mehr wusste, als für ihn gut war. Wer weiß, vielleicht sammelte ihn ein gefakter Rettungswagen von der Straße und er endete mit einem Foto auf der Vermisstenseite von Amber Alert. Ende der Geschichte.

Mick fuhr langsamer. Noch konnte er zurück.

Zurück zu was? Zum ewigen Untertauchen in den Toilettenräumen der Prisma-Hölle?

Und selbst wenn Kasia nichts preisgeben würde... Wenn er eine Aufnahme machen könnte, auf der sie akzentfrei und fließend sprach, würde das schon reichen. Dann würden bei Herrn und Frau Prins bestimmt ein paar Alarmglocken anfangen zu läuten.

Er trat wieder fester in die Pedale. Innerhalb weniger Minuten war er am Stargate.

»Hallo Carl«, sagte er zur Kamera. »Würdest du das Tor öffnen?«

Das leise Summen des Stargates blieb aus.

Allerdings kam Carls Stimme aus dem Lautsprecher in der Wand. »Es tut mir leid, Mick, aber ich darf dich nicht hereinlassen.«

Mick schaute verwirrt in die Kamera. Er hatte gedacht, auf alles vorbereitet zu sein, aber damit hatte er nicht gerechnet.

»Bitte«, flehte er. »Es ist wirklich wichtig, dass ich Kasia spreche.«

»Leider«, sagte Carl. »Ich finde es auch sehr unangenehm, aber wenn ich Befehle von oben bekomme, muss ich mich daran halten.«

Micks letzter Hoffnungsschimmer schwand. Keine Tonaufnahme hieß kein Beweis. Und ohne Beweis glaubte ihm niemand. Er wusste wirklich nicht mehr, wie er Jerro noch retten sollte, wenn sie ihn hier nicht reinließen.

»Kasia wahrscheinlich?«, fragte er niedergeschlagen.

»Wenn du es unbedingt wissen willst: Herr Prins hat die Anweisung durchgegeben. Auf Jerros Bitte hin. Ich weiß nicht, was zwischen euch vorgefallen ist, aber er will dich hier nie wiedersehen.«

10.

Mick fuhr nach Hause. Erst schrie er Jerro in Gedanken zusammen. Dann dachte er an den Jerro aus der Zeit vor dem Krankenhaus und daran, was sie alles zusammen erlebt hatten. Seine Wut schmolz dahin wie Käse unterm Grill.

Jerro musste zu dieser ganzen Sache gezwungen worden sein, es konnte nicht anders sein. Aus irgendeinem Grund hatten Kasia, Pranke und Mondkrater ihn in der Hand.

Mick bog in die Bosporuslaan ein.

Er würde nicht einfach so aufgeben. Er durfte nicht rein? Na, und! Dann würde er eben warten, bis Kasia rauskam. Sie arbeitete immer bis sieben Uhr und fuhr dann auf ihrem Elektrofahrrad davon. Er brauchte nur noch das richtige Fahrzeug, um sie zu verfolgen.

Sofies Roller! Damit wäre es ein Kinderspiel. Bloß wie sollte er seine Schwester dazu bringen, ihm den Roller zu leihen? Er wusste schon genau, welche Argumente sie anführen würde. Erstens: Du hast keinen Führerschein. Zweitens: Mama bringt mich um, wenn sie es erfährt.

Mick lehnte sein Fahrrad an die Hauswand und ging hinein.

Freitags arbeitete seine Mutter nicht. Sie saß auf dem Sofa und blätterte in einer Frauenzeitschrift. »Warum bist du nicht in der Schule?«, fragte sie erstaunt.

»Ich habe mich krank gemeldet. Grässliche Kopfschmerzen.«

»Oh, wie blöd. Leg dich schnell aufs Bett, dann bringe ich

dir Wasser und eine Tablette.« Sie legte die Zeitschrift hin und stand auf. »Hoffentlich fühlst du dich nachher etwas besser, wenn wir zu Tante Gerdas Geburtstagsfest gehen.«

Richtig! Die Schwester seines Vaters wurde fünfzig und sie feierte es mit einem Essen im Restaurant. Auch alle Neffen und Nichten waren dazu eingeladen.

Zu schade, aber Mick war sicher, dass er am Abend noch längst nicht wieder fit sein würde.

Um sechs Uhr stiegen seine Mutter und Sofie in den roten Peugeot. Mick winkte ihnen vom Fenster aus nach. Er wärmte sich einen Teller Nasi Goreng in der Mikrowelle und setzte sich zum Essen in die Küche. Noch eine halbe Stunde, dann würde auch er aufbrechen. Sicherheitshalber schrieb er einen Zettel und legte ihn auf sein Bett. MACH DIR KEINE SORGEN, FÜHLE MICH DEUTLICH BESSER UND BIN NOCH KURZ WEG – BIS SPÄTER, MICK.

Er zog seine Jacke an und fischte den Schlüssel vom Haken im Flur. Der Helm lag auf der Garderobe. Er probierte ihn vor dem Spiegel an. Perfekt. Mit dem Ding auf dem Kopf war er nicht zu erkennen. Kurz nachdenken… was brauchte er noch?

Sein Handy natürlich. Und eigentlich müsste er auch ein Fernglas mitnehmen. In der Kiste mit den Campingsachen vielleicht? Sein Vater hatte in den Ferien gern Vögel beobachtet. Mick erinnerte sich noch an manche Namen, wie den Wiedehopf, den Steinschmätzer und die Stelze.

Die Kiste stand auf dem Dachboden und Mick fand, was er suchte. Er hielt das Fernglas kurz hoch und murmelte: »Danke, Paps.«

Der Roller stand im Schuppen. Mick schob das Fahrzeug auf die Straße, startete und fuhr los, während ihm das Adrenalin schneller durch die Adern schoss als die Reifen über den Asphalt.

Aufpassen, nicht zu schnell fahren. Wenn die Polizei ihn anhielt, war er dran.

Er hatte mehr Talent für den Motorsport als fürs Radfahren. Im Nu erreichte er das Stargate. Er sorgte dafür, dass er außerhalb der Reichweite der Kameras blieb, und stellte den Motor ab. Den Helm legte er solange auf den Sattel. Er zog das Fernglas, das er um den Hals gehängt hatte, unter der Jacke hervor und spähte durch die Gitterstäbe die Auffahrt hoch. Die Stelle, an der er sich postiert hatte, erwies sich als ausgezeichneter Aussichtspunkt. Von hier würde er Kasia sofort sehen.

Er hatte vor, ihr zu folgen, bis er wusste, wo sie wohnte. Danach würde er weitersehen, es hing von der Situation ab. Er wusste noch zu wenig von ihr. Sie konnte durchaus eine Art Hulk zum Ehemann haben oder einen bissigen Pitbull als Wachhund.

Mick legte den Kopf schräg. War das nicht das Geräusch eines Elektrofahrrads? Ja, da kam sie schon die Auffahrt hinunter.

Blitzschnell setzte Mick den Helm auf und sorgte dafür, dass er startklar war. Das Stargate öffnete sich. Kasia fuhr auf die Straße.

Gas! Er nahm die Verfolgung auf.

Auf belebten Abschnitten blieb er dicht hinter ihr, um sie nicht aus den Augen zu verlieren, in ruhigen Straßen hielt er größeren Abstand, damit er möglichst wenig auffiel. Schließlich landeten sie in einem Neubaugebiet. Kasia wurde langsamer und hielt bei einem Reihenhaus mit einem überdachten Abstellplatz links neben der Haustür. Mick fuhr ein Stück an ihr vorbei, hielt am Straßenrand und hob den Roller auf den Ständer. Dann überquerte er die Straße und versteckte sich mit seinem Fernglas hinter einem dicken Baum. In der Zwischenzeit hatte Kasia ihr Fahrrad abgestellt und ging ins Haus. Mick richtete das Fernglas auf die Fenster. Leider konnte er nicht erkennen, ob da vielleicht ein Hulk auf dem Sofa saß. Kasia mochte offensichtlich keine Topfgucker und hatte die Scheiben mit undurchsichtiger Folie beklebt.

Was jetzt? Klingeln und sie mit dem Telefongespräch in der Küche konfrontieren, wie er es schon am Morgen hatte tun wollen?

Er traute sich nicht. Auf dem Gelände der Familie Prins hatte er sich durch Carls Anwesenheit doch noch ein wenig beschützt gefühlt, aber hier war er ganz allein verantwortlich. Wenn es schiefging, würde ihm niemand zu Hilfe kommen. Sie wussten ja nicht einmal, wo er war.

Mick beschloss, noch nichts zu unternehmen und nur zu beobachten.

Es war eine ruhige Straße, in der wenig passierte. Kasia ging einmal am Wohnzimmerfenster entlang, ihr Kopf überragte die Plastikfolie. Ob noch mehr Menschen in der Wohnung waren, konnte Mick noch immer nicht feststellen.

Nach einer Weile wurden ihm die Arme lahm und er ließ das Fernglas immer häufiger sinken.

Das hier hatte keinen Sinn. Es gab keine andere Lösung, als doch zu klingeln, sonst konnte er jetzt genauso gut nach Hause fahren.

In diesem Moment bog ein grüner Volvo in die Straße ein. Bei den Parkbuchten verlangsamte er, aber der Fahrer machte sich nicht die Mühe, den Wagen ordentlich einzuparken. Er fuhr mit dem rechten Vorderrad auf den Bürgersteig und ließ das Heck halb auf die Straße ragen.

Der hat's aber eilig, dachte Mick.

Eine kleiner Muskelprotz stieg aus. Er war Mister Sulu aus *Star Trek* wie aus dem Gesicht geschnitten. Sulu ging, wie er parkte: mit eiligen Schritten geradewegs auf sein Ziel zu und das war: Kasias Haustür!

Vielleicht war er ja auch an dem Komplott beteiligt?

Trotz seiner müden Arme hielt Mick das Fernglas so ruhig es ging. Er wollte keine Sekunde verpassen.

Es war, als käme Mister Sulu nicht unerwartet – noch bevor er geklingelt hatte, öffnete Kasia die Tür. Er ging nicht hinein, sondern ...

Kasia gab ihm etwas!

Mick kroch fast in sein Fernglas, aber der Gegenstand verschwand schon in Mister Sulus Jacketttasche, bevor er ihn genauer hätte sehen können.

Was war so klein, dass es in Kasias Hand passte? Ein Schlüssel vielleicht?

Dann gab Mister Sulu Kasia auch etwas. Einen dicken Umschlag mit ... ja, womit? Mick tippte darauf, dass Geld darin war, aber es konnten auch Fotos oder wichtige Papiere sein. Er spürte es in allen Knochen: Diese Transaktion hatte bestimmt etwas mit Jerro zu tun!

Kasia machte Anstalten, die Tür zu schließen. Nur noch einen Augenblick und Mister Sulu würde definitiv mit dem geheimnisvollen Gegenstand verschwinden.

Mick beschloss, auf seinen Instinkt zu vertrauen. So eine Chance bekam er nie wieder. Er ließ das Fernglas sinken, zog seine Jacke zu und eilte zu Sofies Roller.

Starten ...

Er schaffte es gerade noch. Der grüne Volvo fuhr vorbei und Mick trat aufs Gas.

Es war viel schwieriger, einem Auto zu folgen als einem

Elektrofahrrad. Mehrfach dachte er, den Volvo verloren zu haben, aber immer, wenn Herr Sulu an einer Ampel warten musste, holte Mick ihn wieder ein. Sein Selbstvertrauen wuchs. Er wurde immer geschickter, manövrierte um Radfahrer herum und zwischen Autos hindurch, als hätte er sein Leben lang nichts anderes gemacht. Hier kommt Mick auf seinem Batmobil! Erst als sie das Stadtgebiet verließen, wurde es kritisch. Sobald Herr Sulu auf die Autobahn fahren würde, könnte er es vergessen.

Manchmal hatte man aber einfach auch Glück. Der Volvo bog vor einem Kreisel nach rechts in eine schmale Straße ein.

Wegen der großen Bäume auf beiden Seiten durfte man nicht schneller als fünfzig fahren. Nach einer Kurve gab es jedoch keine Hindernisse mehr und der Volvo schoss los. Mick fluchte im Stillen. Da würde er nie mithalten können.

Er hielt an und riss sich den Helm vom Kopf. Fernglas raus! Es war schwierig, ein sich bewegendes Fahrzeug in der Linse zu fangen, aber als er ihn erst einmal gefunden hatte, konnte er ihm leicht folgen. Die Landschaft war ausladend und übersichtlich. Der Volvo fuhr an Weiden und Äckern vorbei, verschwand hinter einem Bauernhof und ...

Shit, wo war er abgeblieben?

Mick wartete und wartete, aber der Wagen kam nicht mehr zum Vorschein.

Also wohnte Mister Sulu wahrscheinlich auf diesem Bauernhof!

Mick raffte seinen Helm vom Boden, zog ihn sich über den Kopf und fuhr die Strecke ab, die der Volvo genommen hatte. Nach einer Weile erreichte er den Bauernhof, der kleiner war, als Mick vermutet hatte. Eigentlich war es nicht mehr als ein altes Wohnhaus mit ein paar Scheunen. Langsam fuhr er daran vorbei.

Ja, da! Seitlich vom Haus stand der Volvo. Unter dem Vordach der Scheune war noch ein Wagen geparkt. Er konnte nicht sehen, um welche Marke und welchen Typ es sich handelte, denn das Auto war von einer großen blauen Plane bedeckt, aber die Form ließ etwas Großes wie einen Transporter erahnen.

Ein ganz besonderer und teurer Transporter, vermutete Mick. Warum sollte sich der Besitzer sonst so viel Mühe machen, ihn zu schützen?

Dann schoß ihm mit einem Mal ein Gedanke durch den Kopf. Vielleicht wollte der Besitzer das Fahrzeug nicht schützen, sondern verstecken... Vielleicht war es ja gar kein Transporter, sondern ein Rettungswagen mit der Rufnummer 20-128!

11.

Mick hatte das Haus hinter sich gelassen und fuhr nun am angrenzenden Grundstück entlang; ein paar Hundert Quadratmeter hohe Tannen.

Eine perfekte Schleichroute! So konnte er ungesehen auf den Hof gelangen.

Er fuhr noch ein kleines Stück weiter und verließ dann die Straße. Den Roller stellte er zwischen die Bäume und den Helm verbarg er unter einem tief hängenden Ast. Dann ging er weiter in den kleinen, aber dichten Wald. Er zitterte. Die Sonne war noch lange nicht untergegangen, aber hier war es schon dämmrig und unangenehm still. Früher hatte er zur Beruhigung eine Nachtlampe neben seinem Bett gehabt – eine blaue Kugel mit Leuchtfischen. Heute fasste er kurz nach seinem Mobiltelefon.

Er schlich auf das Haus zu. Unter seinen Schuhen knackten Ästchen. Er schwitzte und schnaufte, aber bald schon wurde es etwas heller und er erreichte den Pfad zwischen dem Haus und dem Grundstück. Angesichts der Höhe des Unkrauts wurde er wohl selten oder nie benutzt. Auf dieser Seite des Hauses brauchte er sowieso keine große Angst vor Entdeckung zu haben; das einzige Fenster in der ansonsten lückenlosen Mauer befand sich im oberen Stock. Es war vergittert, was Mick schon ein wenig seltsam vorkam – aber wenn man so abgelegen wohnte, vermittelte es einem bestimmt ein Gefühl von Sicherheit.

Er folgte dem Pfad bis zur Rückseite des Hauses und

spähte um die Ecke. Um zu dem abgedeckten Auto unter dem Vordach zu gelangen, würde er den Hof überqueren müssen. Denselben Hof, auf den das große Küchenfenster hinausging. Wenn jemand in diesem Moment auf die Idee käme, Kaffee oder Tee zu kochen, würde man ihn sofort entdecken. Nein, es war klüger, im großen Bogen um den Hof herumzulaufen. Dann konnten ihm die Scheunen Deckung bieten.

Mick ging wieder in den kleinen Wald und bahnte sich einen Weg durch das Grün, bis er den ersten Schuppen auf der gegenüberliegenden Hofseite erreichte. Das Wellblechdach hatte seine besten Zeiten hinter sich und in den Wänden fehlten hier und da Bretter. Hinter der Scheune lagen verlassene Äcker. Er huschte von der hölzernen Rückwand zum nächsten Gebäude, eine Art Stall aus Stein mit halbrunden Fenstern. Er machte sich so klein wie möglich und sein Blick scannte das Küchenfenster und alle Ecken und Löcher des Hofs. Jetzt!

Noch keine Sekunde später hockte er keuchend hinter dem Auto unter dem Vordach. Er lüftete die Plane.

Gelber Lack. Blaue Streifen.

Zu vermuten, dass ein Rettungswagen unter der Plane steckte, war eins. Aber dass er tatsächlich hier stand … Mick zitterte, als hätte er Fieber. Mister Sulu gehörte also auch zu den Verschwörern.

Mist, da kam jemand auf den Hof!

Mick kauerte hinter dem Rettungswagen, mucksmäuschenstill.

»Jaja«, hörte er einen Mann sagen. »Davon hängt es ab. Aber jetzt rechne mal damit, dass sie ihn heute Abend schon holen kommen.«

Wovon ab?, dachte Mick. Und wen kommen sie holen?

»Prima«, sagte eine Frau. Und kurz darauf: »Und vielen Dank für die Einkäufe!«

»Okay, ich muss dann jetzt gehen«, sagte der Mann.

Mick hörte, wie eine Tür geöffnet und wieder geschlossen wurde. Der Volvo natürlich. Dann war dieser Mann bestimmt Mister Su...

Eine Klospülung! Mick fiel beinahe um vor Schreck. Das war sein Klingelton! Er zwängte seine Hand in die Hosentasche, um nach dem verdammten Ding zu greifen. Jetzt würden sie ihn finden, einschließen und vielleicht noch Schlimmeres...

Der Volvo startete. Er fuhr weg!

Mick hatte endlich sein Telefon in der Hand. Seine Mutter! Wenn er sie wegdrückte, würde sie bestimmt die Nachbarin anrufen, und dann würde er nachher alles Mögliche erklären müssen.

Er nahm das Gespräch an und versuchte, gleichzeitig zwischen den Rädern des Rettungswagens hindurchzuschauen. Keiner zu sehen.

»Mick?«, fragte seine Mutter.

Wenn sie wüsste, dass er wegen ihr fast einen Herzinfarkt bekommen hätte!

»Ja?«

»Warum redest du denn so leise?«, fragte sie.

»Ich habe gepennt«, antwortete er, während er am Heck des Rettungswagens vorbei vorsichtig auf den Hof spähte.

»Habe ich dich wach geklingelt? Oh, das tut mir leid.«

Der Hof war leer. Mick atmete auf.

»Wie fühlst du dich?«, fragte seine Mutter.

»Geht schon. Nur noch müde.«

»Vielleicht solltest du einfach noch ein bisschen schlafen.«

Mick nickte, bis ihm bewusst wurde, dass sie das nicht sehen konnte. »Mach ich.«

»Bis nachher dann, Schatz.«

»Bis nachher.« Er steckte das Telefon ein und wischte sich mit dem Ärmel über die Stirn. Einen Augenblick wünschte er, er läge wirklich in seinem Bett und alles wäre wieder normal.

Eine Utopie. Das war ihm schon klar.

Er ging in Startposition, schaute sich gründlich um und rannte dann zu der sicheren Seite des Schuppens hinüber. Er nahm denselben Weg zurück, am Acker entlang, über den Wald zum Pfad, der am Haus entlangführte.

Er war fast auf Höhe des vergitterten Fensters, als er ein lautes Bollern hörte. Jemand hämmerte nicht allzu sanft auf die Fensterscheibe.

Mick schaute hoch. Die Gardine wurde zur Seite geschoben. Es war, als würde er einen Geist sehen. Er rieb sich die Augen, legte den Kopf erneut in den Nacken und spähte noch mal nach oben. Das Bild war unverändert. Es war noch immer derselbe Junge, der dort am Fenster stand.

Jerro.

Dann war er heute also doch noch entführt worden.

Teil 4
Jerros Geschichte

Are we still alive?
(War of the Worlds)

1.

Jerro befand sich in einem Tunnel. Am Ende brannte Licht. Obwohl kein Wasser, sondern Luft durch den Tunnel strömte, kam er nur schwimmend voran. Kraulend hielt er auf den orangefarbenen Schein in der Ferne zu.

Und da war noch etwas Seltsames: Die Wände des Tunnels bewegten sich. Oder nein … In den Wänden befanden sich Gegenstände und die bewegten sich!

Jerro sah Monster mit Häuten zwischen den Klauen und ein Mädchen mit entblößtem Oberkörper – statt Haare wuchsen aus ihrem Kopf Schlangen, die sich zischelnd um sie schlängelten. Er kam an einem Jungen mit dem Gesicht von E.T. vorbei und einem alten Mann mit Reptilienhaut. Danach an einem Hund mit einem Maul, das so groß war wie ein Eimer, an noch einigen weiteren Monstern mit Klauen und dann an einem Tier mit drei Drachenköpfen. Es war auch Gesang zu hören. Er stammte von elfenartigen Wesen mit riesigen Augen und spitzen Ohren.

Jerro wusste auf einmal ganz sicher, dass er sterben würde, und schwamm, so schnell er konnte, weiter. Aus Versehen berührte er eine Hand und manchmal wand sich irgendein schuppiger Tentakel um seinen Knöchel. Unzählige Male riss Jerro sich los und pflügte sich voller Angst voran, bis er endlich aus dem Tunnel glitt.

Augenblicklich hatte er keine Angst mehr.

Unter ihm lag eine unbekannte Welt, die schöner war als alles, was er bislang gesehen hatte. Er brauchte nicht mehr zu schwimmen und schwebte ganz von selbst über Landschaften mit violetten Stränden, gelben Seen und blauen Wäldern. Er wurde immer leichter und nach einer Weile wurde ihm bewusst, dass sein Körper verschwunden war. Einfach so, wie eine abgelegte Jacke. Es ängstigte ihn nicht, im Gegenteil er fühlte sich geradezu befreit.

Sein Geist schwebte weiter, unter einem tintenschwarzen Himmel mit Millionen funkelnden Sternen, über Feuer speiende Vulkane und...

Weit weg sagte jemand etwas mit so einer Mickymaus-Stimme, die man bekommt, wenn man Helium aus einem Ballon einatmet. Jerro musste lachen und sperrte die Augen auf.

Peng! Die wunderbaren Bilder von eben waren weg. Der Tunnel, die Landschaften in Regenbogenfarben, der Sternenhimmel – hatte er geträumt?

Jerros Gehirn registrierte eine niedrige Decke und seltsame Gerätschaften, die sich wie tanzende Staubsauger und singende Toaster in einem Zeichentrickfilm benahmen.

Vielleicht träumte er ja immer noch.

Das Zimmer, in dem er lag, schien sich zu bewegen und es war ein leises Brummen zu hören, das er nicht so ohne Weiteres einsortieren konnte. Sein Mund war voller Speichel. Dann kam eine Hand mit etwas Dünnem, Scharfem und er dämmerte wieder weg.

Als Jerro zum zweiten Mal die Augen öffnete, wusste er immer noch nicht, wo er war. Der Raum sah anders aus als zuvor. Die Decke war höher, er hörte kein Geräusch und dieses Zimmer bewegte sich nicht.

Ein Mann mit pockennarbigem Gesicht kauerte neben ihm und tätschelte seine Wangen. Nur weil Jerro sah, was der Mann tat, wusste er, was passierte. Als wären seine Empfindungsnerven ausgeschaltet.

»Komm schon, streng dich an«, sagte eine kratzige Stimme.

Die gehörte nicht dem Pockennarbigen. Der Mann mit der schnarrenden Stimme hatte riesige Hände, geradezu Pranken.

Jerro schaute auf seine eigene Hand oder zumindest auf den Teil seines Körpers, der so aussah wie eine Hand. Man konnte also eigentlich davon ausgehen, dass es sich dabei auch um die eigene Hand handelte. Aber so fühlte es sich nicht an. Es war wie damals beim Zahnarzt, als er eine Betäubung bekommen hatte. Er hätte schwören können, dass seine Lippe mindestens das Format einer dicken Erdbeere hatte, aber als er in den Spiegel sah, war nichts weiter zu sehen.

He, jetzt sah er auch seine Hand nicht mehr. Es zerrte an seinen Armen und sein Kopf war in einem Trichter aus Stoff gefangen. Dann wurde es hell und alles kam wieder zum Vorschein. Er spürte Gänsehaut auf seinem Bauch.

»Jetzt noch die Hose.«

Es dauerte eine Weile, bis Jerro verstand: Sie zogen ihm die Kleider aus!

Aufhören und Hände weg, wollte er rufen, aber seine Zunge lag wie eine Schnecke in seinem Mund. Er versuchte, seinen Arm zu heben und die Männer wegzuschieben. Auch das gelang nicht. Irgendwas war mit seiner Hand. Dieselbe Hand, die er gerade noch voller Erstaunen betrachtet hatte, begann auf einmal zu zittern, als stünde er unter Strom.

Was sollte er nur machen?

Jerros Blick schoss verängstigt in alle Richtungen. Was er sah, war nicht wirklich beruhigend. Er lag in einem fremden Zimmer, während zwei unbekannte Männer an seinen Hosenbeinen zerrten.

Das konnte doch nicht wahr sein! Er träumte natürlich immer noch. Das hier war so ein Albtraum, in dem man glaubte, wach zu werden, aber in Wirklichkeit schlief man einfach weiter.

Jerro wollte nicht weiterschlafen. Er wollte, dass das aufhörte, und versuchte, sich aus dem Angsttraum in die wache Welt zu kämpfen, aber sein Körper kooperierte nicht. Sein inneres Schreien klang wie ein leises Murmeln, und obwohl er wie ein Besessener alle Kräfte zusammennahm, bewegte sich nichts. Außer dieser zitternden Hand eben.

Das Zerren an seinen Beinen hörte auf.

Der Pockennarbige beugte sich wieder über ihn. »Das Keta lässt nach.«

Keta?, dachte Jerro.

Das klang wie der Titel eines Comics: Keta, der noch unentdeckte Planet.

»Wir müssen uns beeilen«, sagte der Mann mit den großen Händen. Er ragte hoch über Jerro hinaus. Über seiner Schulter hingen ein T-Shirt und eine Jeans. Außerdem hielt er noch ein Paar Sneakers fest.

Jerros Jeans, T-Shirt und Sneakers.

Endlich. Seine Hand hörte auf mit diesem irritierenden Schütteln. Einfach so, als wäre ein Stecker herausgezogen worden.

»Es wird noch eine Heidenarbeit, ihn wieder anzuziehen!«, fuhr der Mann mit den großen Händen fort. »Er ist todkrank.«

Ja, dachte Jerro. Das kann auch sein. Vielleicht habe ich Fieber und fantasiere.

Aber da zog der Pockennarbige Jerros Boxershorts runter und das fühlte sich nicht an wie in einem Fiebertraum, sondern echt ekelhaft.

Unter gewaltiger Anstrengung gelang es Jerro diesmal, die Arme zu heben. Er brummte und schlug wild um sich. Zumindest wollte er das… in Wirklichkeit passierte so gut wie nichts.

»Schluss jetzt«, knurrte der Pockennarbige. Er stopfte die Boxershorts in seine Hosentasche. »Wir gehen.«

Sie gingen!

Jerro stellte seinen Widerstand ein und versuchte vergebens, sich auf den Bauch zu rollen. Die Männer verließen das Zimmer und schlossen die Tür. Jerro hörte einen Schlüssel im Schloss und danach noch kurz das Geräusch gedämpfter Schritte. Dann wurde es still.

Es dauerte noch eine ganze Weile, bevor es ihm gelang, sich aufzurichten. Seine Muskeln zitterten und seine Achseln stanken nach Schweiß. Er starrte auf sein nacktes Handgelenk. Sogar seine Uhr hatten sie mitgenommen.

Wie war er nur hierher gekommen? Er wusste nur noch, dass er in einem Comic gelesen hatte. Auf seinem eigenen Bett. In seinem eigenen Zimmer. Und Mick war auf dem Klo gewesen.

Die Wände in diesem Zimmer waren kahl. Er war noch nie zuvor hier gewesen, da war er sich sicher. Was machte er in diesem Raum? Wer waren diese Männer und weshalb hatten sie ihn ausgezogen? Jerros Kehle schwoll an. Manche Kerle standen auf Minderjährige und wollten widerliche Spielchen mit ihnen machen. Aber warum waren sie dann weggegangen?

Dann sah er die Kleidungsstücke auf dem Stuhl. Sie lagen da wie speziell für ihn hingelegt. Eine Boxershorts, eine Jeans irgendeiner Billigmarke, ein verwaschenes T-Shirt, weiße Socken und ein Paar abgetretene Turnschuhe.

Mühsam rappelte er sich hoch. Es war, als stünde er zum

ersten Mal in seinem Leben auf Eis. Er hielt sich an der Stuhllehne fest, um auf den Beinen zu bleiben, und legte mit der freien Hand die Kleidungsstücke aufs Bett. Danach ließ er sich selbst auf die Matratze fallen. Er versuchte, sich möglichst im Sitzen anzuziehen. Die Hose war etwas zu weit, aber sonst saß alles wie angegossen.

Woher kannten zwei Wildfremde seine Kleidergröße? Jerro schüttelte das unbehagliche Gefühl ab. Egal, er war froh um diese Sachen. Sie waren wie ein Kettenhemd und eine Rüstung, die einen Ritter beschützten. Nackt fühlte er sich verletzlich. Jetzt konnte er wieder nachdenken.

Er schaute sich um.

Ein Schlafzimmer. Das Kopf- und Fußende des Bettes, auf dem er saß, bestand aus braunen Holzstreben und wirkte altmodisch. Daneben stand ein Nachtschränkchen mit einem Wecker in der Form eines Rennwagens. Es war fast halb fünf. Neben der Tür war ein Kleiderschrank mit Aufklebern. Ein gelb-schwarzer von NAC Breda. Ein paar Motorräder und Autos, aber auch kindliche Bären und langweilige Werbung.

Wem gehörte dieses Zimmer?

Dem Bett gegenüber standen ein Tisch und der Stuhl, auf dem die Kleidung gelegen hatte. Rechts vom Tisch befand sich ein Fenster. Als Jerro die Gardinen zur Seite schob, um hinauszuschauen, sah er es: An der Außenseite waren Gitterstäbe angebracht.

Das war kein normales Schlafzimmer, sondern ein Gefängnis!

Augenblicklich raste die Panik wieder durch seinen Körper. Er stolperte zur Tür und hämmerte mit beiden Fäusten auf das Holz, während er sich die Lungen aus dem Leib brüllte: »Lasst mich raus!«

Niemand kam.

»Lasst mich raus, bitte!« Er strengte sich ungeheuer an, um sich einen Weg nach draußen freizutreten, aber die schrottigen Turnschuhe boten kaum Schutz und er verletzte sich sofort am Fuß. Er fluchte und tobte. Wie ein durchgeknallter Schlagzeuger trommelte er auf die Tür. Nach einer Weile schmerzten seine Hände und seine Stimme wurde immer schwächer. Schließlich ließ er sich erschöpft auf den Boden fallen und weinte. Erst laut und dann immer leiser, während ihm der Rotz aus der Nase tropfte. Er bemerkte es kaum und schlang die Arme um sich. Sanft wiegte er sich hin und her. Er wollte nach Hause und zu seinen Eltern. Zu Mick und sogar zurück in seinen goldenen Käfig.

Jerro wusste nicht mehr, wie lange er dort gesessen hatte, aber irgendwann meldete sich sein Verstand und sein Gehirn nahm seine Tätigkeit wieder auf.

Die Tür mochte ja verschlossen sein, es gab aber immer noch das Fenster. Wieder schob er die Gardine zur Seite. Das Zimmer war nicht ebenerdig, sondern in einem oberen Stockwerk. Leider konnte er nicht erkennen, ob in der Umgebung viele andere Häuser standen. Eine Wand aus Tannen versperrte ihm die Sicht.

Er könnte das Glas zerschlagen. Durch ein offenes Fenster konnte man sehr gut um Hilfe schreien. Und wenn niemand nahe genug wohnte, um es zu hören, konnte er zumindest an die Gitterstäbe kommen. Vielleicht waren sie weniger stabil, als sie aussahen. Er bekam Visionen von aneinandergeknoteten Laken und einer Flucht durch das Fenster.

Jerro sah sich um. Der Stuhl schien ihm solide genug, um damit eine Scheibe einzuschlagen. Er hob ihn an der Lehne hoch, die vier Beine zeigten nach vorn.

Fertig… los!

Wie Soldaten im Mittelalter mit einem Rammbock auf Schlosstore gedonnert hatten, rückte Jerro dem Fenster mit dem Stuhl zu Leibe. *Rums!* Und noch einmal: *Rums!*

Ja, in der Scheibe war ein Sprung!

Das feuerte Jerro an.

Rums! Rums! Rums!

Er merkte nicht, dass die Tür aufging. Ein Mann betrat den Raum. Er war nicht groß, aber muskulös. Und er hatte eine Injektionsnadel bei sich.

2.

Als Jerro wieder wach wurde, war es schon dunkel. Sein Kopf schmerzte, als würden Pfähle in sein Gehirn gerammt. Er hatte jegliches Orientierungsgefühl verloren. Nur vage nahm er wahr, dass er auf einem Bett lag, nicht unter, sondern auf den Decken – und dass er keinen Schlafanzug trug, sondern Straßenkleidung und sogar Schuhe, was nicht gerade bequem war. Irgendetwas spannte auch noch um seine Fußknöchel. Konnten Socken so einschneiden? Er setzte sich auf und wollte seine Knie anziehen. Au! Die kneifenden Dinger hielten ihn mit einem Ruck davon ab. Eisen schnitt in seine Haut.

Ein Schrei entfuhr ihm. Dann erinnerte er sich wieder daran, wo er war. Das fremde Schlafzimmer. Das Fenster mit dem Gitter. Er hatte das Glas eingeschlagen und…

Was war danach passiert?

Sein Gedächtnis bestand nur noch aus Fetzen. Ein kleiner Mann. Der plötzlich im Zimmer stand. Eine blitzende Nadel und danach nichts mehr. Wahrscheinlich hatte ihm der Kerl irgendein Betäubungsmittel gespritzt, das nicht nur bewusstlos machte, sondern auch zu heftigen Migräneanfällen führte. Dann hatte man ihn aufs Bett gelegt und…

Er tastete nach seinen Knöcheln.

Genau wie er vermutet hatte: Fesseln. Seine Finger suchten weiter und fanden auch noch eine Eisenkette. Er war am Bett festgekettet. Und als wäre das noch nicht schlimm genug, musste er auf einmal schrecklich dringend pinkeln.

»He!«, schallte seine Stimme durch das Dunkel. »Jemand soll kommen! Ich will aufs Klo!«

Er hielt den Kopf schräg und lauschte, ob auf der anderen Türseite etwas passierte.

Nichts.

»Ich kann es nicht mehr halten!«, schrie er mit der Lautstärke eines Ghettoblasters.

Tödliche Stille.

Er rief noch einmal. Und danach noch einmal. Immer lauter und verzweifelter. Seine Blase konnte jeden Moment platzen. Gleich war seine Hose klatschnass.

Endlich. Er hörte, wie ein Schlüssel im Schloss gedreht wurde. Ein Streifen Licht fiel herein. Die Tür ging weiter auf und jemand machte das Licht an.

Blitze in seinen Augen. Es dauerte eine Weile, bis Jerro sah, wer da im Zimmer stand. Eine Frau. Graues, glattes Haar. Sie schaute ihn mit einer Mischung aus Neugier, Erstaunen und sogar ein wenig Mitleid an. Ihre Hände steckten in den Taschen ihrer Strickjacke, die alt und abgetragen aussah. Ihre genauso formlose Jeans hatte das falsche Blau und ihre Füße in den Slippern steckten auch noch in Socken.

»Mach mich los«, sagte Jerro. »Ich will aufs Klo und dann nach Hause.«

»Dies ist dein Zuhause.« Sie sprach leise, als wäre sie verlegen. »Zumindest vorläufig.«

»Zu Hause werde ich nicht angekettet.« Jerro versuchte, sich loszureißen. Die Kette, die die Fußfesseln miteinander verband, lief um die Holzstreben am Fußende des Bettes und die waren sehr stabil.

»Es tut mir leid«, sagte die Frau. »Aber als du das Fenster einschlagen wolltest, musste ich wirklich jemanden rufen.«

Jerro sah zum Fenster hinüber. Er konnte nicht sehen, ob

sein Angriff Erfolg gehabt hatte. Die dicken, schweren Vorhänge waren zugezogen.

»Es wird nicht mehr vorkommen, ich schwöre es.« Er hob seine Füße ein Stück an. »Würdest du mich dann wieder losmachen?«

Sie schüttelte den Kopf. »Tut mir leid. Daran kann ich nichts ändern.«

Es war Jerro vollkommen wurscht, ob es ihr leidtat oder nicht. Wenn sie ihn nur von diesem fürchterlichen Ding befreite!

»Wer denn dann?«, schnauzte er. »Dieser Dreckskerl mit seiner Spritze?«

Sie antwortete nicht, zog nur den Gürtel ihrer Jacke fester zu und ging aus dem Zimmer. »Ich werde dir etwas zu essen und zu trinken bringen.«

»Warte!«, rief Jerro verzweifelt. »Ich muss wirklich ganz dringend!«

Sie schloss die Tür hinter sich.

Er fluchte. Dann trat er gegen die Holzstreben am Fußende. Er spürte, dass seine Wangen nass wurden, und sein Bauch fühlte sich an wie ein Minenfeld. »Bitte!«

Die Tür ging auf. Sie kam mit einer Bettpfanne rein. So ein schweres Ding aus Eisen, in das Leute im Krankenhaus ihre Bedürfnisse verrichten, wenn sie nicht aufstehen dürfen. Sie hob den Deckel an und legte ihn auf den Boden. Danach stellte sie die Pfanne neben Jerro aufs Bett. »Brauchst du Hilfe?«

Die war wohl irre!

»Nein, das kann ich allein.«

Sie ging wieder zur Tür. »In einer Viertelstunde bin ich wieder da.«

Es war nicht angenehm, hinter einer Tür pinkeln zu müssen, deren Schlüssel an der Außenseite steckte. Jerro war froh, dass die Frau eine Zeit genannt hatte, aber es gab ja auch noch drei Männer, die jeden Moment reinkommen konnten.

Er schob Jeans und Unterhose nach unten, hockte sich hin und schob die Bettpfanne unter sich. Um das Gleichgewicht nicht zu verlieren, musste er sich am Fußende des Bettes festhalten.

Der Strahl klatschte auf den Pfannenboden. Urinspritzer trafen auf seine Oberschenkel. Er fühlte sich schmutzig, aber erleichtert. Jetzt noch die volle Bettpfanne ohne Umkippen auf den Boden kriegen. Er wollte zuerst seine Hose hochziehen. Schlechte Idee. Er fiel fast um, die Pfanne fing an zu schaukeln und seine Pisse schwappte gerade noch nicht über den Rand. Gleich hatte er zwar keine nasse Hose, dafür eine nasse Matratze.

Er schaltete um auf Plan B. Stiel nehmen. Die Pfanne unter sich herausziehen und unterdessen vor allem fest auf beiden Beinen stehen bleiben.

Puh. Mission gelungen.

Er zog die Turnschuhe aus, um etwas bequemer sitzen zu können. Der Wecker zeigte sieben Uhr. Seinem Gefühl nach war er schon viel länger gefangen als nur ein paar Stunden. Sein Magen knurrte. Kein Wunder. Seit dem Makrelenbrötchen vom Mittag hatte er nichts mehr gegessen. Kasia hatte es ihm in seinem Zimmer serviert, weil seine Eltern in London waren. Er mochte es nicht, ganz allein im großen Esszimmer zu sitzen.

Seine Eltern. Ob sie ihn schon suchten?

Ein abscheulicher Gedanke durchzuckte ihn. Angenommen, sie hatten es noch nicht einmal gehört. Oder noch schlimmer: Niemand wusste, dass er verschwunden war.

Doch, bestimmt, versuchte er, sich selbst zu beruhigen. Mick musste es gemerkt haben, als er aus dem Badezimmer kam. Sobald er sah, dass ich nicht mehr auf meinem Bett lag, hatte er natürlich Alarm geschlagen. Es sei denn, Mick wäre auch entführt worden!

Jerro verspürte Hoffnung, aber auch Furcht. »Mick!«, rief er. »Mick, bist du auch hier?«

Es klopfte.

Seine Sinnesorgane waren sofort geschärft, als ihm bewusst wurde, dass das Geräusch nicht von der anderen Seite der Wand und demnach nicht von Mick kam. Jemand klopfte an der Tür. Die Männer waren nicht gerade höflich gewesen, also würde es wohl die Frau mit den grauen Haaren sein.

»Ja?«

Die Tür öffnete sich langsam. Sie drückte die Klinke mit dem Ellbogen hinunter, weil sie beide Hände für das Tablett brauchte.

»Dein Abendessen.« Sie stellte es Jerro auf den Schoß.

Würzig duftende Suppe, zwei Scheiben dunkles Brot mit Butter, ein Plastikbecher Joghurt mit Pfirsichstückchen und eine kleine Flasche Wasser.

»Ich will nach Hause«, sagte Jerro.

Sie reagierte nicht.

»Warum sitze ich hier?«

»Versuch, etwas zu essen, Junge.« Sie verließ das Zimmer und schloss die Tür.

Jerro seufzte und befolgte dann doch ihren Rat. Er staunte, wie gut es ihm schmeckte, trotz des vergitterten Zimmers, der Fußfesseln und der vollen Pfanne neben seinem Bett. Seinem Magen war die Situation offenbar egal. Vielleicht war es aber auch gerade ein Zeichen von Überlebenswillen und sein

Gehirn und seine Muskeln wussten, dass sie nur mit ausreichend Brennstoff ordentlich funktionieren konnten.

Während er einen Bissen Brot nahm und ihn mit der pikanten Gemüsesuppe herunterspülte, wanderten seine Gedanken zu den drei Männern und der grauen Frau. Er hatte keine Ahnung, wer sie waren, und soweit er sich erinnern konnte, hatte er sie auch noch nie zuvor gesehen. Er ging alle Orte durch, an denen er sich normalerweise aufhielt: Schule, Einkaufszentrum, der kleine Platz hinter Micks Haus, das Kino und die Imbissbude dort in der Nähe, sein Lieblings-Comicladen. Nirgendwo klingelte es bei ihm.

Das Brot und die Suppe waren alle. Er zog den Aludeckel vom Joghurtbecher und löffelte ihn aus. Sie hatten dafür gesorgt, dass er das Bewusstsein verlor, und sie hatten ihn hierher gebracht, so viel war klar. Er war sicher nicht freiwillig in diesem Zimmer gelandet. Aber warum hatten ihn die Männer ausgezogen?

Jerro musste an einen Bericht vor ein paar Tagen in den Nachrichten denken: Kinderporno-Netzwerk aufgeflogen…

Der Joghurt schmeckte plötzlich nach Farbe.

Er schaute sich um. Soweit er erkennen konnte, hingen nirgends Kameras. Außerdem waren die Männer nach ihrer Aktion sofort gegangen. Sie hatten ihm sogar andere Kleidung hingelegt. Und warum sollten sie ausgerechnet *ihn* für ihre widerlichen Filme aussuchen – einen Jungen in einem schwer bewachten Haus? Es war tausend Mal leichter, jemanden von der Straße aufzusammeln.

Nein, wahrscheinlich war genau das passiert, was seine Mutter immer befürchtet hatte. Die Männer wussten, dass seine Eltern reich waren und dass sie ein Vermögen dafür übrig haben würden, ihren Sohn gesund und lebendig wiederzusehen. Also hatten sie ihn entführt…

Vielleicht diente seine Kleidung als Beweismittel: Sehen Sie, Herr und Frau Prins, wir haben Ihren Sohn. Wenn das stimmte, hatte er vermutlich eher Glück, dass er nur ausgezogen worden war. Genauso gut hätten sie einen abgehackten Finger oder einen Zeh schicken können!

Jerro stellte das Tablett auf den Boden und ließ sich hintenüberfallen. Er starrte zur Decke, ohne etwas wahrzunehmen.

Es war ihm ein Rätsel, wie die Entführer unbemerkt in sein Zimmer gelangen konnten. Es sei denn, Carl war auch in das Komplott verwickelt und hatte ihnen das Tor geöffnet – was Jerro sich allerdings kaum vorstellen konnte. Und dann blieb es immer noch schwierig, vom Garten ins Haus zu gelangen; Kasia schaute immer erst auf den Monitor neben der Tür, bevor sie öffnete. Okay, auch sie könnte mit den Entführern unter einer Decke stecken, aber das schien Jerro eine noch verrücktere Idee.

Wie viel würden seine Eltern zahlen müssen? Zehn Millionen? Zwanzig? Hatten sie schon einen Drohbrief erhalten? Oder einen Anruf? Sie waren natürlich in England und sollten erst Montagabend wieder zu Hause sein. Wenn sein Vater dann noch zur Bank musste, um Bargeld abzuheben...

Jerro stiegen die Tränen in die Augen. Wer weiß, vielleicht wurde es Dienstag oder Mittwoch und er saß immer noch hier!

Die Frau mit den grauen Haaren kam wieder herein. »Hat es geschmeckt?«

»Ja, danke...« Jerro hatte einmal in einem Dokumentarfilm über einen von der IRA gekidnapten Mann gehört, dass es klug wäre, eine Beziehung zu den Entführern aufzubauen. Wenn sie einen mochten, bekamen sie eher Gewissensbisse – und je mehr man über die Täter wusste, desto leichter war es nachher für die Polizei, sie aufzuspüren. Er sah sie fragend an. »Ich weiß nicht einmal, wie du heißt.«

»Nel«, sagte sie, während sie die Bettpfanne hochhob und auf den Flur brachte. Sie kam sofort zurück, um auch noch das Tablett zu holen.

»Hast du schon etwas von meinen Eltern gehört, Nel?«, fragte Jerro eilig.

»Es tut mir leid, dazu sage ich nichts.«

»Ich bin sicher, dass sie sofort bezahlen werden. Dann kann ich noch heute Abend nach Hause.«

»Damit würde ich nicht rechnen, Junge.«

»Aber du kannst mich doch nicht die ganze Nacht so ...« Jerro schlug gegen die Kette, mit der seine Knöchel aneinandergefesselt waren.

»Schlaf ein bisschen«, sagte sie. »Dann geht die Zeit am schnellsten rum.«

»Aber Nel ...«

Das Licht erlosch und die Tür schlug zu. Im Zimmer war es Nacht. Jerro hatte nie Angst gehabt im Dunkeln, auch als Kind nicht, aber jetzt fühlte sich die Dunkelheit an wie ein Monster, das ihn verschluckte. Er weinte lautlos.

3.

Nel zog die Vorhänge auf. Das Sonnenlicht vertrieb alle Monster und Dämonen. Jerro bekam wieder Luft.

»Machst du mich jetzt los?«, fragte er. »Bitte. Ich verspreche, dass ich das Fenster in Ruhe lasse.«

Sie zögerte sichtlich.

»Bei dem Gitter kann ich doch nicht fliehen.« Er sah sie flehend an. »Ach bitte, Nel. Bitte.«

»Ich bringe dir die Bettpfanne«, antwortete sie zu seiner Enttäuschung. »Und Frühstück.«

»Aber ich muss nicht nur pissen«, rief er verzweifelt.

»Dann bringe ich auch Toilettenpapier mit.«

Nel ging aus dem Zimmer, ließ aber die Tür offen. Jerro sah einen Treppenabsatz mit dunkelgrünem Bodenbelag. An der Decke hing eine weiße Kugellampe.

Schau dir die Umgebung gut an und präge dir möglichst viele Einzelheiten ein – auch das war ein Tipp aus dem Dokumentarfilm. Jerro seufzte. Wenn er nicht angekettet wäre, bräuchte er sich nichts einzuprägen. Dann könnte er einfach abhauen.

Nel kam mit der Pfanne und stellte sie auf sein Bett. »Ich nehme an, du möchtest das wieder allein machen?« Noch bevor er antworten konnte, zerrte sie eine Klopapierrolle aus der Tasche ihrer Strickjacke und drückte sie ihm in die Hand. »In einer Viertelstunde bin ich wieder da.«

Jerro hasste sie und gleichzeitig war er ihr dankbar. Jetzt, da er wusste, wie er vorgehen musste, war es um einiges leichter. Außerdem war er so geschickt, erst etwas Papier auf den Boden der Pfanne zu legen, damit es weniger spritzte – ein Einfall, auf den er ziemlich stolz war. Mehr als Pinkeln klappte leider nicht, egal, wie aufgebläht er sich fühlte. Er sehnte sich nach seinem Badezimmer, in dem er mit einem Comic auf seinem eigenen WC sitzen konnte.

Hier im Haus gab es bestimmt auch eine Toilette. Er musste Nel irgendwie überreden.

»Ich kann nicht«, sagte er, sobald sie nach einem Klopfen wieder ins Zimmer trat.

»Das ist schade.«

»Auf einem normalen Klo kann ich bestimmt.«

»Heute Abend kommen sie vorbei. Dann frage ich.«

»Sie?«, fragte Jerro angespannt.

»Sorry. Ich habe schon zu viel gesagt.« Sie stellte ihm das Frühstück auf den Schoß und nahm die Bettpfanne mit.

»Du hast gar nichts gesagt!«, rief Jerro.

Zu spät. Die Tür schloss sich wieder.

Er betrachtete sein Frühstück. Joghurt mit Müsli. Zwei Scheiben Toast und ein gekochtes Ei. Ein Glas mit frisch gepresstem Orangensaft, eine Tasse Tee und ein Croissant. Ein Frühstück, wie man es im Hotel bekam, wenn man den Roomservice bestellte. Fühlte Nel sich vielleicht schuldig und glaubte, es so wiedergutmachen zu können? Auf jeden Fall war sie keine abgebrühte Entführerin. So eine würde sich nicht dauernd entschuldigen.

Nach dem Frühstück brachte sie eine Schüssel mit Wasser und Seife, einen Waschlappen und ein Handtuch, damit er sich ein wenig frisch machen konnte.

»Hast du auch eine Zahnbürste?«

»Ein Junge, der freiwillig Zähne putzt?« Sie sah ihn an, als gehörte er zu einer ausgestorbenen Tierart. Dann schob sie den Stuhl neben das Bett und stellte die Waschschüssel darauf. »Morgen gehe ich einkaufen, dann bringe ich dir eine mit.«

»Und ein paar Comics?«, bettelte Jerro. »Ich langweile mich hier zu Tode.«

»Ich werde sehen, was sich tun lässt.«

»Es wäre auch schön, wenn du diese Mistdinger losmachen würdest.« Jerro nickte zu seinen Fesseln. »Dann könnte ich mich wenigstens ordentlich waschen.«

»Du weißt doch ...« Sie seufzte, legte die Toilettenartikel auf seinen Schoß und verließ das Zimmer ohne ein weiteres Wort.

Miststück!

Er wusch sich, so gut es ging, und streckte sich dann wieder auf dem Bett aus.

Der Dokumentarfilm lag falsch. Am allerschlimmsten sei die ständige Angst gewesen, hatte der Entführte behauptet, aber Jerro fand die Langeweile viel grässlicher. Die Zeit dehnte sich wie Kaugummi und die Männer ließen sich immer noch nicht blicken. Er war froh, als Nel endlich das Mittagessen brachte.

»Fütterung«, scherzte er. »Der Höhepunkt des Tages.«

Meistens beschäftigte sie sich mit irgendwas, während er mit ihr sprach, aber jetzt starrte sie ihn an. Sie guckte wie ein Mensch, der zum allerersten Mal das Meer sieht – ein wenig erstaunt, aber auch beeindruckt.

»Was ist?«, fragte Jerro.

»Nichts.« Sie wandte den Kopf ab, ging zum Fenster und sah hinaus.

»Vielleicht weiß ich noch etwas, um dich zu beschäftigen«, sagte sie nach einer Weile.

»Was denn?«

»Jetzt iss erst einmal.«

»Und du?«

»Ich habe schon gegessen.«

»Allein?«, fragte Jerro. »Oder wohnt noch jemand in diesem Haus?«

»Du sollst nicht so viel fragen«, sagte sie und ging.

Er aß möglichst langsam, damit er etwas zu tun hatte, und streckte sich dann mit geschlossenen Augen auf dem Bett aus. So hatte er gestern – war das wirklich erst gestern gewesen? – auf seinem eigenen Bett gelegen, aber auf dem Bauch. Wie er hierher gekommen war, konnte er sich immer noch nicht erklären.

»Mit einem *Transporter«,* hörte er Mick schon sagen. *»Beam mich hoch, Scotty.«*

Wenn dies ein normaler Sonntagnachmittag wäre, würden wir uns jetzt witzige Filme auf YouTube ansehen oder Karten spielen mit Louise und Sofie…

Er quälte sich nur selbst.

Jerro rollte sich auf die Seite und wollte die Beine etwas anwinkeln. Die Kette spannte sich. Er rutschte wieder nach unten, bis seine Zehen das Fußende des Bettes berührten, dann konnte er einigermaßen entspannt liegen. Er stellte sich vor, auf einer Luftmatratze auf dem Meer zu dümpeln, und dämmerte weg.

Als er viel zu früh wieder wach wurde, versuchte er, sich mit albernen Spielchen zu vergnügen. Er suchte zu jedem Buchstaben des Alphabets eine Comicfigur – A wie Asterix, B wie Biggles, C wie Cristal… – und wiederholte das mit Filmen, Ländern und Popstars.

Er dachte sich Fluchtmöglichkeiten aus: Nel überwältigen, fesseln und das Haus verlassen. Sie so weit bekommen, dass er zur Toilette durfte, und dann durch das Klofenster abhauen. Mick, der kam, um ihn zu befreien ... Aber in jedem Fall musste er zuerst diese dämlichen Fußfesseln loswerden.

Er überlegte sich eine Variante zu »Ich verreise«, was er früher manchmal mit Alfred im Auto gespielt hatte, wenn der ihn zur Schule gebracht hatte. Jerro wird entführt und er nimmt mit: einen Bolzenschneider, einen Revolver, ein Radio, Sprengstoff, ein Nachtsichtgerät, ein Riesencomicheft ...

Dann drehte er einen Film im Kopf. Über seine Eltern, die auf einen Anruf der Entführer warteten. Darüber, wie das Lösegeld in eine Tasche gestopft wurde und wie sein Vater sie unter Einsatz seines Lebens in einem Container ablegte.

Er schlief wieder ein und wurde erst wach, als Nel ihm ein Computerspiel brachte. Ein hüpfendes Männchen sollte Berge erklimmen, Raketen ausweichen, über Fallgruben springen, Drachen verscheuchen, Feinde niederschießen und so weiter. Es war schrecklich simpel und normalerweise hätte Jerro es mit dem Etikett »einschläfernd langweilig« versehen, aber die Umstände hatten alles verändert. Das hüpfende Männchen wurde zur Sensation des Sonntags.

Am Montag war er immer noch ans Bett gefesselt. Es fühlte sich an, als hätte er statt Blut dickes Öl in den Adern. Er massierte seine Waden, ließ die Füße kreisen und wackelte mit den Zehen.

Nel brachte das Frühstück.

»Sie sollten doch kommen?«, schnauzte Jerro.

Dummer Schachzug, sagte sein Verstand. Die beste Taktik ist, sich den Entführern freundlich und kooperativ zu nähern.

Schade. Er schaffte es nicht.

»Das hatten sie gesagt, ja. Ich finde es auch unangenehm, dass sie nicht da waren.« Sie stellte das Tablett ab.

»Du musst mich losmachen.« Jerro schlug auf die Fesseln. »Weißt du eigentlich, wie gefährlich das ist? Wenn man zu lange in derselben Haltung sitzt, können Blutgerinnsel aus den Beinen in die Lunge oder ins Gehirn gelangen.«

»Du bist noch jung«, sagte Nel beschwichtigend. »Das hältst du aus.«

»Ich kenne aber einen Computerfreak, der daran gestorben ist, und der war erst zwanzig.«

Nel zog die Jacke fester um sich, als wäre ihr kalt.

»Man empfiehlt nicht umsonst, sich bei langen Flugreisen möglichst viel zu bewegen«, sagte Jerro. »Gymnastikübungen im Flugzeuggang ...«

Sie unterbrach ihn. »Ich bin noch nie geflogen. Das ist bestimmt fantastisch.«

Jerro fluchte innerlich. Er hätte bei dem verstorbenen Freak bleiben sollen.

»Bitte, mach mich los«, flehte er.

»Ich würde ja gern, aber es geht nicht.« Sie klopfte ihm auf die Schulter. »Ich muss einkaufen. Stell dir vor, du würdest entkommen.«

Sehr witzig!

Jerro warf sein Kissen gegen die Tür, als Nel das Zimmer verließ. Sofort tat es ihm leid. Jetzt lag er noch unbequemer. Er verbiss sich die aufsteigenden Tränen. Heute wird etwas geschehen, machte er sich Mut. Seine Eltern waren aus London zurück und würden einen Brief oder einen Anruf erhalten. Heute würde Lösegeld gezahlt und heute Abend wäre er frei.

Leider passierte vorläufig noch gar nichts. Aus purer Not ließ Jerro das hüpfende Computermännchen wieder tausend Heldentaten verrichten.

Nel war um halb zwei wieder zurück. Sie hob das Kissen auf und lehnte es ans Kopfende des Bettes. Außer einem schmackhaften Mittagessen hatte sie auch eine Zahnbürste und zwei Comics für Jerro dabei. Nach dem Essen putzte er sich die Zähne und verbrachte den restlichen Nachmittag lesend.

Es wurde Dienstag. Selbst das Frühstück munterte Jerro nicht auf. Sein Darm streikte immer noch, sein Bauch schien wie mit Beton ausgegossen, seine Knöchel taten weh und sein Hirn fühlte sich an wie aufgeweichter Kuchenteig.

»Erschieß mich doch einfach«, sagte er zu Nel. »Ich komme sowieso nie wieder frei.«

»Blödsinn.« Sie setzte sich zu ihm auf die Bettkante. »Du musst nur noch ein wenig Geduld haben.«

Jerro trat gegen das Fußende, was nicht sehr schlau war, wenn man nur Socken anhatte. Normalerweise war er nicht so zart besaitet, aber der Schmerz war der Tropfen und er das Fass, das überlief. Nel reichte ihm ein Papiertaschentuch und wartete, bis er zu Ende geheult und sich ausgiebig die Nase geschnäuzt hatte. Unterdessen streichelte sie die ganze Zeit über seine Schulter.

»Also gut«, sagte sie dann. »Ich lasse dich zur Toilette gehen. Aber denk daran, das muss unter uns bleiben!«

Jerro nickte eifrig.

»Und keine Tricks«, warnte sie. »Wenn du auch nur an Flucht zu denken wagst, bleibst du für immer an der Kette.«

»Ich schwöre.«

Sie fischte einen Schlüssel aus der Tasche ihrer Strickjacke und gab ihn Jerro. Er war so aufgeregt, dass er die Fesseln fast nicht aufbekam. Während er daran herumfummelte, zog Nel einen geheimnisvollen, knallrosa Gegenstand aus ihrer anderen Jackentasche. TASER C2 stand darauf. Jerro sagte das nichts. Er fand, es sah noch am ehesten aus wie eine Haarschneidemaschine.

Aber das war es nicht.

»Das ist ein Elektroschocker«, sagte Nel und sah ihn dabei nicht an. »Damit du dir keine Flausen in den Kopf setzt.«

Jerro wollte seine Turnschuhe anziehen.

»Das geht prima auf Socken.« Sie hielt den Taser wie einen Revolver im Anschlag. Ihre Hand zitterte leicht. »Es sei denn, du hast vor, nach draußen zu rennen, aber dann muss ich dir fünfzigtausend Volt durch den Körper jagen.«

Und was, wenn es doch eine Haarschneidemaschine ist?, dachte Jerro.

»Das kann tödlich sein«, sagte sie. »Und er wirkt auch noch auf viereinhalb Meter Abstand. Nur, dass du Bescheid weißt.«

Er hatte augenblicklich keine Lust mehr, es auszuprobieren. Es würde ihn wundern, wenn Nel bluffte, dazu schien sie ihm nicht der Typ. Es war sehr gut möglich, dass sie ihm im Notfall einen Stromstoß verpassen würde – wahrscheinlich mit geschlossenen Augen, während sie »Tut mir leid« murmelte, aber trotzdem …

»Ich will, dass du vor mir hergehst«, kommandierte sie. »Aber vergiss nicht, nah genug bei mir zu bleiben.«

Er ging auf Strümpfen zur Tür. Sie kamen auf den Treppenabsatz mit der weißen Kugellampe. Jerro wollte die Treppe hinuntergehen, aber Nel fasste ihn am Arm. »Andere Richtung. Das Badezimmer ist dahinten.«

Er wäre lieber nach unten gegangen, damit er das Haus besser erkunden und eventuelle Fluchtrouten festlegen konnte. Im Bad gab es nicht mal ein Fenster. Über der Dusche waren eklige schwarze Schimmelflecken. Es gab ein Waschbecken mit einem Spiegel und ein WC mit einer grünen Matte davor, deren Farbe sich mit den gelben Fliesen biss.

»Warte kurz«, sagte Nel. »Dann hole ich dir ein Handtuch und frische Kleidung. Wenn du schon mal hier bist, kannst du genauso gut auch duschen.«

Erst als er die Tür zuzog, sah er es. Jemand hatte das Schloss herausgepult und falsch herum wieder eingesetzt. Der Drehknopf befand sich nun an der Außenseite. Nicht er, sondern Nel konnte die Tür abschließen. Sie hatte das Schloss gerade von Weiß auf Rot gedreht.

Jerros Hoffnung zerbröselte. Für ein paar Übernachtungen machte man sich nicht so viel Mühe. Es sah immer mehr danach aus, als würde er hier sehr viel länger bleiben müssen.

Nel machte die Badezimmertür wieder auf. Sie blieb auf der Schwelle stehen und hielt den Taser auf ihn gerichtet, während sie ihm mit der anderen Hand ein Badetuch und ein paar Kleidungsstücke reichte. »Du hast zwanzig Minuten.«

Sobald sie weg war, hängte er das Handtuch an den Haken neben der Dusche. Das T-Shirt, die saubere Unterhose und die Socken legte er auf den Waschbeckenrand. Dann probierte er die Türklinke aus – nein, das rote Besetztzeichen war keine Attrappe – und setzte sich auf das WC.

Vor vier Tagen hatte er noch auf seiner eigenen Toilette gesessen. Warum dauerte es so lange, bis seine Eltern Lösegeld zahlten? Er versuchte, sich plausible Gründe auszudenken. Weil seine Eltern den Drohbrief mit den Forderungen erst heute bekamen. Weil niemand die Nachricht auf dem Anrufbeantworter abhörte, die die Entführer hinterlassen hatten – sie konnte sogar aus Versehen gelöscht worden sein. Weil ein Obdachloser den Entführern zuvorgekommen war, als Jerros Vater das Geld wie verabredet in eine

Mülltonne gesteckt hatte. Er wollte sich das Essen für den Tag zusammensuchen und fand eine Plastiktüte voller Geldscheine – so konnte er stattdessen gleich in ein 5-Sterne-Restaurant gehen. Weil derselbe Mülleimer vorzeitig geleert worden war und ein Wagen der Müllabfuhr die Euroscheine fein zermahlen hatte. Weil, weil, weil ...

Jerro hasste diese Unsicherheit. Er hatte immer geglaubt, es müsse ein fantastisches Gefühl sein, wenn man nicht wie er jeden Tag genau wusste, was einem bevorstand. Wenn man gehen und stehen konnte, wo man nur wollte, sodass immer wieder unerwartete und spannende Ereignisse auftreten konnten. Dass man dann erst spürte, dass man wirklich lebte. Aber jetzt sehnte er sich nach seinem sicheren, vorhersehbaren Leben und vermisste Alfred, der alle Probleme und Gefahren aus dem Weg räumte – etwas, das er selbst nie gelernt hatte.

Er starrte auf das rote Türschloss. Die Kleidungsstücke auf dem Waschbecken. Die Entführer hatten offenbar eingeplant, dass er eine ganze Weile hier wohnen würde. Sonst hätten sie nicht extra Kleidung für ihn eingekauft. Und zwar nicht nur *ein* T-Shirt, sondern mindestens zwei – und wer weiß, wie viele noch in dem Schrank im Schlafzimmer lagen. Allesamt in seiner Größe.

Er rieb sich über seinen harten Unterbauch. Einen Moment schien es, als würde sich der Darm an die Arbeit machen, denn er verspürte ein paar Krämpfe, aber der Schmerz verebbte wieder, nachdem er ein paar Mal tief eingeatmet hatte. Er senkte den Kopf und starrte auf seine Socken. An den Fersen wurden sie schon ziemlich dünn. Selbst in einem Secondhand-Laden verkauften sie nicht solche verschlissenen Sachen. Das galt im Übrigen auch für sein T-Shirt und für alle Möbel im Schlafzimmer. Bei näherer Betrachtung hatten die Entführer wohl doch nicht extra für ihn eingekauft. Das Bett und die Kleidungsstücke hatte schon jemand anderes benutzt. Ein anderer Junge, der hier gewohnt hatte, bevor Jerro kam, und der wahrscheinlich gleich alt, auf jeden Fall aber genauso groß wie Jerro war.

Ob Nel einen Sohn hatte?

Aber wo war dieser Junge dann jetzt und warum brauchte er seine Sachen nicht mehr?

Vielleicht war er ja tot!

Jerro überlief es gleichzeitig kalt und glühend heiß.

Er kannte eine Geschichte über eine Frau, die nach einer Fehlgeburt das Baby einer anderen Mutter aus dem Krankenhaus gestohlen hatte. Angenommen, Nel hatte auch so etwas getan? Vielleicht war sie eine gefährliche Irre, die ihn hatte entführen lassen, damit er den Platz ihres Sohnes einnahm …

Je länger Jerro darüber nachdachte, desto mehr war er davon überzeugt, dass es genau so gewesen sein musste. Darum dauerte das alles so lang. Nel war gar nicht an Lösegeld interessiert, also hatte sie auch keinen Kontakt mit seinen Eltern aufgenommen. Deswegen gab es auch keine Drohbriefe, Telefongespräche oder andere Anhaltspunkte. Keiner wusste, dass er hier gefangen saß. Keiner, außer seinen Entführern. Es konnte Monate dauern, bis sie ihn finden würden.

Wenn sie ihn überhaupt fanden.

Die Angst wirkte wie ein Abführmittel. Es fühlte sich an, als würden sich alle Eingeweide zusammenziehen. Dann lief er leer.

4.

Die kochend heißen Duschstrahlen, die ihm auf Kopf und Schultern prasselten, beruhigten ihn. Während er die Seife über seine Achseln zum Bauch führte, fiel ihm ein Zitat von Lambik aus *Suske und Wiske* ein: »Ich gebe nie auf! Ich bin ein Durchsetzer, ein Kämpfer!«

Jerro merkte, dass er nickte. Er musste seine Angst in den Griff bekommen und seinen Verstand benutzen. Wenn Nel wirklich so gestört war, wie er dachte, sollte er sie am besten vorsichtig behandeln. Zu normal tickenden Leuten konnte man sagen: Ich bin nicht dein Sohn, und das werde ich auch nie werden. Bei Verrückten wie Nel ging man das Risiko ein, dass sie einen dann mit einem Beil oder einem Fleischermesser verfolgten – zumindest wenn man dem durchschnittlichen Horrorfilm Glauben schenken durfte. Jerros einzige Erfahrung auf dem Gebiet stammte vom Zusehen, also beschloss er, Nels Spielchen vorläufig mitzuspielen.

Er drehte den Wasserhahn zu und trocknete sich ab. Warum hatten die Männer ihr eigentlich geholfen? Hatten sie Geld dafür bekommen? Er konnte sich nicht vorstellen, dass Nel ihnen genügend hatte bezahlen können. Oder gehörte sie zur Familie?

Mit leichtem Widerwillen zog er sich an. Es war keine prickelnde Vorstellung, eventuell in den Kleidungsstücken eines toten Jungen herumzulaufen.

»Fertig?«, erklang Nels Stimme auf dem Flur.

»Ja.« Es war kaum zu hören. Er räusperte sich und rief noch ein Mal: »Ja!«

Die Tür ging auf. Obwohl der Taser weniger furchterregend aussah als ein Beil, spürte Jerro ein Zittern über sein Rückgrat laufen. Ein Elektroschocker war schon schlimm genug. Aber ein Elektroschocker in den Händen einer Gestörten…

Sie ließ ihn wieder vor sich hergehen. Das Bett war inzwischen frisch bezogen worden, die Decke steckte in einem anderen Bezug. Noch eine Bestätigung. Sie zeigte keinerlei kriminelles Verhalten, sondern sorgte wie eine Mutter für ihn.

Obwohl…

»Leg die Fesseln wieder um«, sagte sie.

»Bitte. Ich gehe wirklich nirgends hin. Vor dem Fenster sind Gitterstäbe und die Tür ist verschlossen.«

»Tut mir leid, Befehl von oben.«

Er sah auf den Taser.

Manchmal ist durchsetzen und kämpfen keine so gute Idee, Lambik.

Voll unterdrückter Wut zog er die Füße auf das Bett und schloss die Eisen um seine Knöchel. Einen kurzen Moment lang überlegte er, sie nicht ganz einrasten zu lassen.

Doch lieber nicht.

Das war eine vernünftige Entscheidung. Nel kontrollierte, ob alles auch gut festsaß.

»Hat dein Sohn früher hier geschlafen?«, wagte sich Jerro vor.

»Wie kommst du denn da drauf?« Sie bekam einen roten Fleck am Hals.

Also ja.

»Wie hieß er?«

Sie ging ohne ein Wort aus dem Zimmer.

»Warte!«, rief Jerro. »Hast du nicht noch ein Comicheft oder so ...«

Stille.

»Vielleicht Musik?«

Aber es sah so aus, als würde er sich wieder den ganzen Nachmittag zu Tode langweilen müssen. Er ließ sich auf die Matratze fallen und schloss die Augen.

Jerro wird entführt und er nimmt mit: eine Säge – für die Gitterstäbe am Fenster –, Galgenhumor, supergute DVDs, ein Smartphone ...

Nach dem Abendessen ging die Tür wieder auf. Jerro erwartete, dass Nel hereinkommen und das Tablett wieder abholen würde, aber es war der Mann, der ihm das Betäubungsmittel gespritzt hatte. Jerro kroch in sich zusammen, doch zum Glück sah er keine Injektionsnadel.

Der Mann schob das Tablett mit dem Fuß zur Seite, zog den Stuhl unter dem Tisch hervor und stellte ihn neben das Bett. Im Gegensatz zum letzten Mal hatte Jerro nun alle Zeit der Welt, ihn zu betrachten. Der Mann sah Mister Sulu aus *Star Trek* zum Verwechseln ähnlich – Mick hatte zu Hause eine DVD-Box mit bestimmt hundert Folgen, von denen Jerro mittlerweile die meisten gesehen hatte.

Sulu setzte sich. »Wie heißt das Password von dir und Mick?«

Jerro war total verblüfft. Woher kam dieses plötzliche Interesse? Mick und er benutzten dieses Password überhaupt nicht mehr. Woher wussten sie überhaupt, wer Mick war?

»Password?«, fragte er, um Zeit zu schinden.

»Ja, dein Freund und du, ihr habt doch offensichtlich ein bestimmtes Wort vereinbart«, sagte Mister Sulu. »Ich will wissen, welches das ist.«

Jerro verstand es immer noch nicht. Er hatte alles so gut ausgeknobelt: Niemand wusste, wo er war, es wurde kein Lösegeld gefordert und Nel hatte ihn entführt, damit er den Platz ihres Sohnes einnahm. Was sollte dann auf einmal dieses Password-Getue?

»Nun?«, schnauzte Mister Sulu. »Wird daraus noch was?«

Jerro versuchte, blitzschnell nachzudenken. Mick war der Einzige, der von dem Password wusste. Er musste also danach gefragt haben. Offenbar machte er sich Sorgen und wollte über diese Antwort checken, ob mit Jerro alles in Ordnung war. Das war es zwar nicht, aber er fühlte sich schon gewaltig besser als vorhin. Das Wissen, dass Mick nicht untätig war, wirkte wie ein Adrenalinstoß.

Jerros Blick wurde schärfer und sein Gehirn aufmerksamer. Er wusste plötzlich ganz genau, was er jetzt machen würde.

»Wenn du mich losmachst«, sagte er.

»Sie hat den Schlüssel«, antwortete Mister Sulu mit einem Nicken in Richtung Treppenabsatz. »Ich werde es ihr sagen, wenn ich gehe.«

»Okay, dann.« Jerro gab sich Mühe, so ungerührt wie möglich auszusehen. »Das Password ist Meerschweinchen.«

»Meerschweinchen«, wiederholte Mister Sulu. »Du nimmst mich doch nicht auf den Arm, oder?« Er starrte Jerro mit festem Blick an.

»Das kommt von einem Film auf YouTube«, sagte Jerro schnell. »Es geht um eine Außerirdische – Diana heißt sie –, die ein Meerschweinchen isst. Mick und ich fanden das ziemlich witzig, also ...«

»Jaja, schon klar.« Sulu stand auf.

Er schluckte es! Wenn Mick das falsche Password zu hören bekam, würde er sofort wissen, dass etwas nicht stimmte.

»Meine Fesseln«, sagte Jerro schnell, bevor Mister Sulu das Zimmer verließ.

»Ich schicke sie.«

Während Jerro auf Nel wartete, versuchte er zu verstehen, was passiert war.

Warum hatte sich Mick bei Sulu nach dem Password erkundigt? Wollte er vielleicht überprüfen, ob Jerro noch lebte? Aber warum so kompliziert? Er hätte doch auch einfach um ein Foto bitten können. Ein Foto von Jerro mit der aktuellen Zeitung in der Hand.

Wie war Mick überhaupt mit den Entführern in Kontakt gekommen? Wenn Jerros Theorie stimmte, war keine Lösegeldforderung gestellt worden. Oder wollten sie zwei Fliegen mit einer Klappe schlagen? Die Männer durften das Geld behalten; Nel bekam Jerro und seine Eltern waren sowohl das Geld als auch ihren Sohn los. Aber auch dann ... Warum war es Mick, der mit den Entführern verhandelte? Es schien Jerro logischer, wenn das sein Vater, seine Mutter oder zur Not auch die Polizei tun würde.

Er bekam fast Kopfschmerzen vom vielen Nachdenken. Wäre das Ganze bloß so einfach wie die Matheaufgaben in der Schule.

Schule ...

Selbst der langweiligste Unterricht war aufregender, als hier gefangen zu sein.

Mister Sulu hatte Wort gehalten. Nel stellte das Tablett mit den Resten vom Abendessen auf den Treppenabsatz und gab Jerro dann den Schlüssel. Er befreite sich selbst von den

Fesseln, während sie den Elektroschocker auf ihn gerichtet hielt.

Vor bewaffneten Irren musste man sich in Acht nehmen, aber ein wenig nachhaken konnte bestimmt nichts schaden.

»Also ist Mick doch dahintergekommen, dass ihr mich entführt habt«, sagte Jerro beiläufig, aber all seine Sinnesorgane waren auf Nel gerichtet.

»Mach dir keine Illusionen.« Sie hielt die linke Hand auf, um den Schlüssel wieder in Empfang zu nehmen. »Mick weiß von keiner Entführung.«

»Ja, klar. Und er weiß auch nichts von deiner Existenz oder der dieser Männer?«

»Stimmt.«

»Er kennt euch nicht, aber er fragt euch nach dem Password.« Jerro lachte höhnisch. Zumindest war das seine Absicht. Er hörte selbst, wie unsicher er klang, ein wenig hysterisch sogar – wie jemand, der einen Scherz macht und selbst als Erster zu lachen anfängt, weil er Angst hat, es könnte sonst niemand tun.

»Nicht uns«, sagte Nel. »Dich.« Ohne Jerro aus den Augen zu lassen und die Waffe noch immer im Anschlag ging sie zur Tür. »Wir werden dich brav antworten lassen. Sorg du inzwischen dafür, dass du dich benimmst. Keine Fenster einschlagen und so, denn sonst…« Sie klopfte auf ihre Jackentasche, in der sich der Schlüssel der Fußfesseln befand.

5.

Jerro war immer noch gefangen, aber es war erträglicher, seit er mehr Bewegungsfreiheit hatte. Er konnte Streck- und Dehnübungen machen, hin und her laufen, auf einem Stuhl sitzen, aus dem Fenster schauen, die Vorhänge öffnen und schließen, wann er wollte, den Lichtschalter betätigen und herumschnüffeln. Seine Vermutung bestätigte sich: Im Schrank fand er noch mehr Kleidungsstücke, darunter eine Trainingshose. Darin würde er bestimmt besser schlafen. Während er sich umzog, dachte er daran, was Nel gesagt hatte. Demnach wusste Mick nichts von der Entführung oder den Tätern. Aber er hatte dennoch nach dem Password gefragt. Nicht die Entführer, sondern Jerro.

Sie redete wirres Zeug. Er hatte Mick seit diesem schrecklichen Samstagnachmittag nicht mehr gesprochen. Es sei denn…

Wir werden dich brav antworten lassen.

Sein Telefon! Das Ding hatte in seiner Tasche gesteckt, als er auf dem Bett lag und las. Also hatte er es auch bei sich gehabt, als er entführt wurde. Die Männer hatten nicht nur seine Kleidung an sich genommen, sondern auch sein Handy. Damit konnten sie Mick Nachrichten schicken. Berichte, die von Jerro zu kommen schienen.

Nur… Warum hatten die Entführer sein Telefon nicht einfach ausgeschaltet? Es wäre doch viel klüger gewesen, alle Verbindungen zu kappen?

Der Bund der Trainingshose saß wunderbar locker. Jerro

steckte die Hände in die Taschen und ging im Zimmer auf und ab, während er sich fragte, was genau Mick vorgefunden hatte, als er aus dem Badezimmer kam. Mick hatte ihn doch bestimmt gesucht oder die Polizei gerufen, als er plötzlich nicht mehr auf dem Bett gelegen hatte?

Aber Nel behauptete, Mick wüsste nichts von der Entführung...

Also dachte er, dass Jerro aus einem anderen Grund verschwunden war! Vielleicht hatten die Entführer eine Nachricht für ihn hinterlassen. Eine gefälschte, die angeblich von Jerro stammte. Eine Notiz auf seinem MacBook zum Beispiel, damit Mick nicht gleich an der Handschrift erkennen konnte, dass sie von einem Fremden stammte. Etwa in der Art: ICH WILL FREI SEIN UND BIN ABGEHAUEN. HABE NICHTS GESAGT, DAMIT DU MICH NICHT DAVON ABHÄLTST. GEH NACH HAUSE UND TU SO, ALS SEI NICHTS GESCHEHEN. JERRO.

Aber Mick hatte sich doch Sorgen gemacht und Jerro angesimst oder angerufen und eine Nachricht hinterlassen. Und weil ihn die Antworten von Nel und den Männern nicht befriedigten, hatte er sie nach dem Password gefragt.

Natürlich waren das nur Vermutungen, das war Jerro klar. Aber selbst wenn nur ein Bruchteil davon stimmte, sah die Zukunft etwas weniger düster aus als zuvor. Mister Sulu würde das Wort MEERSCHWEINCHEN simsen. Dann wusste Mick, dass irgendetwas gewaltig faul war, und würde doch noch alle informieren. Die Polizei würde Jerro über sein Handysignal aufspüren können. Oder zumindest Mister Sulu oder wer auch immer sein Telefon gerade hatte.

Jerro sprang auf das Bett.

Mit ein bisschen Glück war er morgen wieder frei.

Der Mittwoch begann gut mit einem Frühstück und anschließendem Ausflug ins Badezimmer. Nel begleitete ihn wie ein Gefängniswärter, einschließlich Waffe. Er ging zur Toilette, duschte, putzte sich die Zähne und zog saubere Kleidung an. Dann holte Nel ihn wieder ab und brachte ihn in sein Zimmer zurück. Auf dem Tisch lagen ein Heft und ein Stift für ihn bereit.

»Ich möchte, dass du einen Grundriss deiner Schule zeichnest«, sagte sie.

»Von der Prismaschule?« Seine rechte Augenbraue ging in die Höhe. »Wieso?«

»Wenn du es tust, kaufe ich dir noch ein Comicheft. Es ist wichtig, dass du so genau wie möglich zeichnest. Alles muss darauf sein: Klassenzimmer, Toiletten, Aula, Cafeteria ...«

Wollten sie jetzt auch noch in seine Schule eindringen? Einen Anschlag verüben? Oder nein, es ging ihnen natürlich um Mick! Er hatte auf das falsche Password reagiert und gesimst, er hätte durchschaut, dass etwas nicht stimmte, und jetzt musste er verschwinden. Oder so ähnlich.

Jerros Nackenhaare stellten sich auf.

Aber warum in der Schule? Es war viel leichter, Mick an einem anderen Ort auszuschalten. An einem Ort, an dem er allein war, wo niemand ihm helfen konnte. Auf der Straße oder zu Hause, wenn seine Mutter und Sofie nicht da waren ...

Jerro traf fast der Schlag, als er weiter darüber nachdachte. Wie hatte er das nur übersehen können? Er wohnte in einem schwer bewachten Haus. Ihn zu entführen, war wie ein kostbares Gemälde aus einem Museum wie dem Louvre zu stehlen. Wenn Nel einen Ersatz für ihren verstorbenen Sohn wollte, warum hatte sie sich dann ein so schwieriges Ziel ausgesucht? Er hatte keine Ahnung. Es sei denn, es ging doch um Lösegeld, aber dann müsste Mick etwas von der Entführung wissen.

Jerro plumpste auf den Stuhl und seufzte missmutig. Alles, was er sich überlegt hatte, war plötzlich wieder ungewiss. Er starrte noch eine Weile vor sich hin. Dann begann er doch noch zu zeichnen, aber in Gedanken war er nicht wirklich bei der Sache.

»Ich weiß nicht, ob der Grundriss so ganz richtig ist«, sagte Jerro eine halbe Stunde später. »Wenn ich in dem Gebäude herumlaufe, finde ich alles, aber so aus dem Kopf…«

»Reiß die Seiten heraus und gib sie mir«, kommandierte Nel.

Bald würde Jerro platzen, wenn er nicht dahinterkam. Also fragte er, während er ihr die Blätter reichte: »Warum habt ihr mich ausgewählt? Warum keinen anderen Jungen?«

»Was glaubst du?« Sie faltete den Grundriss mit einer Hand und steckte ihn in ihre Jackentasche. Es war eine andere Strickjacke als in den vergangenen Tagen, aber mindestens ebenso formlos und abgetragen.

»Geht es denn doch um Lösegeld?«, riet Jerro.

»Ich möchte, dass du möglichst viele Erinnerungen aufschreibst«, sagte sie.

Jerro musste es einfach fragen: »Lebt dein Sohn noch?«

»Das hoffe ich doch.«

»Warum bewahrst du dann seine Kleidung auf?«

»Ist doch praktisch? Oder würdest du lieber ständig in denselben Klamotten herumlaufen?«

»Nein, aber…«

»Na denn.«

Als Jerro wieder allein war, kippelte er mit seinem Stuhl nach hinten, bis die Lehne den Schrank berührte. Wenn Nel die Wahrheit sagte, war er nicht entführt worden, um einen toten Jungen zu ersetzen. Aber warum dann? Er schlug seinen Hinterkopf wie einen Türklopfer immer wieder gegen den Schrank. Immer wieder und immer fester. Es war ihm egal, dass es wehtat.

Es wurde Donnerstag und Freitag oder vielleicht auch schon Samstag – auf Dauer verlor Jerro jegliches Zeitgefühl. Er schlief, er wurde wach, er aß und er grübelte. Er durchsuchte den Kleiderschrank – nur Kleidung und Schuhe – und die Tischschubladen. Darin fand er lediglich ein paar Fußballzeitschriften, Stifte, ein Päckchen Kaugummi, das wahrscheinlich schon seit hundert Jahren dort lag, ein paar DVDs – vollkommen nutzlos ohne Computer –, noch ein paar andere wertlose Sachen und ein Taschenmesser. Es lag in einem Etui zwischen den Stiften. Einen Moment geriet er in eine euphorische Stimmung – jetzt hatte er eine Waffe und konnte sich verteidigen –, bis ihm klar wurde, dass er Nel niemals niederstechen könnte. Lieber hätte er einen Hinweis gefunden, der ihm weiterhalf.

Wenn Nel Essen oder etwas zu trinken brachte, nervte sie ihn immer damit, ob er schon alles aufgeschrieben hätte. Nein, hatte er nicht. Dann begann sie, Fragen zu stellen. Welche Musik er mochte. Was sie machten, wenn sie bei Mick waren. Wie er Mick kennengelernt hatte.

»Warum willst du das alles wissen?«, fragte Jerro.

»Schreib es einfach auf«, sagte Nel. »Wenn du nicht kooperierst, habe ich hier immer noch einen Schlüssel.«

Als sie weg war, legte Jerro seinen Kopf auf das Heft. Er hatte das Gefühl, allmählich verrückt zu werden, und er würde noch verrückter werden, wenn er diese Fußfesseln wieder umlegen musste. Also nahm er den Stift in die Hand und machte sich an die Arbeit.

6.

Jerro wurde aus dem Schlaf gerissen. Um sein Handgelenk klemmte ein Schraubstock. Jemand zog ihn hoch. Jerro rieb sich die Augen. Es war Mister Sulu, was machte der so früh an seinem Bett?

Sulus Stimme war kalt wie Eis. »Du hast gelogen.«

Jerros Hirnzellen schliefen noch. Wovon redete der Mann?

»Meerschweinchen.« Mister Sulu schnaubte. »Ich hätte es wissen müssen.«

Das Passwort. Sie hatten entdeckt, dass er ihnen das falsche Passwort genannt hatte. Jerro war schlagartig wach.

»W-war es nicht richtig?«, stammelte er.

Mister Sulus Griff wurde so hart, dass Jerro um seine Knochen fürchten musste.

»Jetzt stell dich nicht so blöd«, schnauzte Sulu. »Als ob du das nicht wüsstest…«

»Ehrlich«, sagte Jerro schnell. »Wir haben diesen Film echt auf YouTube gesehen. Von Diana, meine ich. Und dann…«

Er wünschte, er könnte so gut schauspielern wie Jake Gyllenhaal oder Brad Pitt. »Wir dachten, Meerschweinchen wäre wirklich ein witziges Password. Ein paar Wochen später haben wir es geändert, nachdem Mick mir den Lieblingsfilm seines Vaters gezeigt hatte. *Invasion of the Body Snatchers.* Da haben wir dann ein neues Password vereinbart: Rothaar. Mir war nicht ganz klar, welches Mick meinte. Das erste oder das zweite.« Jerro war außer Atem. »Wirklich nicht. Ich schwöre es.«

»Wenn du mich noch einmal an der Nase herumführst, legen wir dir die Fesseln wieder um.« Mister Sulu sah ihn drohend an. »Und zwar Tag und Nacht.«

Jerro brauchte ein paar Minuten zur Erholung, als er wieder allein war. Sulu hätte auch ganz anders reagieren können.

Danach passierte wieder tagelang nichts. Jerro fragte Nel regelmäßig, wann er endlich wieder nach Hause dürfte, aber er bekam nie Antwort. Sie hielt ihn mit Comicheften still und kramte irgendwo ein abgenutztes Radio hervor. Anfangs versetzte ihn die Musik in bessere Laune und er fühlte sich weniger allein, bis er auf die dumme Idee kam, alle Radionachrichten anzuhören. SOHN DES EIGENTÜMERS VON PRINCE ENTERPRISE VERMISST – das müsste doch weltweit eine Nachricht wert sein?

Zu seinem Erstaunen wurde auf keinem einzigen Sender über sein Verschwinden berichtet. Als hätten ihn alle vergessen. Als hätte es ihn nie gegeben.

Nach der x-ten Nachrichtensendung warf er das Transistorradio mit aller Kraft gegen die Wand.

So, das schaffte Erleichterung.

Die Genugtung dauerte drei Sekunden. Dann schaute er erschrocken auf die Überreste am Boden, während die Stille in seinen Ohren brauste. Zwischen seinen Augenbrauen zerbrach etwas. Er ging in die Knie, fiel auf den Boden und konnte nicht mehr aufhören zu schreien.

»Was ist los?«, fragte Nel, als sie hereinkam. Ihr Gesicht sah aus wie das einer Knetfigur aus einem Zeichentrickfilm – übertrieben erstaunt und erschrocken.

Jerro konnte nicht mehr reden, er musste schreien. Schreien, um die Stille auf Abstand zu halten. Schreien, um zu beweisen, dass es ihn noch gab.

Die Knetfigur legte ihm die Hand auf die Schulter, um ihn zu beruhigen.

Er schlug sie weg, trommelte mit den Fäusten auf den Boden und schrie immer weiter, während er sich fragte, ob dieser tierische Schrei wirklich aus *seinem* Mund kam.

Die Knetfigur floh aus seinem Zimmer.

Jerro blieb auf dem Boden liegen und rollte sich zusammen. Das Schreien wurde zum Rufen, das Rufen zum Sprechen und schließlich flüsterte er nur noch: »Ich will nach Hause.« Er schloss die Augen und stellte sich sein eigenes Zimmer vor. Sein Bett, sein Regal mit den Comicbüchern. Hinter sich hörte er, wie die Tür aufging. Er schaffte es nicht zu schauen, wer da kam. Nel?, war das Letzte, was er dachte.

Jerro konnte sich nicht bewegen, nur seine Ohren waren wach. Er lag auf dem Bett und neben sich hörte er Leute reden.

»Wir können ihn nicht mehr allzu lange festhalten. Vorhin ist er total durchgedreht.«

Das war Nel. Jerro erkannte ihre Stimme sofort.

»Die Zeit ist noch nicht reif«, sagte ein Mann. »Und warum machst du dir überhaupt Sorgen? Wenn alles vorbei ist, weiß er sowieso nichts mehr davon.«

Er war wie der Riddler aus den Batmancomics. Der sprach auch immer in Rätseln.

Es dauerte eine Weile, bevor Jerro klar wurde, dass es nicht der Riddler war, sondern Herr Sulu. Der Mann, der ihn mit einer Spritze ausgeschaltet hatte, als er mit dem Stuhl gegen die Fensterscheibe gebollert hatte. Der ihn jetzt wieder ausgeschaltet hatte. Deswegen waren seine Muskeln natürlich gelähmt.

Jerro unterdrückte die aufsteigende Panik.

Ruhig bleiben. Es geht vorbei. Letztes Mal hatte sich sein Körper auch wieder erholt.

Nel seufzte. »Ich wünschte, ich hätte mich nie darauf eingelassen.«

»Denk dran, was uns das einbringt«, sagte Sulu. »Nicht mehr lange und du bist reich.«

Also ging es doch um Lösegeld!

Jerros Augen wurden feucht. Warum hatten seine Eltern denn immer noch nicht bezahlt? Er hätte schon längst zu Hause sein können?

Jemand streckte die Hand vor sein Gesicht.

»Er kommt zu sich«, sagte Nel.

»Wir gehen.« Mister Sulus ungerührte Stimme. »Vorläufig bleibt er sicher ruhig. Und wenn du noch einmal so einen Anfall bemerkst, machst du ihn gleich am Bett fest.«

Eine Brise wehte Jerro ins Gesicht.

Ich träume, dachte er. Ich bin draußen und liege im Gras.

»Und wie fühlst du dich heute?«, fragte Nel.

Verschwinde aus meinem Traum!, wünschte Jerro.

»Es ist jetzt schon drückend heiß«, fuhr sie fort. »Darum hab ich das Ding aufgestellt.«

Jerro öffnete ein Auge. Die Brise war kein Traum, sondern echt, zumindest soweit man künstlichen Wind echt nennen konnte. Auf dem Tisch stand ein Ventilator und schwenkte gleichmäßig von links nach rechts.

»Könnte doch bloß ein Fenster auf«, murrte er. »Ich sehne mich nach frischer Luft.«

»Ich kann die Tür aufmachen«, sagte sie. »Aber dann musst du die Fußfesseln umlegen.«

Jerro starrte auf die Wände. Es war, als würden sie jeden

Tag näher kommen und das Zimmer langsam aber sicher schrumpfen.

Er schüttelte heftig den Kopf.

»Dachte ich mir schon.« Sie wünschte ihm wie immer guten Appetit und ging.

Eine halbe Stunde später kam sie zurück, um ihn ins Bad zu begleiten. Jerro zog nach dem Duschen nur eine kurze Hose an, setzte sich vor den Ventilator und hielt sein Gesicht davor.

Mister Sulu hatte gesagt, die Zeit sei noch nicht reif und er könne Jerro noch nicht gehen lassen. Aber warum denn nicht? Worauf wartete er bloß?

Und dann diese seltsame Bemerkung: Wenn alles vorbei ist, weiß er sowieso nichts mehr davon. Ganz bestimmt! Jerro war sicher, dass er mindestens einen Felsen auf den Kopf bekommen müsste, um diesen Dreckskerl von Sulu je zu vergessen. Es wäre ein Kinderspiel, ein Phantombild von ihm anfertigen zu lassen – »Kennen Sie *Star Trek?«* – und von Nel übrigens auch. Die Trottel hatten ihm nie die Augen verbunden.

Der Ventilator knirschte leise. Jerro beugte sich vor, damit ihm die kühle Luft durch die Haare pusten konnte.

Und da fiel ihm etwas Schreckliches ein. Vielleicht war es ja egal, dass er wusste, wie seine Entführer aussahen, weil sie gar nicht vorhatten, ihn jemals gehen zu lassen.

Trotz der Hitze wurde ihm eiskalt.

Wenn man tot war, wusste man auch nichts mehr...

7.

Der Gedanke war wie ein Widerhaken, Jerro bekam ihn nicht mehr aus dem Kopf: Mister Sulu würde ihn ermorden. Nicht sofort, aber sobald die Zeit reif war. Sobald er Jerro nicht mehr brauchte, um Grundrisse zu zeichnen, Passwörter zu verraten und persönliche Fragen zu beantworten. Sobald Jerro nicht mehr als lebender Beweis dienen musste, weil das Lösegeld bereits gezahlt war.

Er zog die Schublade auf und nahm das Messer aus dem Etui. Der Griff fühlte sich glatt und kühl an in seiner verschwitzten Hand. Er stand auf, ging durch das Zimmer und stellte sich vor, er sei der rote Ritter Johann mit seinem Schwert. Der wüsste sich zu verteidigen.

Ihm wurde schwindelig und er musste sich kurz auf das Bett setzen. Trotz des Ventilators wurde das Zimmer immer mehr zum Backofen. Wer weiß, vielleicht starb er ja ganz von allein durch Überhitzung und Austrocknen. Praktisch für Sulu.

Mit einem Seufzer ließ er sich nach hinten fallen und blieb eine Weile liegen. Er streckte den Arm aus und beobachtete seine Hand mit dem Messer, wie man zu einem Flugzeug am Himmel aufschaut. Er rang mit einem unsichtbaren Gegner und stieß Kampfgeräusche aus. Er klappte das Messer auf und zu, auf… Da knirschte der Schlüssel im Schloss.

»Ich habe Wasser für dich«, erklang es vom Treppenabsatz.

Schnell steckte er das Messer in die Tasche seiner kurzen

Hose und öffnete Nel und ihrem unzertrennlichen Taser die Tür. Jerro betrachtete den Elektroschocker mittlerweile als eine Art Verlängerung ihres rechten Arms – wie eine hautfarbene Prothese, die aus Versehen ein wenig zu rosa ausgefallen war. In der linken Hand hielt sie eine Kanne Wasser, in der Eiswürfel schwammen. Ihre Strickjacke hatte sie sich um die Taille gebunden. In der rechten Tasche steckte ein Limonadenglas.

»Puh, hier ist es ja nicht zum Aushalten«, sagte sie.

»Stimmt.« Jerro nahm die Kanne von ihr entgegen. »Kann ich nicht vielleicht in ein anderes Zimmer umziehen? Eines mit Fenstern, die man aufmachen kann?«

Sie dachte nach. »Ich setze mich gleich ein wenig zu dir, dann können wir die Tür offen lassen. Wenn ich gleichzeitig auch alle anderen Fenster und Türen öffne, gibt es einen schönen Durchzug.« Sie reichte ihm das Glas. »Hier. Bei diesem Wetter muss man besonders viel trinken.«

Jerro füllte das Glas und leerte es in einem Zug. Nel erinnerte ihn an Kasia. Er musste aufpassen, sonst würde er sie noch nett finden.

Es war dämmrig im Zimmer. Nel hatte den dicken Vorhang zugeschoben, um die Sonne auszusperren. Die Tür stand sperrangelweit auf. Jerro saß im Schneidersitz auf dem Bett, den Rücken an die Wand gelehnt. Nel hatte sich auf dem Stuhl postiert, natürlich wie immer bewaffnet. Ihre Strickjacke war unten geblieben. Sie trug dieselben Slipper wie immer, jetzt aber ohne Socken. Alles in allem sah sie schon ziemlich armselig aus.

»Warum machst du das eigentlich?«, fragte Jerro. »Ich verstehe schon, dass du reich werden willst, aber wir wissen doch beide, dass ich hier nicht mehr lebend rauskomme.«

Sie erschrak. Oder sie tat, als würde sie erschrecken.

»Aber natürlich«, sagte sie. »Wie kommst du denn jetzt darauf?«

»Der Mann, der mich immer wieder außer Gefecht setzt, lässt mich bestimmt nicht gehen.«

»Aber sicher doch. Du musst nur noch ein wenig Geduld haben.«

»Ich weiß, wie er aussieht. Der Kerl geht ganz bestimmt kein Risiko ein.«

»Das ist alles geregelt.« Sie lächelte. »Ich sorge dafür, dass dir nichts passiert.«

Aus dem Mund eines Menschen, der eine Waffe auf einen richtete, klang das nicht sehr glaubwürdig, fand Jerro.

Sie waren ein paar Minuten still und lauschten dem Ventilator.

»Warum wolltet ihr eigentlich das Password wissen?«, fragte Jerro dann.

»Welches Password?«

Entweder wusste sie wirklich von nichts oder sie verdiente einen Oskar in Sich-dumm-Stellen.

»Und warum sollte ich diesen Grundriss zeichnen? Habt ihr vielleicht etwas mit Mick vor?«

»Es ist nicht gesund, sich so aufzuregen«, sagte sie. »Vor allem nicht bei diesem Wetter.«

»Wenn ich sowieso sterbe, kannst du mir genauso gut erzählen, wie es ist«, beharrte Jerro.

»Hier wird niemand sterben.« Nel stand auf und war so nervös, dass sie fast den Stuhl umwarf. »Versuch jetzt, ein wenig zu ruhen. Heute Abend wird es wohl vorbei sein mit der Hitze, es soll ein Gewitter geben.

»Wie kann ich mich ausruhen, wenn ich nicht weiß ...«

Sie war schon auf dem Treppenabsatz und schloss die

Tür. Sofort wurde es pechschwarz. Jerro fühlte sich wie in einem Sarg. Ihm wurde so flau, dass er kaum noch atmen konnte. Tastend fand er den Schalter. Licht an! Er trank ein Glas Wasser und legte sich wieder auf das Bett. Nel glaubte ihm nicht. Es gab nur noch eine Möglichkeit, seine Haut zu retten: Er musste entkommen, und zwar am liebsten so schnell wie möglich.

Er setzte sich wieder vor den Ventilator und dachte nach.

Der Wetterbericht stimmte. Am späten Nachmittag begann es, zu blitzen und zu donnern. Jerro hockte auf der Fensterbank und starrte in den Regen, der ans Fenster schlug. Er hatte sich einen Fluchtplan ausgedacht und ihn *Operation Badezimmer* getauft. Er ging ihn Schritt für Schritt durch, überprüfte jede Kleinigkeit und versuchte, eventuelle Probleme einzukalkulieren. Das machte Alfred auch immer, wenn sie einen neuen oder risikobehafteten Ort oder eine besondere Veranstaltung besuchen wollten, wie einen Vergnügungspark oder ein Konzert. Jerro hatte das immer für lächerlich übertrieben gehalten, aber jetzt verstand er, wie wichtig es war. Davon konnte sein Leben abhängen.

Nach der Denkarbeit waren die praktischen Vorbereitungen an der Reihe.

Jerro rief Nel und sagte, er müsse zur Toilette. Während sie vor der Tür wartete, zog er das Messer aus seiner Tasche. Schlösser, die man mit einem Schlüssel öffnen und schließen musste, waren uneinnehmbare Festungen. Aber bei einem Badezimmer- oder WC-Schloss konnte man die Klinge in den Schraubenschlitz stecken und brauchte nur noch zu drehen ...

Na ja, das Drehen ließ er jetzt lieber. Er überprüfte nur, ob die Messerspitze in die Schraube passte. Ja! Breakdancend drückte er die Spültaste. Jetzt weiter mit Schritt zwei.

Als er noch mit den Fußfesseln am Bett festsaß, hatte Nel ihm vor jedem Duschen saubere Kleidung bereitgelegt. Sobald er sich frei durchs Zimmer bewegen konnte, hatte sie damit aufgehört. Zum Glück! Jetzt konnte er sein Outfit so wählen, wie es ihm am passendsten schien. Im Schrank lag eine einzige ordentliche Jeans aus weichem Stoff, in der er sich leicht bewegen konnte. Der dunkelblaue Sweater war verschlissen, aber schön warm. T-Shirt, Socken, Unterwäsche. Er legte alles aufs Bett.

Das einzige Problem waren die Turnschuhe. Draußen erwartete ihn vielleicht unwegsames Gelände – er hatte wenig Lust, auf Socken durch einen Wald oder so zu stolpern. Und außer diesem einen Mal am ersten Tag seiner Entführung hatte er die Schuhe nie wieder getragen, es würde Nel also sicher auffallen, wenn er das jetzt auf einmal tat. Er beschloss, sie in der Hose zu verstecken, einen Schuh in jedem Bein auf Höhe der Oberschenkel. Er faltete die Hosenbeine übereinander und danach noch einmal, sodass ein Päckchen entstand, das er leicht tragen konnte, ohne die Turnschuhe zu verlieren. Mit dem Sweater darüber war nichts Ausgebeultes mehr zu sehen. Das Messer versteckte er zwischen den Strümpfen. Fertig. Er legte alles in den Schrank zurück.

Morgen. Wäre es bloß schon so weit.

Am nächsten Morgen bekam Jerro vor lauter Aufregung kaum einen Bissen herunter. Er zwang sich, den Joghurt mit Müsli zu essen. Die Butterbrote versteckte er in der Schublade unter den Fußballzeitschriften, damit es so aussah, als hätte er normal gefrühstückt. Jede Veränderung würde Argwohn wecken, und das wollte er um jeden Preis verhindern. Er nahm die Kleidung, die er am Tag zuvor ausgesucht hatte, aus dem Schrank und tigerte durch das Zimmer, bis Nel auftauchte.

Sobald sie das Schloss der Badezimmertür hinter ihm zugemacht hatte, machte er sich an die Arbeit. In einer guten Viertelstunde würde sie ihn wieder abholen, also musste er vor dieser Zeit aus dem Haus sein. Er zog sich schnell an, band die Turnschuhe zu und machte einen Doppelknoten in die Schnürsenkel. Er betätigte die Spültaste der Toilette und drehte die Dusche auf – solange Nel das Wasser laufen hörte, würde sie ihn im Badezimmer vermuten. Er legte das Ohr an die Tür und lauschte. Die Luft schien rein zu sein. Er nahm das Messer und drehte das Schloss von Rot auf Weiß. Vorsichtig drückte er die Tür auf. Kopf um die Ecke...

Puh, keiner zu sehen.

Er schlich zum Treppenabsatz und überprüfte das nächstgelegene Zimmer: Bett, Schrank, ein Bademantel an einem Haken. Er tippte darauf, dass Nel hier schlief. Es gab genügend Laken, die man aneinanderknüpfen konnte, und die Fenster waren unvergittert! Er trat ein, legte die Hand auf den Drehgriff des Fensters und wollte ihn hochdrücken. Das Mistding gab keinen Millimeter nach. Dann erst sah er – shit, shit, shit – das Schloss im Griff. Wo war der Schlüssel? Sein Blick spielte Pingpong: Fensterbank, Nachttisch, Boden. Oder hing er vielleicht an einem Nagel hinter dem Vorhang?

Kostbare Minuten verstrichen. Jerro konnte nirgends einen Schlüssel finden. Er stocherte mit dem Messer im Schloss herum, aber auch das war vergebens. Es war unmöglich, aus diesem Raum zu entkommen – es sei denn, er würde die Scheibe einschlagen, aber dann konnte er genauso gut gleich nach unten rufen, dass er abhauen wollte.

Nächstes Zimmer!

Dort stand ein aufgeklapptes Bügelbrett. Ein Stuhl mit

einem Wäschekorb. In einer Ecke hatte jemand einen alten Computer abgestellt, das Kabel darumgewickelt. Vielleicht war das Gerät kaputt und wurde deswegen nicht mehr benutzt. Jerro probierte wieder am Fenster, aber eigentlich wusste er es schon, sobald er das Schloss sah. Tränen der Enttäuschung sprangen ihm in die Augen. Die Entführer hatten sich sorgfältig vorbereitet. Es war mindestens so schwierig, aus diesem Haus zu fliehen wie bei ihm Zuhause einzudringen.

Was jetzt? Auf dieser Etage hatte er alle Zimmer durchprobiert. Er fragte sich, ob er unten mehr Chancen hatte. Nur musste er dann versuchen, an Nel vorbeizukommen. Das könnte auch klappen, wenn der Elektroschocker nicht unmittelbar in ihrer Nähe lag. Wie viel Zeit blieb ihm eigentlich noch, bevor sie mit dem Taser wieder nach oben kam? Fünf Minuten? Zwei Minuten? Gewohnheitsmäßig warf er einen Blick auf sein nacktes Handgelenk, aber ohne seine Rolex hatte er kein Zeitgefühl. Angenommen, seine Viertelstunde war schon verstrichen? Er wollte lieber nicht daran denken, dass Nel und er sich auf halbem Wege nach unten auf der Treppe begegnen könnten. Dann würde sie ihn mit dem Elektroschocker außer Gefecht setzen oder ihn für immer und ewig am Bett festketten. In beiden Fällen käme er wirklich nie mehr hier weg. Nein, so schwer es ihm auch fiel, es war vernünftiger, seine Flucht auf den nächsten Tag zu verschieben.

Mit hängenden Schultern ging er zum Badezimmer zurück und drehte das Schloss wieder auf Rot. Er machte seine Haare nass, das Handtuch feucht und drehte den Wasserhahn zu.

»Fertig?«, rief Nel.

»Fast. Nur noch schnell anziehen!«

Noch zwanzig Stunden, dann durfte er wieder duschen.

Normalerweise verlor Jerro nicht schnell die Geduld, aber jetzt schien es, als hätte er Ameisen im Hintern. Mit etwas Glück hätte er jetzt draußen sein können, statt in diesem düsteren Zimmer. Frische Luft schnuppern, rennen, schreien, springen. Vielleicht konnte er deswegen keinen Moment mehr still sitzen, nicht einmal mit einem Comic vor der Nase. Er machte Liegestütze, ging zum Fenster, schaute zu den Tannen hinüber, kreiste mit den Armen, legte sich aufs Bett, stand wieder auf, versuchte, doch etwas zu lesen …

So ging es den ganzen Tag über. Jerro konnte sich selbst kaum noch ertragen, aber trotzdem konnte er nicht damit aufhören. Nach dem Abendessen ging er zum hundertsten Mal zum Fenster. Die Stirn an die Scheibe gepresst, starrte er nach unten.

Huch? Da kam jemand über den zugewachsenen Pfad in diese Richtung.

Jerro fiel fast in Ohnmacht vor Verblüffung und Freude.

Das war nicht einfach irgendjemand. Das war Mick!

Teil 5
Stefans Geschichte

One life ends, another begins.
(Avatar)

1.

Es hatte zur letzten Stunde geklingelt. Sobald Stefan mit seinem Rucksack über der Schulter den Schulhof betreten hatte, suchte er die gegenüberliegende Straßenseite ab.

Fuck! Der kleine Muskelprotz stand wieder dort. An genau derselben Stelle – dicht am Zaun, im Schatten der Eiche.

Während der Mittagspause hatte er auch schon dort gestanden und immer zu Stefan hinübergesehen. Irgendwann hatte er ihn sogar gerufen.

»Was willst du?«, hatte Stefan gefragt, während er auf sicherem Abstand blieb.

»Ich möchte, dass du mich kurz begleitest«, sagte der Mann.

»Das ist wohl ein Scherz!«

»Ich will unter vier Augen mit dir sprechen.«

Stefan dachte gar nicht daran. Normale Erwachsene stellten sich nicht an einen Schulhof und lauerten Jungs auf. Er kannte die Geschichten über abartige Priester und andere Fieslinge zur Genüge – so was war ja fast täglich in den Nachrichten.

Der Mann kam näher. »Es gibt eine großzügige Belohnung.«

»Zieh Leine, du Drecksack«, hatte Stefan gesagt.

»Ja«, war ihm Mark aus seiner Klasse zu Hilfe gekommen. »Oder müssen wir erst ein paar Lehrer rufen?«

Als noch mehr Schüler drohend auf ihn zukamen, hatte

der Mann den Rückzug angetreten und war verschwunden. Aber jetzt stand er wieder da, als wäre er nie weg gewesen. Stefan hatte keine Angst. Bestimmt nicht. Es war nur einfach klüger, einen möglichst großen Bogen um solche Typen zu machen. Er schaute von dem Mann zum Fahrradunterstand.

Er brauchte ein Fluchtfahrzeug.

Streuselkuchen kam gerade mit seinem Rad unter dem Wellblechdach hervor und fuhr auf das Tor zu. Eigentlich hieß er Wesley, aber alle nannten ihn Streuselkuchen oder kurz Streusel, weil sein Gesicht voller Pickel war. Seine fettigen Haare klebten wie eine erschlagene Vogelspinne auf seiner Stirn, und als wäre das noch nicht genug, hing auch noch ein durchdringender Schweißgeruch um ihn. Kein Wunder, dass in der Klasse niemand neben ihm sitzen wollte.

Ein Junge wie Streuselkuchen konnte es sich nicht leisten, Stefan eine Bitte abzuschlagen. Eigentlich durfte er schon froh sein, nicht gehänselt zu werden. Na ja, zumindest nicht richtig.

»He, Streusel!« Stefan legte einen Sprint ein, bis er das Fahrrad eingeholt hatte. »Nimm mich mit.«

Der Junge hatte keine Chance, Stefan saß schon auf Streusels Gepäckträger und schob seine Schultertasche zur Seite, damit sie weniger im Weg hing. Sie schlingerten kurz, holperten dann über den Platz und anschließend den Bürgersteig hinunter.

Der Mann am Baum hob die Hand und rief: »He, warte doch mal!«

»Treten!«, kommandierte Stefan, während er Streusels klammen Rücken mit seinem Unterarm anfeuerte.

»Du wohnst doch in der anderen Richtung?«

»Jetzt mach schon«, sagte Stefan ungeduldig. »Das erkläre ich dir später.«

Sie nahmen Fahrt auf. Stefan versuchte, Streusels Körpergeruch zu ignorieren, und feixte zu dem Mann hinüber. Der Dreckskerl machte noch kurz Anstalten, ihnen hinterherzurennen, gab es aber nach ein paar Schritten auf.

Eins zu null, Verfolger abgeschüttelt.

Stefan konnte es nicht lassen und zeigte ihm den Stinkefinger.

Er hatte sich zu früh gefreut. Der Mann zog etwas aus seiner Lederjacke und lief damit zu einem dunkelgrünen Volvo. Die orangefarbenen Lämpchen an der Seite begannen zu blinken.

Fuck, Autoschlüssel. Stefan stöhnte. Ein Volvo war um einiges schneller als ein Fahrrad.

Und breiter!

»Hier links ab und dann in die Brandgasse«, sagte er zu Streusel.

»Aber das ist überhaupt nicht meine Richtung.«

»Jetzt schon. Los, da ist so ein fieser Kerl hinter uns her.«

Streusel warf einen Blick über die Schulter und wäre fast gegen den Bürgersteig gekracht.

»Idiot!«, schnauzte Stefan. »Schau nach vorne!«

Streusel gehorchte. Sie nahmen die Kurve und rumpelten den Bürgersteig hoch. Da war die Brandgasse schon. Sie führte zwischen zwei Häusern hindurch in eine weitere Brandgasse, die zwischen den Hintergärten der Häuser an der Mozart- und der Bachlaan verlief.

Stefan spähte angespannt zur Straßenecke. Der grüne Volvo konnte jederzeit um die Ecke schießen. »Jetzt beeil dich do-hoch!«, rief er ungeduldig.

»Jaja.« Keuchend bog Streusel in die Brandgasse ein.

Stefan sah sich ein weiteres Mal beunruhigt um. Von der Straße aus waren sie immer noch zu sehen, und wenn der Mann sie entdeckte... okay, zu zweit konnten sie sich vielleicht gegen ihn zur Wehr setzen – obwohl Streusel ziemlich schlapp war und der Verfolger wie ein Profiboxer aussah ,
aber so ein Typ konnte durchaus auch eine Waffe bei sich tragen.

Streusel fuhr plötzlich langsamer. »Ist da wirklich einer hinter uns her?«, fragte er. »Oder verarschst du mich gerade?«

Stefan hätte ihn am liebsten vom Fahrrad geschubst. Weshalb machte der Idiot nicht einfach, was er sollte?

»Wie kommst du denn darauf?«, fragte er so freundlich es ging.

»Na ja, das macht ihr ja schließlich öfter. Gestern...«

Wenn er noch langsamer in die Pedale trat, würden sie gleich umkippen!

»Lass nur«, sagte Stefan. »Den Rest gehe ich zu Fuß.« Er sprang vom Gepäckträger und eilte zur nächsten Brandgasse, die zwischen den Gärten versteckt lag. Bevor er um die Ecke bog, sah er sich noch kurz um. Streusel hatte es endlich geschafft, sein Rad zu wenden und wieder auf die Straße zu fahren. Hoffentlich sah ihn der Fahrer des Volvos nicht, sonst würde er sofort kapieren, dass Stefan in der Brandgasse zurückgeblieben war.

Und jetzt?

Stefans Gehirn arbeitete auf Hochtouren. Er hatte vorgehabt, eine Weile hier zu warten – nach ein paar vergeblichen Runden würde der Mann es wohl aufgeben –, aber jetzt, da die Chance bestand, dass der Kerl wusste, wo er war...

Nein, er machte besser, dass er so schnell wie möglich nach Hause kam!

Er lief weiter in die Brandgasse hinein. Bei näherer Betrachtung war es ein ziemlich dummer Ort, um sich zu verstecken. Wenn jemand hinter einem her war und man flüchten wollte, gab es keinen anderen Ausweg als geradeaus. Es sei denn, man hatte Glück und es standen irgendwo ein Gartentor oder eine Küchentür auf.

Er lief jetzt schneller. Je eher er hier weg war, desto besser. Warum musste der Mann sich auch ausgerechnet ihn aussuchen? Es hatten genügend andere Jungen auf dem Schulhof gestanden. Typen, über deren Köpfen in Neonbuchstaben stand NIMM MICH MIT, ICH BIN EIN LEICHTES OPFER. Typen wie Streusel. Oder stand der Kerl gerade auf Jungen, die man besonders schwer ködern konnte?

Am Ende der Brandgasse sauste etwas Grünes vorbei. Stefan widerstand dem Impuls, sich flach an die Mauer zu pressen. Reiß dich zusammen, Mann. Es konnte genauso gut ein anderer Wagen gewesen sein. Wahrscheinlich war sein Verfolger längst abgezogen oder hatte beschlossen, sich doch eine leichtere Beute zu suchen.

Auf Stefans Netzhaut erschien das Bild eines radelnden Streusels. Obwohl ... der hielt mit seinem Schweißgeruch bestimmt jeden Pädophilen kilometerweit auf Abstand.

Da war schon der letzte Schuppen. Stefan lief daran vorbei, blieb dann stehen und checkte die Lage. Auf der gegenüberliegenden Seite lief eine Katze und von links kam ein Roller. Am Straßenrand parkten nur ein rotes und ein schwarzes Auto. Kein grüner Wagen weit und breit.

Erleichtert verließ er die Brandgasse und ging auf dem Bürgersteig an einer kleinen Parkanlage mit stachligen Büschen entlang. Siehste? Er hatte sich völlig umsonst Sorgen gemacht.

Aber als er auf der Höhe eines Kleintransporters war, bog doch noch ein Auto in die Straße ein. Stefan kauerte sich zusammen und spähte an der Stoßstange des Transporters vorbei. Er hatte das Gefühl, als würde ihm alle Luft aus den Lungen gesogen. Es war der grüne Volvo! Der Fahrer fuhr so demonstrativ langsam. Man sah, dass er ganz bestimmt etwas suchte. Jemanden suchte.

Stefan wartete mit geballten Fäusten. Er dachte an das Armeemesser in seiner Tasche. Als er es vor ein paar Wochen bei jemandem im Schuppen hatte liegen sehen, hatte er es heimlich eingesteckt, mit der Idee, es könnte ihm vielleicht irgendwann nützlich sein. Wie jetzt zum Beispiel. Wenn der Scheißer ihn auch nur mit einem seiner dreckigen Finger anfassen würde, konnte er sich einen Stich zwischen die Rippen einfangen!

Stefan wischte sich über die Stirn. Sie war schweißnass.

Fahr weiter, du Dreckskerl.

Der Volvo zuckelte weiter, bis er außer Sicht war. Noch nie war Stefan so schnell aufgestanden.

Rennen!

Sein Knöchel protestierte wegen der unbequem kauernden Haltung von eben.

Nicht darauf achten. Weiterlaufen. Erst Richtung Schule und dann über den Wilhelminapark nach Hause. Ja, das war ein ausgezeichneter Plan. Im Park durften keine Autos fahren, und wenn der Mann ihn zu Fuß verfolgte, konnte er sich immer noch in den Büschen verstecken.

Stefan rannte jetzt nicht mehr, er flog. Seine Schultasche donnerte ihm bei jedem Schritt ins Kreuz und er schnappte nach Luft, während sein suchender Blick unablässig die Umgebung checkte. Jedes vorbeifahrende Auto ließ ihn zusammenzucken.

Nein, das war nicht grün. Ja, das schon, aber es war kein Volvo.

Zwei Mal suchte er Deckung hinter geparkten Autos. Zwei Mal umsonst.

Er erreichte seine Schule. Der Hof war leer, die roten Türen mit den halbmondförmigen Fenstern standen offen. Einen Augenblick überlegte er, hineinzugehen und jemanden anzusprechen.

Lieber nicht. Wenn andere Schüler davon hörten, könnten sie auf die Idee kommen, er sei ein Feigling, und das war nicht gut für sein Image. Dass Streusel davon wusste, war schon schlimm genug. Außerdem – was sollte er den Lehrern sagen? »Ich glaube, ich werde von einem Pädophilen in einem grünen Volvo verfolgt?« Auch wenn es die Wahrheit war, klang es lächerlich.

Nein, der Park war die beste Möglichkeit.

Er wich ein paar Fußgängern aus und rannte am Schulgebäude entlang. Jetzt noch über die Straße...

Gerade noch rechtzeitig! Da war der grüne Volvo wieder. Stefan schoss auf den asphaltierten Weg zu, der zum Parkteich führte, und versteckte sich hinter einem dicken Baum. Er keuchte. Hatte der Fahrer ihn gesehen?

Er wandte den Kopf. Mist! Wegen der riesigen Büsche war die Straße von hier aus fast nicht zu sehen. Er konnte höchstens den Pfad im Auge behalten. Zwei Spaziergänger kamen vorbei. Eine Frau und ein Mann. Nicht sein Verfolger. Dieser Mann war fast zwei Meter groß und trug einen Schnurrbart.

Wenn andere Menschen dabei waren, konnte ihm der Typ nichts tun. Es sei denn, er würde gern erkannt und blitzschnell verhaftet werden wollen.

Stefan kam hinter dem Baum hervor. Er war immer noch außer Atem, aber nicht mehr so schlimm wie eben. Ein Hund rannte auf ihn zu und schnüffelte an seinen Beinen. Stefan ging in die Hocke, um ihn zu streicheln, und schaute sich dabei um. Nirgendwo kleine Muskelprotze zu entdecken. Eilig ging er weiter. Gleich war er zu Hause.

Am Teich fütterte ein Mädchen die Enten mit Brot. Auf der Bank am Ausgang saß ein Obdachloser mit einer Dose Bier und einem kleinen Transistorradio. Der Asphalt ging in die Pflastersteine des Bürgersteigs über und Stefan stand wieder auf der Straße.

Uff. Kein Volvo.

Dennoch ging er schneller und suchte schon mal nach dem Schlüssel in seiner Hosentasche. Nach rechts, links und noch einmal nach rechts. Er erreichte die Kleistraat, in der er mit seiner Mutter wohnte. Sie arbeitete als Kassiererin bei Aldi und kam erst nach sechs nach Hause. Normalerweise war Stefan das sehr recht, denn so nervte ihn niemand, er solle nicht so lange gamen und stattdessen mal Hausaufgaben machen. Aber wenn man von so einem Dreckskerl verfolgt wurde, kam man nicht gern in eine leere Wohnung. Es war das dritte Haus von acht in einer Reihe. Die Fensterrahmen könnten ein wenig Farbe vertragen, aber das war dem Vermieter egal. Stefan schaute sich zum letzten Mal um.

Alles okay.

Er steckte den Schlüssel ins Schloss und sperrte auf. Sobald er die vertraute Diele betrat, überkam ihn eine Welle der Erleichterung. Er schloss die Tür und versperrte sie sicherheitshalber wieder von innen.

So, jetzt dringendst etwas trinken!

Er warf den Rucksack auf den Boden und ging durchs Wohnzimmer in die Küche. Auf der Anrichte lag ein Zettel von seiner Mutter: HALLO MEIN SCHATZ, HERR VAN BALKOM BRINGT SEINE WÄSCHE, ACHTEST DU EIN WENIG AUF DIE KLINGEL? BIS NACHHER!

Stefans Mutter verrichtete zusätzlich auch noch Heimarbeit. Sie wusch und bügelte die Wäsche von Leuten, die selbst keine Zeit dafür hatten. Im Wohnzimmer stapelte sich die Wäsche und man schaute immer auf die Unterhosen von Wildfremden, wenn man dort saß – einer der Gründe, weshalb Stefan lieber niemanden mit nach Hause brachte.

Er öffnete den Kühlschrank und nahm eine Flasche Cola heraus. Noch bevor er den Deckel abgeschraubt hatte, klingelte es.

Herr van Balkom mit seinen schmutzigen Socken.

Stefan stellte die Flasche ab, ging in die Diele und öffnete.

Es war, als würde ihm das Herz ins Gehirn schießen.

Vor der Tür stand der kleine Muskelprotz.

2.

Stefan versuchte, die Tür zuzudrücken, aber es war, als hätten seine Muskeln alle Kraft verloren. Er konnte es nicht mehr leugnen. Er hatte Angst. Todesangst.

»Verschwinden Sie«, sagte er. »Verschwinden Sie oder ich rufe die Polizei.«

Es klang nicht überzeugend. Seine Stimme überschlug sich, er piepste wie eine Ratte in der Falle. Es machte ihn wütend, er drückte fester.

Keine Chance. Irgendetwas klemmte. Stefan schaute hinunter. Es war der Schuh des Mannes. Ein brauner Wanderschuh mit schwarzen Schnürsenkeln.

»Verschwinden Sie, sage ich!«

Der Mann ging nicht weg. Er drückte die Tür weiter auf, schob Stefan zur Seite, als wäre er federleicht, und kam rein. »Stell dich nicht so an. Ich will nur mit dir reden.«

»Reden.« Stefan hörte sich selbst kichern wie ein Mädchen. »Und das soll ich glauben?«

»Und doch ist es so.« Der Mann schloss die Tür hinter ihnen und sperrte sie wieder ab.

Mach was!, rief Stefans Gehirn. Aber seine Muskeln waren immer noch aus Brei und er hatte das Gefühl zu ersticken. Gefangen. In der eigenen Wohnung.

Sein Blick ging zu seinem Rucksack, zu dem Reißverschluss, hinter dem das Armeemesser steckte.

Der Mann schien Gedanken lesen zu können. Er kickte die Tasche zur Seite und schob Stefan vor sich her. »Wir setzen uns ins Wohnzimmer.«

Stefan dachte an das Sofa im Wohnzimmer und vor allem an allerlei eklige Dinge, die auf einem Sofa passieren könnten. Er bekam den Geschmack von Erbrochenem in den Mund.

Das würde er ganz sicher nicht zulassen!

Er drehte sich um und holte aus.

Seine Faust blieb auf halbem Weg in der Luft. Der kleine Mann war so stark, wie er aussah. Bevor Stefan auch nur irgendetwas berühren konnte, schloss sich eine kräftige Hand um sein rechtes Handgelenk. In weniger als einer Sekunde wurde sein Arm nach hinten gezogen, angewinkelt und auf den Rücken gedreht.

»Lass mich los.« Er kämpfte, um sich aus dem eisernen Griff zu befreien, aber je mehr er tobte, desto höher schob der Mann Stefans Hand.

»Auwauwau«, stöhnte Stefan.

Der Mann blieb ungerührt. »Dann komm einfach nicht auf so dumme Ideen.«

Scheißkerl!

Stefan fing an, mit der freien Hand um sich zu schlagen. Das hatte kaum Effekt. Mit links war er um einiges weniger geschickt als mit rechts, und dass der Mann nicht vor, sondern hinter ihm stand, half auch nicht gerade weiter.

»Was habe ich gerade gesagt?« Der Mann drückte Stefans Hand jetzt an seinem Schulterblatt vorbei.

Stefan war bestimmt nicht empfindlich, aber das tat wirklich gemein weh. Seine Augen schossen voller Tränen. »Du brichst mir noch den Arm!«

»Dann hör mit dem Geschrei auf und stell dich nicht so an«, sagte der Mann. Zum Glück ließ er die Hand wieder etwas sinken, wodurch der schlimmste Schmerz gedämpft wurde. »Und jetzt rein mit dir. Ich habe Kabelbinder dabei.

Du setzt dich jetzt ruhig auf das Sofa und hältst die Klappe, sonst binde ich dich fest.«

Niemand wagte es, Stefan zu kommandieren. Sobald jemand etwas in autoritärem Ton von ihm forderte, rastete er aus, womit er sich in der Schule schon etliche Gänge zum Direktor eingehandelt hatte. Aber jetzt hatte er keine große Wahl. Gefesselt war er machtlos. Wenn er so tat, als würde er kooperieren, konnte er in einem unbewachten Moment vielleicht doch noch entkommen.

Er verbiss sich seine Wut. »Okay, okay.«

Das Wohnzimmer war klein und voll. Auf dem Fußboden standen Körbe mit gewaschener Wäsche. Auf dem Esstisch lagen stapelweise gebügelte Shirts und Hosen. An den Schrankknöpfen hingen Oberhemden auf Kleiderbügeln. Das zusammengeklappte Bügelbrett lehnte an der Wand.

Der Mann dirigierte Stefan zum Sofa und gab ihm einen Schubs, sodass er in die Kissen fiel. Er selbst setzte sich auf den Couchtisch, Stefan unmittelbar gegenüber. Ihre Knie berührten sich kurz.

Stefan rückte so weit wie möglich nach hinten. »Meine Mutter kann jeden Moment nach Hause kommen«, log er, während sein Blick immer wieder zum Bügeleisen ging, das schräg hinter dem Mann stand. Es wäre schwer genug, um jemandem damit den Schädel einschlagen zu können.

»Nicht vor sechs«, sagte der Mann.

Shit! Der konnte wohl hellsehen. »Woher weißt du das denn schon wieder?«

»Alles eine Frage der Vorbereitung.« Der Mann suchte in der Innentasche seiner Lederjacke. »Wir beobachten euch schon eine ganze Weile.«

»Wieso?« Stefan hielt sich das schmerzende Handgelenk. Wahrscheinlich eine Prellung.

»Nun ...« Der Mann zog ein Foto zum Vorschein und hielt es mit der Abbildung nach unten auf seinen Oberschenkel. »Ich möchte, dass du mir bei etwas hilfst.«

Stefan dachte an einen Mund, einen Harten und gierige Hände. Angst und Wut schossen sofort wieder in ihm hoch.

»Fass mich nicht an oder ich ... ich ...«

»Anfassen?« Der Mann machte ein erstauntes Gesicht und brach sofort danach in Lachen aus. »Für wen hältst du mich eigentlich?«

»Einen schmierigen Pädophilen, der sich Jungs gegen Geld nimmt.«

Der Mann runzelte die Stirn. »Aha, die Belohnung«, sagte er dann und lachte wieder, als würde Stefan einen Witz nach dem anderen reißen. »Ich habe dir doch gesagt, dass ich nur reden will?«

»Ja klar«, höhnte Stefan. »Ich dringe auch gewaltsam in ein Haus ein, wenn ich mit jemandem reden will.«

»Du hast mir keine Wahl gelassen. Wenn du nicht abgehauen wärst ...«

»Jaja.« Aber Stefan war noch lange nicht beruhigt. »Und warum sollte ich überhaupt mit dir reden wollen? Ich weiß nicht einmal, wer du bist.«

»Das ist nicht wichtig.« Der Mann trommelte mit den Fingern auf das Foto. »Oder, nun ja ... Nenn mich einfach Dexter.«

Stefan kannte eine Fernsehserie, die so hieß. Der Dexter, der darin die Hauptrolle spielte, war ein Mann mit zwei Gesichtern. Tagsüber analysierte er Blutspritzer für die Polizei, aber nachts verübte er einen Mord nach dem anderen. Es war bestimmt kein Zufall, dass sich der Mann diesen Namen ausgesucht hatte. Vielleicht hatte er eine Schwäche für Serienmörder oder sonst eine seltsame Art von Humor.

»Dexter also«, sagte Stefan, so gleichgültig er konnte. »Aber mir ist immer noch nicht klar, was du hier willst.«

»Lass mich mit diesem Foto anfangen.«

Dexter reichte es Stefan. Einen Moment war er stumm vor Erstaunen: DER JUNGE AUF DEM FOTO: DAS WAR ER!

Wie kam Dexter...

Natürlich! Stefans Verblüffung schlug in Wut um. »Du hast mich nicht nur beobachtet, sondern auch noch heimlich fotografiert!«

»Bist du sicher?«, fragte Dexter. »Wo denn?«

Stefan betrachtete das Foto erneut. Er stand vor einer Art Eintrittstor mit dem Text SPACE MOUNTAIN MISSION 2. Der Name kam ihm vage bekannt vor.

»Ist das nicht so eine Attraktion in Disneyland?«, fragte er heiser.

Dexter nickte.

Es wurde still im Raum. So still, dass Stefan jetzt die Uhr ticken hören konnte.

Mit zitternder Hand legte er das Foto neben sich.

»Aber ich bin noch nie in Disneyland gewesen.«

3.

Der Junge auf dem Foto heißt Jerro Prins«, sagte Dexter.

Stefan schüttelte den Kopf. »Das kann nicht sein. Das ist ein Trick. Das gibt es nicht, dass dieser Jerro oder wie auch immer er heißt, mir so ähnlich sieht.«

Dexter verschränkte die Arme. »Gamest du manchmal?«

Was hatte das denn schon wieder damit zu tun?

»Ziemlich oft«, sagte Stefan.

»Dann kennst du vermutlich Prince Enterprise?«

»Von *Slash Gordon?«* Stefan vergaß einen Moment seine Vorsicht. »Klar kenne ich das.«

»Das Unternehmen gehört Bjorge Prins.«

Aha. Stefan hob das Foto hoch. »Sein Vater?«

»Nicht nur *sein* Vater«, sagte Dexter.

Das musste Stefan erst einmal verdauen. »Du meinst…«

Dexter nickte.

»Unmöglich«, sagte Stefan. »Ich *kenne* meinen Vater nicht einmal. Sobald er hörte, dass meine Mutter schwanger war, hat er sie im Stich gelassen und…«

»Und?«, wiederholte Dexter.

Stefan versuchte, das Bild vor sich zu sehen: Bjorge Prins hatte schon eine Frau und ein Kind – Jerro –, als er eine Affäre mit einer anderen Frau anfing. Die andere wurde auch schwanger und wollte das Baby – Stefan – behalten. Folge: Streit, und der zukünftige Vater machte, dass er wegkam.

Vielleicht war es doch nicht so absolut unmöglich. In GZ-SZ passierten noch idiotischere Sachen.

»Hast du Beweise?«, fragte Stefan.

»Was hältst du von diesem Foto?«

Stefan starrte erneut auf sein Ebenbild. »Ich wusste nicht, dass Halbbrüder sich so ähnlich sehen können.«

»Keine Halbbrüder«, sagte Dexter. »Zwillingsbrüder.«

Der Kerl hatte sie doch nicht mehr alle!

»Du willst also behaupten, dass meine Mutter nicht *ein*, sondern zwei Kinder bekommen hat? Und das fand sie ein bisschen viel, also hat sie eins davon weggegeben.« Stefan schnaubte, um zu zeigen, wie lächerlich er das alles fand. »Oder nein, noch besser: Meine Eltern wohnten eine Weile zusammen, gingen auseinander und beschlossen, nicht nur ihre Möbel, sondern auch die Kinder gerecht zu teilen …«

Dexter kramte wieder in seiner Jackentasche. Jetzt kam ein Mobiltelefon zum Vorschein. »Was man so gerechte Aufteilung nennt.« Er zeigte die Abbildung auf dem Display. »Das ist das Haus, in dem Jerro wohnt.«

Es sah aus wie das Haus eines Popstars. Stefan blieb der Mund offen stehen. Da passten mit Leichtigkeit alle Bewohner der Kleistraat rein.

Dexter berührte das Display und das nächste Foto war zu sehen.

»Das Esszimmer.«

Stefan verspürte einen neidischen Stich. »Eine als Esszimmer getarnte Turnhalle, meinst du wohl.«

»Jerros Schlafzimmer. Sein Flachbild-Fernseher. Seine Stereoanlage.«

Ein Foto nach dem anderen rollte über das Display.

»Sein eigenes Badezimmer.«

Dexter machte immer weiter. Stefan bekam allmählich eine immer größere Abscheu vor Jerro. Während er in einem gammeligen Haus zwischen den Wäschestapeln fremder

Leute saß, führte sein Zwillingsbruder irgendwo anders ein Reicheleuteleben.

»Mit diesem Wagen wird er täglich zur Schule gebracht«, sagte Dexter. »Das würde dir doch auch gefallen, oder?«

Dämliche Frage!

»Bjorge Prins ist genauso gut auch dein Vater.« Dexter legte das Handy auf den Wohnzimmertisch. »Es scheint mir deshalb nur gerecht, wenn du dieselben Rechte bekommst wie dein Bruder.«

Stefan nickte heftig. Er dachte an ein Rennrad mit zwanzig Gängen, einen neuen Computer, einen Fernseher wie bei Jerro und...

Halt, Moment mal!

Fast hätte er vergessen, dass ihn dieser angebliche Dexter verfolgt hatte, ins Haus eingedrungen war und ihn mit Gewalt auf das Sofa gedrängt hatte. Ein paar Fotos, eine seltsame Geschichte und er, Vollidiot, war so bescheuert, sich sofort mitreißen zu lassen.

»Warum erzählst du mir das?«, fragte er plötzlich wieder misstrauisch. »Was interessieren dich meine Rechte? Dir geht es nicht besser, wenn ich einen Haufen Geld und Sachen bekomme.«

Dexter seufzte. »Ich sehe schon. Du lässt dich nicht leicht zum Narren halten.«

Stefan merkte, wie sein Kopf wiederum nickte. Mann, er war doch nicht der Wackeldackel der Nachbarn! Der hockte auf der Hutablage ihres Autos und wackelte bei jeder Bodenwelle und jedem Schlagloch mit dem Kopf.

Stefan zwang sich zu einer aufrechteren Sitzhaltung. Von jetzt an würde er seinen Nacken unter Kontrolle halten.

»Gut, ich werde offen mit dir reden«, sagte Dexter nachgiebig. »Ich bin hier natürlich auch wegen mir selbst. Prins gehört zu den reichsten Einwohnern dieses Landes und sein Unternehmen befindet sich trotz der Krise noch immer im Aufwind. Ich sehe nicht ein, weshalb wir nicht an seinem Erfolg teilhaben sollten, und habe mir einen wasserdichten Plan ausgedacht. Damit ich ihn auch wirklich durchführen kann, brauche ich deine Hilfe. Deswegen bin ich hier. Ohne deine Mitarbeit wird nichts aus dem Fest.«

Stefan fühlte sich geschmeichelt. Er konnte sich nicht erinnern, dass ihn jemals ein anderer Erwachsener außer seiner Mutter um Hilfe gebeten hätte. Sie sagten höchstens, er stünde im Weg und solle sich verziehen.

»Das Haus der Familie Prins ist streng bewacht«, erzählte Dexter. »Zäune, Kameras und ein Pförtner. Selbst ein geübter Einbrecher kommt nicht so leicht da rein. Nur die Familie Prins selbst, ihre Freunde, Verwandte und das Personal werden problemlos eingelassen.«

Allmählich dämmerte es Stefan. »Und ich bin ein Verwandter.«

»Stimmt«, sagte Dexter. »Nur wissen sie nichts von deiner Existenz.«

»Hä?«

»So wie deine Mutter auch nichts von Jerro weiß.«

Bei Stefan drehte sich alles. »Wie können wir dann Zwillinge sein?«

»Wie ich schon sagte: Bjorge Prins ist euer biologischer Vater. Eure Mutter ...«

»Ich weiß, wer meine Mutter ist«, sagte Stefan laut.

Dexter lachte. »Ah, ein Muttersöhnchen.«

»Überhaupt nicht. Ich kann ruck, zuck beweisen, dass meine Mutter wirklich meine Mutter ist, denn wir haben einen Film von der Geburt.«

Und Stefan hatte noch eine Eingebung: »Darauf ist übrigens auch zu sehen, dass meine Mutter nur ein Baby bekommt und nicht zwei. Die ganze Geschichte von den Zwillingsbrüdern ist also der reinste Schwachsinn.«

Ha! Darauf hatte der Typ bestimmt keine Antwort.

»Du glaubst echt, ich habe mir all diese Mühe gemacht, um dir ein Märchen aufzutischen?« Dexter tat, als wäre er sehr gekränkt. »Das ist dann dein Problem. Wenn du der Wahrheit lieber nicht ins Auge sehen willst und schön bei Nel Post bleiben willst in eurem gemütlichen Häuschen voller…« – er raffte eine Boxershorts auf und ließ sie an seinem Zeigefinger baumeln – »…Unterhosen… Von mir aus.«

Stefans Selbstzufriedenheit platzte wie eine Seifenblase. Nel war seine Mutter, ganz sicher. Aber ihr Haus würde er lieber heute als morgen gegen ein anderes eintauschen wollen, einschließlich aller Wäschestapel.

»Ich will dir ja gern glauben«, sagte Stefan, »aber was du das sagst, kann unmöglich die Wahrheit sein. Dieser Film…«

Dexter stand auf und machte Anstalten zu gehen. Er steckte sein Handy in die Innentasche und knöpfte die Lederjacke zu. Unterdessen flogen Stefans Gedanken und Gefühle blitzschnell in alle Richtungen. Wie konnte Dexter so sicher sein? Seine Mutter hatte nur ein einziges Kind bekommen. Dexter war gestört, ganz bestimmt. Wahrscheinlich war er ein Psychopath oder schizophren oder wie das auch alles hieß, genau wie dieser Blutspritzer-Analytiker. Normale Leute drangen nicht in fremde Häuser ein. Vielleicht hatte sich Dexter auch Zutritt zum Haus der Familie Prins verschafft, um heimlich diese Fotos zu machen. Gehörte das Haus auch wirklich der Familie Prins? Aber wie war dieses Foto in Disneyland zu erklären?

Stefan hatte das Gefühl, allmählich auch durchzudrehen.

Um sich zu vergewissern, dass das nicht so war, nahm er das Foto vom Sofa.

Jerro Prins.

»Das nehme ich wieder mit«, sagte Dexter.

Mit einem Ruck wurde Stefan das Foto aus den Fingern gezogen. Und nicht nur das Foto. Wenn er Dexter gehen ließ, würde er die wirklichen Zusammenhänge nie herausbekommen.

Allein schon die Vorstellung war unerträglich.

»Warte«, sagte Stefan. »Ich möchte es doch gern hören.«

Dexter knöpfte seine Jacke wieder auf und setzte sich. »Bist du sicher?«

Stefan wusste überhaupt nichts mehr sicher. »Absolut.«

»Dann mach dich auf etwas gefasst. Was ich dir jetzt erzähle, kann dir einen ganz schönen Schlag versetzen.«

4.

Vor zehn Jahren musste ich eine Strafe absitzen, weil ich auf dem Dachboden ein paar verbotene Pflanzen gezüchtet hatte«, begann Dexter.

Aha, dachte Stefan. Eine Hanfplantage. Erst kürzlich war in der Nachbarschaft auch jemand aufgeflogen.

»Ich teilte meine Zelle mit dem Professor. Das war nicht sein richtiger Name, aber alle nannten ihn so, weil er immer alles erforschen wollte. So sammelte er zum Beispiel tote Fliegen und hielt in einem Notizbuch alle Stadien der Verwesung fest. Oder er versteckte Essensreste in einer Ecke und beobachtete, wie lange es dauerte, bevor sie von Schimmel überzogen waren.«

Stefan wippte ungeduldig mit dem Fuß.

»Der Professor erzählte immer großspurige Geschichten. Über medizinische Experimente, bei denen man Mäusen Kaninchenohren annähte, so lange, bis sie nicht mehr abgestoßen wurden. Über fast tote Ratten, die dank der DNA gesunder Artgenossen wieder quicklebendig durch den Käfig sausten. Wir nahmen die Sachen, die er erzählte, nicht ganz ernst und hielten ihn vor allem für einen eigenartigen, ziemlich gestörten Typen. Weil ich so lange mit ihm in einem kleinen Raum eingeschlossen war, lernte ich ihn allerdings auch anders kennen. Mir wurde zunehmend klar, dass er nicht nur verrückt, sondern auch genial war. Nach langem Drängen erzählte er mir, weshalb er verurteilt worden war. Wegen einer Kleinigkeit – das waren seine Worte –, in der Fruchtbarkeitsklinik, in der er arbeitete – du weißt schon, wo Paare hingehen, wenn sie auf normale Art keine Kinder bekommen können.«

Stefan fühlte sich nicht wohl in seiner Haut. Er hasste es, wenn Erwachsene in seinem Beisein über solche Themen redeten. Es erinnerte ihn daran, dass auch Mütter und Lehrer und so noch ganz normal Sex haben konnten, und die Vorstellung fand er ziemlich abstoßend.

»Der Professor war absolut davon überzeugt, dass nur extreme Experimente medizinischen und wissenschaftlichen Fortschritt bringen konnten. Deswegen hatte er zu Hause ein geheimes Labor, in dem er Stammzellenforschung betrieb. Das dafür benötigte Material holte er sich aus der Fruchtbarkeitsklinik. Weil er täglich mit mehrzelligen Embryos arbeitete, konnte er sie heimlich spalten. Danach schmuggelte er sie mit nach Hause und unternahm verbotene Versuche mit ihnen. Bis er geschnappt wurde. Er ging für Jahre hinter Gitter und durfte sein Fach nie mehr ausüben.«

»Aber was hat das mit mir zu tun?«, fragte Stefan.

»Alles«, antwortete Dexter. »Bjorge Prins und seine Frau besuchten die Klinik, als der Professor noch dort arbeitete. Sie wollten ein Kind. Auf natürlichem Weg klappte es nicht, also wurde sein Sperma mit ihrer Eizelle im Reagenzglas zu einem Embryo verschmolzen. Der Professor teilte ihn jedoch ohne ihr Wissen und implantierte nur eine Hälfte in die Gebärmutter von Frau Prins. Am selben Tag kam eine alleinstehende Frau in die Klinik, die unbedingt ein Kind wollte. Sie hieß Nel Post.«

Seine Mutter! Stefan beugte sich ein Stück vor, um ja nichts zu verpassen.

»Weil sie keine Beziehung hatte und schon fast fünfzig war, hatte sie all ihre Hoffnung auf die Klinik gesetzt. Zu ihrem großen Kummer wurde sie abgewiesen. Sie sagten ihr, sie sei zu alt. Der Professor traf Nel Post weinend beim Kaffeeautomaten und bekam sofort Visionen eines wunderbaren Experiments. Er sagte, er sei durchaus bereit, ihr zu helfen, aber der Eingriff würde in einem geheimen Labor stattfinden und sie dürfe wirklich mit niemandem darüber sprechen. Nels Kinderwunsch war so groß, dass sie einverstanden war. Da hat der Professor die andere Hälfte der befruchteten Eizelle von Herrn und Frau Prins in die Gebärmutter von Nel Post eingeführt.«

Stefan verspürte einen Druck auf der Brust. Herr und Frau Prins waren seine biologischen Eltern! Seine eigene Mutter Nel hatte nur als Leihmutter gedient. Er hatte in ihrem Bauch gelebt, bis er geboren wurde und …

Ihm wurde schlecht.

»Diese Twinningtechnik wird in der Viehzucht verwendet«, sagte Dexter, der offenbar nichts merkte. »Hauptsächlich bei Rindern. Der Professor meinte, das müsse auch beim Menschen funktionieren.«

»Aber als es aufflog«, brachte Stefan mit Müh und Not heraus. »Warum haben meine Eltern dann nicht …«

»Es ist nie aufgeflogen«, antwortete Dexter. »In der Klinik entdeckten sie schnell, dass der Professor Zellmaterial unterschlug, um es in seinem eigenen Labor zu verwenden. Sie dachten aber, er nutze es für Experimente in Reagenzgläsern und so. Dass er damit auch noch eine Frau geschwängert hatte, kam niemandem in den Sinn. Und er selbst hielt natürlich wohlweislich den Mund, sonst hätte er eine noch längere Gefängnisstrafe bekommen.«

»Aber meine Mutter wusste es doch«, sagte Stefan.

Fakemutter, dachte er sofort danach.

»Nicht alles«, sagte Dexter. »Nel Post hat nie gefragt, woher der Embryo stammte. Sie wusste auch nicht, dass es noch eine Hälfte gab, einen Zwillingsbruder. Denn das seid ihr, du und Jerro: eineiige Zwillinge. Nur seid ihr in unterschiedlichen Gebärmuttern weitergewachsen. Eure DNA ist identisch, ihr habt dieselben Gene und ihr seht absolut gleich aus. Nur eure Zähne und Fingerabdrücke sind einzigartig.«

Das ging Stefan alles viel zu schnell. »Wenn dieser Professor alles geheim halten wollte, warum hat er es dir dann erzählt?«

»Ich glaube, er suchte Wertschätzung. In seinen Augen hatte er etwas Besonderes vollbracht. Etwas, worauf er stolz war. Was er aber mit niemandem teilen konnte. Irgendwann wollte er es doch loswerden, und da ich mit ihm in derselben Zelle saß …«

Das konnte Stefan nachvollziehen. Er hatte einmal heimlich ein Feuerchen im Wald gemacht. Alles lief prima, bis plötzlich Wind aufkam, der wie ein Blasebalg wirkte. Das Feuerchen wurde zum Feuer und in kürzester Zeit brannten etliche Bäume lichterloh. Der Brand kam in die Zeitung und in die Fernsehnachrichten. Alle sprachen von einem gefährlichen Brandstifter – also von ihm! –, und das gab ihm irgendwie schon auch einen Kick. Je mehr sie darüber sprachen – ein wahnsinniges Feuer, Mann! –, desto schwieriger wurde es, den Mund zu halten. Schließlich hatte er es Kevin erzählt, dem einzigen Freund, der den Mund halten konnte.

»Durch die Vorgespräche in der Klinik wusste der Professor, wer Bjorge Prins war«, fuhr Dexter fort. »Oder besser gesagt: was er machte. Wenn der Inhaber eines weltberühmten Computerunternehmens Samen bei einem abgibt, vergisst man das nicht so leicht. Außerdem gab es dem Experiment noch eine zusätzliche Dimension: Eine einfache Frau wie

Nel Post sollte ein Kind mit den Genen eines reichen Genies und seiner klugen Ehefrau gebären. Was für ein Kind würde das werden? Hatte es genau so viele Chancen wie sein Zwillingsbruder, der in einem ganz anderen Milieu aufwachsen würde? Würden sie sich gleich oder gerade ganz unterschiedlich entwickeln? Der Professor war sehr neugierig.«

Stefan fühlte sich vollkommen unwirklich. Als säße nicht er im Zimmer, sondern ein ganz anderer. Einer, der ihm wie Jerro zufällig ähnlich sah.

Obwohl, zufällig…

»Er hat es nie erfahren«, sagte Dexter. »Bevor er aus dem Gefängnis entlassen werden sollte, bekam er einen Schlaganfall und kurz darauf noch einen und dann war er tot.«

Stefan massierte sich die Stirn. Das waren mehr Informationen, als er aufnehmen konnte. Nicht mehr lange und sein Gehirn würde ausflippen. Er wünschte, er wäre Dexter nie begegnet. Dann wäre seine Mutter wenigstens noch ganz normal seine Mutter.

»Warum erzählst du mir das alles?«, fragte Stefan erschöpft.

»Dein Vater ist Milliardär!«, rief Dexter, als würde das alles erklären. Und das war ja auch irgendwie so.

»Meinst du denn, er würde mir einfach so Geld geben?«, fragte Stefan, der jetzt doch wieder einen Flachbildschirm und ein größeres Haus vor Augen hatte.

»Ich sagte doch, dass ich einen Plan habe!« Dexter lächelte selbstgefällig. »Was hieltest du davon, wenn du und deine Mutter, ich meine, Nel, eine Million verdienen würdet?«

5.

Eine Million. Unter einem solchen Betrag konnte sich Stefan nichts vorstellen. Er fragte sich, ob das Geld wohl in eine große Tasche passen würde oder ob man eher einen Pool damit füllen könnte wie Dagobert Duck.

»Interesse?«, fragte Dexter.

Wenn sie reich wären, müsste seine Mutter nie wieder die schmutzigen Unterhosen und Socken anderer Leute waschen.

»Vielleicht«, sagte Stefan.

Dexter nickte. »Du willst natürlich erst wissen, was von dir erwartet wird. Gut, ich werde es dir erklären.« Er änderte seine Sitzposition und räusperte sich. »Ich hatte das Geständnis des Professors längst wieder vergessen, als ich ein Interview mit Bjorge Prins las. Er behauptete, einen Spielecomputer zu entwickeln, der die Konsolen von Playstation und Nintendo mit Leichtigkeit aus dem Rennen werfen würde. Viel mehr wollte er darüber nicht erzählen, nur, dass das Gerät trotz seiner komplexen Möglichkeiten leicht zu bedienen sein sollte. Auch Kinder kämen prima damit zurecht.« Dexter strich mit Daumen und Zeigefinger über seine Mundwinkel. »Mein Interesse war geweckt. Ich wusste noch nicht ganz genau, wie und was, aber ich habe ein Näschen für Geld und das roch nach sehr vielen Scheinen. Ich begann, Informationen über Bjorge Prins und sein Unternehmen zu sammeln, was übrigens nicht leicht war, denn Prins meidet den Kontakt zur Außenwelt, wo es nur geht. Er lässt sich selten interviewen und nie fotografieren. Auch der Rest der Familie wird so viel wie möglich abgeschirmt. Es gibt nur wenige Leute, die wissen, wer hinter Prince Enterprice steckt. Das Unternehmen war anfangs auf einem Betriebsgelände ansässig, aber nach einigen Einbrüchen und Spionageversuchen beschloss Prins, seinen Arbeitsbereich in sein schwer bewachtes Haus zu verlegen. Auch dort ließ ihn die Konkurrenz nicht in Ruhe. Jemand vom Personal versuchte, in sein geheimes Arbeitszimmer einzudringen, wurde erwischt und danach entlassen.«

Stefan begriff immer noch nicht, warum Dexter ihm das alles erzählte. »Sehr spannend, aber was willst du jetzt von mir?« Es klingelte.

Dexter reagierte, als würde auf ihn geschossen. Er stieß sich vom Tisch ab und kroch auf allen vieren hinter das Sofa, damit man ihn durchs Fenster an der Straßenseite nicht mehr sehen konnte.

Ein cooler Typ, der plötzlich wie ein Kind Verstecken spielte. Stefans Lachmuskeln zuckten.

»Wer ist das?«, fragte Dexter.

Stefan stellte sich ans Fenster und spähte durch die Gardinen. »Ein Mann. Teurer Anzug. Zwei große Einkaufstaschen.«

»Kennst du ihn?«

»Nein, aber ich tippe auf Van Balkom. Er wollte seine schmutzige Wäsche bringen.«

»Mach auf, aber lass ihn nicht herein.«

Stefan starrte stur weiter aus dem Fenster. Dexter war nicht länger in der Position, Kommandos zu erteilen. Es machte Spaß, ihm jetzt seinerseits in die Quere zu kommen.

Der Mann drückte zum zweiten Mal auf die Klingel. Der durchdringende Ton hielt sekundenlang an.

»Er wird ungeduldig«, sagte Dexter.

Stefan dachte an seine Mutter. Sie würde fuchteufelswild werden, wenn sie hörte, dass er einen Kunden auf der Treppe hatte stehen lassen. Also ging er doch in die Diele und öffnete.

»Van Balkom«, sagte der Mann, »ich habe angerufen wegen der Wäsche.«

»Ich weiß Bescheid.« Stefan nahm die Taschen entgegen und stellte sie unter die Garderobe, während er dachte: Ich könnte jetzt sagen, dass ein Eindringling im Wohnzimmer sitzt, und um Hilfe bitten.

Es blieb bei dem Gedanken.

»Auf Wiedersehen.« Van Balkom verabschiedete sich mit einem Nicken und ging zu seinem Auto.

Stefan konnte sich nicht sofort dazu überwinden, die Tür zu schließen. Vor einer halben Stunde wäre er noch ohne Zögern auf die Straße gerannt. Aber vor einer halben Stunde war seine Mutter auch noch seine Mutter, Dexter noch ein Pädophiler gewesen und es lag keine Million in greifbarer Nähe.

Das Geld überzeugte ihn.

Stefan schloss mit einem Seufzer die Tür. Er wollte schon ins Wohnzimmer zurück, überlegte es sich aber anders, nahm das Armeemesser aus seinem Rucksack und steckte es in seine Hosentasche. Er vertraute Dexter noch immer nicht wirklich, daher war jede Vorstellung von Sicherheit willkommen. »Es war tatsächlich Van Balkom«, sagte er, als er das Zimmer wieder betrat.

Keine Antwort. Das Zimmer war leer und still. Nur in der Küche klapperte etwas. Die Hand auf der Hosentasche, damit er die Umrisse des Messers durch den Stoff fühlen konnte, sah Stefan nach.

Das Klappern kam von der Hintertür, die nicht gut schloss. Stefan ging hinaus auf den kleinen Hinterhof. Jemand hatte den Riegel des Tores aufgeschoben. Da war Stefan sicher: Dexter war ihm entkommen.

Er wusste nicht, ob er erleichtert oder enttäuscht war oder vielleicht beides. Er beschloss, dass es sich bei Dexter tatsächlich um einen Irren handelte, der sich die Geschichte über seine Mutter aus den Fingern gesogen hatte. Einen Jerro Prins gab es nicht, und wenn es ihn gab, sah er ganz anders aus als Stefan. Dexter war einfach sehr gut im Bearbeiten von Fotos.

Nur schade um die Million, flüsterte eine Stimme in Stefans Kopf.

Er schlurfte wieder ins Haus. Dann erst sah er es. Auf dem Tisch im Wohnzimmer lag das Foto von Jerro Prins. Auf der Rückseite hatte Dexter eine Nachricht hinterlassen:

WILHELMINAPARK, DIE BANK AM WEIHER, MORGEN UM 15:30 UHR.

6.

Stefan saß in seinem Zimmer. Sein Kopf fühlte sich an wie ein Hau-den-Lukas auf der Kirmes und das Foto, das Dexter hinterlassen hatte, war der Hammer. Jedes Mal, wenn Stefan den Jungen in Disneyland betrachtete, war es, als würde ihn erneut ein Schlag treffen. Er war immer mehr davon überzeugt, dass es keine Bildbearbeitung war.

Bevor seine Mutter nach Hause kam, musste er es wissen. Er fuhr seinen Computer hoch und googelte JERRO PRINS. Der Suchauftrag ergab nur ein einziges brauchbares Ergebnis: eine Facebookseite.

Stefan starrte gespannt auf das Profilfoto von Jerro Prins und wieder war es, als würde er sich selbst anschauen. Das Blut hämmerte in seinen Schläfen. Er konnte es nicht länger leugnen. Er hatte wirklich einen Zwillingsbruder – es sei denn, Dexter hatte die Facebookseite gehackt, um das Originalfoto gegen eins von Stefan auszutauschen, aber das klang schon fast so idiotisch wie die Wirklichkeit. Er schaute sich den Rest der Seite an. Über Bjorge Prins und Prince Enterprise kein Wort, aber nachdem Stefan das Foto gesehen hatte, war er doch geneigt, Dexters Geschichte zu glauben. Am Nachmittag hätte er ihn noch umbringen können. Jetzt wünschte er, es wäre schon morgen halb vier.

»Ich bin zu Hause!«, rief Stefans Mutter. Nun ja, die Frau, die sich schon über fünfzehn Jahre als seine Mutter ausgab. Er holte tief Luft und rannte dann auf Socken die Treppe hinunter.

»Hallo Schatz, wie war's in der Schule?«, fragte sie, während sie ihre Jacke an die Garderobe hing.

»Wie immer.« Er biss sich auf die Lippe, um sie nicht sofort mit den Neuigkeiten zu überfallen. Wenn sie hörte, dass ein Unbekannter ins Haus eingedrungen war, würde sie sofort die Polizei rufen, und das wollte Stefan nicht. Erst wollte er die ganze Geschichte von Dexter hören und danach entscheiden, was er machen würde.

»Die Wäsche ist bestimmt von Herrn van Balkom?« Sie zog die Taschen unter der Garderobe hervor. »Ich stecke sie schnell in die Maschine und dann koche ich etwas. Hast du Lust auf Spaghetti?«

Ja, lass uns vor allem so tun, als wäre nichts passiert, dachte Stefan.

Die Antennen von Stefans Mutter fingen sofort etwas auf. »Ist was?«

»Was soll sein?« Jetzt war er schon genauso ein Lügner wie sie. Er sah, wie sie die viel zu schweren Taschen nach oben schleppte, und fühlte sich beschissen. Bei anderen Menschen machte ihm das nicht so viel aus, aber sie hatte irgendwie eine seltsame Macht über ihn, selbst jetzt noch, da er wusste...

»Warte!«, rief er, »lass mich.«

Sie sah ihn an, als sei er das Superlos aus der Lotterie, wodurch er sich noch schuldiger fühlte. Er wandte seine Aufmerksamkeit den Taschen zu, nahm sie ihr aus den Händen und brachte sie zur Waschmaschine im Badezimmer.

»Immer gut«, sagte sie, »so ein starker Mann im Haus.«

Stefan leerte die Taschen aus. Das Badezimmer war sofort übersät von Oberhemden, Unterwäsche, Strümpfen und ein paar Jeans.

»Hat mein Vater dir auch manchmal geholfen?«, platzte er heraus.

Eine Stille trat ein. Seine Mutter hatte auf einmal viel zu tun mit Sortieren. Weiß zu Weiß, Bunt zu Bunt. Ihr glattes graues Haar flog bei ihren schnellen Bewegungen hin und her.

Stefans Stimme wurde scharf, aber diesmal war es ihm egal. »Ich hab dich was gefragt.«

Sie begann, den weißen Haufen Kleidungsstücke in die Trommel zu stopfen. »Das ist alles so lange her. Das weiß ich gar nicht mehr.«

»Habe ich überhaupt einen Vater?«

Sie wurde rot. »Jeder hat einen Vater.«

»Aber weißt du auch, wer er ist?«, fragte Stefan.

»Ich habe dir doch erzählt...«

»Ja«, schnauzte er, »du hast mir alles Mögliche erzählt.«

Sie erstarrte. Sie kauerte zwischen der Wäsche, eine Hand noch in der Trommel, die andere auf dem Boden. Erst als Stefan dachte, sie würde sich nie mehr bewegen, drehte sie den Kopf und sah ihn an. »Mit wem hast du gesprochen? Nathalie?«

Nathalie war die Nachbarin. Nicht die mit dem nickenden Hund auf der Hutablage, sondern die von der anderen Seite. Sie war die beste Freundin seiner Mutter. Er selbst hatte bei Kevin mit diesem Brand angegeben, der Professor hatte sein Experiment Dexter gebeichtet und Nathalie wusste offenbar, wie Nel an ein Kind gekommen war. Gab es denn niemanden, der ein Geheimnis für sich bewahren konnte?

»Das ist unwichtig«, murmelte Stefan.

Er konnte Dexter nicht verraten. Noch nicht.

Die schmutzige Wäsche war in der Maschine. Nel füllte Waschmittel in eine Plastikkugel und legte sie in die Trommel. »Was weißt du?«

»Du hattest keinen Mann, der dich schwängerte und anschließend abhaute.«

Sie schlug die runde Glastür mit einem festen Schlag zu, drehte die Wasserzufuhr auf und drückte auf den Startknopf. »Ich hatte keinen Mann, stimmt, aber ich wollte unheimlich gern ein Kind.«

Sie standen in der Küche. Die Nudeln schwammen im kochenden Wasser, die Tomatensoße köchelte vor sich hin und Stefans Mutter redete wie ein Wasserfall.

»Der Arzt hatte mir verboten, mit jemandem darüber zu sprechen«, sagte sie zum Schluss. »Wenn es herauskäme, würde er große Probleme bekommen und ich selbst vermutlich auch. Ich hatte Todesangst, sie könnten dich mir wegnehmen. Also sagte ich auch dir nichts, so schwer es mir fiel.«

»Aber Nathalie schon.« Stefan hörte selbst, wie empört das klang.

»Das ist aus Versehen passiert. Sie hat auch mal etwas erlebt, worüber man lieber nicht spricht, und ...« Seine Mutter warf die Hände in die Luft. »Manchmal führt das eine zum anderen und dann sagt man plötzlich etwas und kann es nicht mehr rückgängig machen.«

Stefan wurde es zu eng in der kleinen Küche. Die Geschichte seiner Mutter stimmte bis in alle Einzelheiten mit Dexters überein. Sollte er ihr erzählen, dass auch noch ein Zwillingsbruder herumlief?

»Es tat mir augenblicklich leid«, sagte sie. »Ich fand es sehr unangenehm, dass Nathalie Bescheid wusste und du nicht.«

Morgen, dachte Stefan. Morgen, wenn ich Dexter gesehen habe, erzähle ich ihr alles.

7.

Um fünf vor halb vier wartete Stefan auf der Bank am Weiher. Er war nervös, und das störte ihn. Normalerweise machte er sich um nichts Sorgen. Eine Klassenarbeit, ein Zahnarztbesuch oder ein hübsches Mädchen... Das ließ ihn alles kalt – na ja, Letztere natürlich nicht wirklich, die fand er schon aufregend, aber aufgeregt war natürlich immer noch etwas ganz anderes als nervös.

Er hatte Angst, Dexter könnte kalte Füße bekommen haben und deswegen nicht auftauchen – schließlich war er gestern auch einfach abgehauen. Stefan war sich selbst jetzt vollkommen klar darüber: Er würde bei Dexter mitmachen und die Million kassieren, damit seine Mutter und er ein neues Haus und noch so ein paar Dinge – Auto, Moped, einen Fernseher und neue Kleidung waren so die ersten Dinge, die ihm einfielen – kaufen konnten. Danach wollte er mit der Familie Prins nichts mehr zu tun haben. Nel war seine echte Mutter. Ohne sie wäre er nie geboren worden. Dann hätte dieser verrückte Professor ihn nur für irgendein weiteres Experiment benutzt und er wäre nie über ein Reagenzglas hinausgekommen. Nel sorgte für ihn, wenn er Ohrenschmerzen hatte oder Fieber, nicht die Familie Prins. Sie war diejenige, die sich abrackerte, weil er unbedingt einen Computer wollte oder ein Fahrrad. Okay, sie hatte ihn fünfzehn Jahre lang belogen, aber nur aus Angst, ihn zu verlieren, so viel hatte er gestern Abend schon begriffen. Er sah auf seine Uhr. Halb vier.

Die Enten im Teich schnatterten. Ein paar freche Enteriche

wagten sich näher heran, als wollten sie sagen: Warum hast du kein Brot für uns mitgenommen? Stefan schaute sich um. Wie lange sollte er sitzen bleiben, wenn Dexter nicht kam?

Er wartete drei, vier Minuten ... Meistens war er nicht so geduldig, aber für eine Million musste man schon etwas investieren.

Als er gerade aufgeben wollte, tauchte Dexter auf.

»Du bist spät«, sagte Stefan bissig.

»Ich wollte erst sichergehen, dass du auch wirklich allein bist.« Dexter setzte sich neben ihn. »Ich habe keine Lust, wegen Hausfriedensbruch geschnappt zu werden.«

»Warum warst du gestern auf einmal verschwunden?«

»Zu hohes Risiko. Du hättest mich bei dem Mann verraten können.«

Stefan zog die Nase hoch. »Held.«

»Ein paar Jahre Gefängnis und du gewöhnst es dir ab, unvorsichtig zu sein.« Dexter setzte sich schräg, sodass er auch die Leute sehen konnte, die hinter ihnen vorbeigingen. »Wo waren wir noch stehen geblieben?«

»Der entlassene Angestellte«, antwortete Stefan.

»Entlassen für eine vollkommen nutzlose Aktion.« Dexter sprach leise, als hätte er Angst, jemand könne ihn belauschen.

»Die Informationen auf dem Computer von Bjorge Prins sind natürlich verschlüsselt. Es kostet mindestens hundert Jahre, um das Password zu knacken. Trotzdem ist sein Arbeitszimmer seither von einer Alarmanlage bewacht und der Zutritt für fast jeden verboten. Nicht einmal das Reinigungspersonal darf hinein. Aber weißt du noch, was Prins in dem Interview sagte? Auch Kinder kämen prima mit dem Spielecomputer zurecht.«

Ja, und?, dachte Stefan.

»Kinder«, wiederholte Dexter. »Als ich das las, wusste ich sofort, wer ab und zu mit seinem Vater ins Arbeitszimmer darf, um den neuen Spielecomputer zu testen.«

Jerro!

Allmählich dämmerte es Stefan. »Und weil ich wie Jerro ein Sohn von Bjorge Prins bin, hoffst du, dass auch ich Zugang zu diesem Arbeitszimmer bekomme und für dich spionieren kann.«

»Du bist nah dran«, sagte Dexter.

Stefan schüttelte heftig den Kopf. »Vergiss es. Wenn ich erwischt werde, können sie dir nichts. Dreimal raten, wer dann der Dumme ist.«

Dexter verschränkte die Arme. »Auf jeden Fall nicht Stefan Post.«

»Hä?«

»Wenn Prins dich erwischt, bekommt Jerro die Schuld.«

Darüber musste Stefan kurz nachdenken.

»Jerro Prins«, sagte Dexter noch einmal. »Dein Bruder, der dir so ähnlich sieht wie ein Ei dem anderen.«

Ein Hund platschte in den Teich und kam kurz darauf mit einem Stöckchen zurück. Dann erst wurde Stefan klar, was Dexter von ihm wollte.

»Du willst, dass ich mich als Jerro ausgebe?«, fragte er verblüfft.

»Die Familie Prins weiß nicht, dass es dich gibt.« Dexter zeigte wieder sein selbstgefälliges Lächeln. »Wer nicht existiert, kann kein Verbrechen begehen und kann deswegen auch nicht bestraft werden.«

Warum hatte Stefan dann trotzdem das Gefühl, dass irgendwo ein Haken an der Sache war?

»Kennst du das Buch *Der Prinz und der Bettelknabe?*«, fragte Dexter.

Die einzigen Bücher, die Stefan noch aufschlug, waren die von der Schule – dann auch noch darin zu lesen, war wieder eine ganz andere Geschichte.

»Ich habe es gelesen, als ich im Bau war«, sagte Dexter. »Es handelt von Prinz Eduard, der einen armen Jungen trifft, Tom. Aus Spaß tauschen sie ihre Kleider und in dem Moment stellt sich ihre täuschende Ähnlichkeit heraus. Als Prinz Eduard in Toms Lumpen auf die Straße geht, hält man ihn für einen echten Bettler. Das Tor schlägt hinter ihm zu und er kann den Palast nicht mehr betreten. Tom sagt sofort, er sei nicht Prinz Eduard, aber auch ihm glaubt man nicht. Man denkt, er habe den Verstand verloren.«

In Stefans Ohren klang das alles ziemlich unwahrscheinlich. »Ist das dein großartiger Plan? Ich ziehe die Kleider von Jerro Prins an und alle denken sofort, ich bin Jerro Prins? Einschließlich seiner Eltern?« Er sah Dexter mitleidig an.

»Natürlich braucht das Ganze etwas mehr Vorbereitung.« Dexter wartete kurz, bis ein Spaziergänger vorbei war. »Du müsstest das ein oder andere auswendig lernen. Daten, die Jerro kennt, Dinge, die er erlebt hat, bestimmte Gewohnheiten, Informationen über seine Umgebung, Freunde und Schule. Wir präparieren dich, bis du Jerros Rolle überzeugend spielen kannst, so ähnlich wie ein Undercoveragent.«

Die Bezeichnung gefiel Stefan gut. »Und was ist mit Jerro? Der bietet bestimmt nicht von selbst an, in der Zwischenzeit bei meiner Mutter zu wohnen.«

»Das kommt später.« Dexter wischte das Argument beiseite. »Worum es jetzt geht: Bist du bereit, den Auftrag anzunehmen? Du wohnst eine Zeit lang in einem schönen Haus, du bekommst ein eigenes Zimmer voller Luxussachen und ab und zu darfst du auch noch einen ganz besonderen Spielecomputer austesten. Du brauchst nichts weiter zu tun, als Augen und Ohren weit aufzusperren und mir Bericht zu erstatten. Du versuchst, Fotos zu machen, zum Beispiel von Aufzeichnungen oder Konzepten. Und das Allerwichtigste: Du bekommst ein Gerät, mit dem du blitzschnell Informationen downloaden kannst. Sobald wir genügend Daten haben, ist deine Aufgabe erledigt und du bist um eine Million reicher.«

Jerro musste zugeben, dass es verlockend klang.

»Und wie lange muss ich dort bleiben?«

»Ich rechne mit ein paar Monaten, höchstens einem halben Jahr.«

»Woher nimmst du die Million eigentlich?«, fragte Stefan.

»*Slash Gordon* allein hat schon das Zehnfache eingefahren«, antwortete Dexter. »Da kannst du dir ausrechnen, was diesmal dabei herausspringt.«

Stefan dachte nach. »Angenommen, ich wäre dazu bereit – wie soll das dann gehen mit der Schule und so? Ich kann schlecht einfach so wegbleiben. Und meine Mutter...«

»Darüber will ich noch mit dir reden.« Dexter sah ihn ernst an. »Hast du ihr von meinem Besuch erzählt?«

Stefan zögerte. »Noch nicht.«

»Schön«, sagte Dexter. »Ich rate dir, vorläufig über unsere Pläne zu schweigen. Du weißt, wie übertrieben besorgt Eltern sein können. Wenn sie auch nur denken, es könnte etwas schiefgehen, verbieten sie sofort alles Mögliche.«

»Es kann aber doch nichts schiefgehen?«, fragte Stefan.

»Aber nein. Wir arbeiten alles bis ins Kleinste aus und überlassen nichts dem Zufall. Du bekommst einen Schnellkurs und ich kümmere mich um den Rest.«

Stefan bedauerte, dass er keine Kopfschmerztabletten bei sich hatte. In den letzten vierundzwanzig Stunden hatte er so viele Informationen und Fragen aufnehmen müssen, dass sein Kopf kurz vorm Platzen war.

»Du darfst darüber nachdenken«, sagte Dexter. »Wir können uns morgen nach der Schule wieder irgendwo treffen. Wenn du dann noch Fragen hast…«

Stefan unterdrückte den Wunsch, sich auf die Bank zu legen und die Augen zu schließen.

»Wo?«, fragte er.

»Vloed 45, kennst du das?

Stefan nickte.

»Die Wohnung ist nur vorübergehend angemietet. Die Adresse muss geheim bleiben, aber ich nehme an, ich kann dir vertrauen.«

Das war keine Frage, sondern eine Forderung. Trotzdem nickte Stefan noch immer.

8.

Vloed 45. Hier musste es sein.

Es war, als hätte Dexter hinter der Tür gewartet, denn er machte sofort auf. »Komm rein.«

Als er den kahlen Flur betrat, fühlte sich Stefan doch wieder unbehaglich. Eine Verabredung in einem Park war eine Sache, aber hier würde er im Notfall nicht so leicht wegkönnen. Er war froh, dass er das Armeemesser eingesteckt hatte.

Dexter zeigte ihm das Wohnzimmer. »Willst du was trinken?«

»Hast du Cola?«

Während Dexter in einem kleinen Kühlschrank kramte, schaute sich Stefan um. Viele Möbel gab es nicht. Er sah ein monstermäßiges Sofa mit einem ausgerollten Schlafsack und ein paar Kissen darauf und einen Esstisch mit vier Stühlen. Stefan hängte seine Jacke über eine Stuhllehne und setzte sich.

»Bitte.« Dexter stellte das Glas vor ihm ab.

»Da ist hoffentlich kein Gift drin, oder?«, fragte Stefan nur halb im Scherz.

Dexter nahm einen kräftigen Schluck und reichte Stefan das Glas wieder.

»Zufrieden?« Er wartete die Antwort nicht ab und ging zum Sofa.

»Was für ein hässliches Teil«, sagte Stefan.

»Mein Geschmack ist es auch nicht, aber es gehört zum Haus. Ich darf es solange benutzen.«

Hinter dem hässlichen Sofa stand ein Karton. Dexter trug ihn zum Tisch. Stefan schaute sich den Inhalt neugierig an. Ein iPad, Spielkarten, Papier und Stift.

»Und?«, fragte Dexter. »Hast du dich entschieden?«

Bald kann ich so viele iPads kaufen, wie ich will, dachte Stefan.

»Ich denke, ich will es machen«, sagte er, »aber ich weiß noch zu wenig, um ganz sicher zu sein.«

»Logisch. Das meiste weiß ich ja selbst noch nicht.« Dexter legte das iPad vor Stefan und stellte sich hinter ihn. »Ich schlage vor, wir fangen einfach mit den Vorbereitungen an. Ich informiere dich über alle Entwicklungen und du kannst zu jedem Zeitpunkt entscheiden, ob du noch weitermachen willst. Bist du damit einverstanden?«

Es war nicht angenehm, seinen Atem im Nacken zu spüren. Stefan nahm einen Schluck Cola, um Bedenkzeit zu haben. »Okay.«

»Gut.« Dexter zauberte ein Foto auf den Bildschirm. »Das ist Mick Schipper, Jerros bester Freund.«

Mick ist dick, reimte Stefan in Gedanken. Das war schon mal eine prima Eselsbrücke.

Dexter wischte über das iPad. »Jerros Eltern. Und deine natürlich.«

Stefan hätte am liebsten nicht hingeschaut, doch neugierig war er schon. Der Mann hätte genauso gut ein vollkommen Fremder sein können. Und sie sah aus wie eine ältere weibliche Ausgabe von Stefan. *Creepy!*

Er sah von ihr weg und hörte Dexter zu, der ihre Namen und Geburtsdaten, ihre Interessen und die wichtigsten Ereignisse in ihrem Leben auflistete.

»Muss ich das alles behalten?«, fragte Stefan erschrocken.

Dexter grinste. »Das ist erst der Anfang.«

»Als bekäme ich in der Schule nicht schon genügend Hausaufgaben.«

Dexter kniff ihn in die Schulter. »Für solche Hausaufgaben kriegst du aber keine Million.«

Stefan seufzte. »Okay, okay.«

Auf dem nächsten Foto war Jerros Fahrer und Bodyguard.

»Er heißt Alfred«, sagte Dexter. »Und das ist Carl, der Hauptpförter.«

Es folgte noch mehr Personal, das offensichtlich weniger wichtig war, Dexter scrollte zumindest einfach schnell durch. Dann kam er zum Foto einer blonden Frau mit groben Gesichtszügen. »Das ist Kasia, die Haushälterin. Sie arbeitet mit uns zusammen.«

»Das hast du schon geregelt?«, fragte Stefan.

»Wie ich schon sagte, es ist wenig über die Familie Prins bekannt.« Dexter setzte sich neben Stefan. »Ich brauchte interne Informationen. Kasia konnte überprüfen, ob meine Vermutungen auch wirklich stimmten, zum Beispiel, dass Jerro seinem Vater tatsächlich bei dem Spielecomputer helfen durfte. Sie hat eine Kamera in Jerros Zimmer versteckt und …«

»Aber ich hatte doch noch überhaupt nicht zugestimmt!«, rief Stefan.

»Nur ein Trottel sagt Nein zu einer Million.« Dexter lächelte, aber seine Augen lachten nicht mit.

Er verschweigt mir etwas, dachte Stefan.

»Wenn du demnächst in Jerros Haus wohnst, ist Kasia deine Kontaktperson«, sagte Dexter. »Wenn du Fragen hast oder ein Problem, kannst du es mit ihr besprechen.«

»Hast du ihr auch eine Million versprochen?«

Wieder dieses Lächeln. Als würde Stefan dadurch Dexters Verärgerung nicht bemerken.

»Damit sie die Sache nicht verrät«, fuhr Stefan fort. »Ich weiß nicht, wie lange sie schon für Prins arbeitet, aber sie könnte doch durchaus auch Gewissensbisse bekommen.«

»Davon gehe ich nicht aus.« Dexter tippte mit dem Zeigefinger auf den Tisch. »Die Familie Prins glaubt, Kasia stammt aus Polen und hat einen schweren Akzent. Beides ist nicht wahr.«

»Dann heißt sie sicher auch nicht Kasia?«

»Die Familie Prins interessiert sich wenig für ihr Personal«, sagte Dexter. »Die Stellensuche und Bewerbungsgespräche, das Screenen und Durchleuchten übernimmt ein externes Büro, das darauf spezialisiert ist. Sie wollen sichergehen, dass sie kein Personal einstellen, das schlechte Absichten hegt.«

Stefan rutschte ganz nach vorn auf seinem Stuhl. »Das hat offensichtlich nicht geklappt?«

»So ist es«, bestätigte Dexter. »Als ich nach diesem Interview über Bjorge Prins anfing, in seinem Privatleben herumzuschnüffeln, kam ich dahinter, dass ein Personalwechsel bevorstand. Irenka aus Polen, die schon seit zwanzig Jahren für die Familie arbeitete, ging in Rente. Ein Ersatz musste herbei. Wegen ihrer guten Erfahrungen wollte Frau Prins wieder eine Polin. Das externe Unternehmen stellte Kasia Nowak ein. Es gelang mir, sie aufzuspüren, und ich behauptete ihr gegenüber, die Anstellung käme nun doch nicht zustande.« Er nickte zu der blonden Frau auf dem Bildschirm hinüber. »Sie nahm Nowaks Stelle ein. Ein falscher Ausweis und ein passendes Bankkonto für die Gehaltsüberweisungen sowie ein polnischer Akzent, mehr war nicht nötig, um alle an der Nase herumzuführen. Sie arbeitet schon Jahre dort und die Familie vertraut ihr vollkommen.«

Stefans Kopf drehte sich. Warum gab sich Dexter so viel Mühe?

»Ich verstehe das nicht«, sagte er. »Du könntest Jerro doch auch einfach entführen und zehn Millionen Lösegeld von seinen Eltern verlangen? Das scheint mir um einiges leichter.«

»Wenn man verhaftet werden will, ja.« Dexter schüttelte den Kopf. »Glaub mir: Lösegeld ist wertlos. Sie schreiben die Seriennummer auf oder markieren die Scheine, sodass man sie nirgends ausgeben kann, ohne doch noch erwischt zu werden. Und glaub bloß nicht, dass sie dich je in Ruhe lassen. Wenn ich Jerro Prins kidnappe, werde ich den Rest meines Lebens über meine Schulter schauen müssen.«

»Und sonst nicht?«, fragte Stefan.

»Nein, natürlich nicht. Wenn wir es geschickt anpacken, kommt niemand dahinter, dass Jerro in Wirklichkeit verschwunden ist. Sein Vater hat keine Ahnung, dass du an seiner Stelle für mich spionierst. Es gibt keine Entführung, kein Lösegeld und demnach auch keine Polizei. Also verdächtigt man uns auch nicht.«

Dexter lehnte sich mit verschränkten Armen zurück. »Niemand kann uns etwas. Ich verdiene bald Unmengen, ohne eine Gefängnisstrafe befürchten zu müssen.«

Stefan konnte es nicht leugnen. Er war beeindruckt. So wie Dexter es beschrieb, gingen sie tatsächlich kein Risiko ein.

»Kasia Nowak«, prägte er sich ein.

»Hier hast du eine Übersicht.« Dexter suchte auf dem iPad. Die Fotos, die Stefan gerade gesehen hatte, kamen wieder ins Bild, aber jetzt mit Text. »Es wäre sehr schön, wenn du das heute noch auswendig lernen könntest.«

Stefan stöhnte. Bloß nicht daran denken, dass er stattdessen hätte gamen können.

9.

Jeden Tag nach Schulschluss ging Stefan zu Vloed 45. Seine Freunde beschwerten sich schon, dass er nie mehr mit ihnen zum Bolzplatz oder zu Burger King ging. Er dachte sich Ausreden aus – seine Mutter war krank, er selbst fühlte sich nicht gut –, bis er auf die Idee kam, eine Fantasiefreundin ins Spiel zu bringen. Sie hieß Cherry und sie konnte nie genug bekommen, also musste er nach der Schule immer blitzschnell zu ihr, um das zu tun, wovon die anderen nur träumen konnten. Stefan stieg prompt um etliche Stufen auf der Popularitätsleiter und keiner ging ihm mehr auf die Nerven.

Wenn die wüssten! Der Einzige, der ihn jeden Tag erwartete, war dieser Miesepeter Dexter. Er meinte, es sei nötig, Stefan abzuhören, und er war selten zufrieden. Lächerlich! Gestern konnte er bei einem Klassenfoto alle Namen der Schüler nennen. Das Personal kannte er auch schon, die Familie und sogar die Häuser, in denen Jerro früher gewohnt hatte. Nur die Comicserien gingen ihm echt auf die Nerven. Dieser Depp von Jerro hatte idiotisch viele Comics und er wusste auch noch idiotisch viel darüber. Es war zwar ganz witzig, die Hefte wirklich zu lesen, aber Dexter hatte nicht vor, sie alle anzuschaffen. Also musste sich Stefan vor allem mit Abbildungen von Umschlägen begnügen. Jeden Tag prägte er sich die Namen von Zeichnern, Comicschreibern, Serien, Studios und allerlei andere dämliche Comicdaten ein. Dexter zeigte ihm nicht nur Texte und Abbildungen.

Es gab auch Filme von Mick und Jerro, aufgenommen mit der versteckten Kamera in Jerros Zimmer. Stefan versuchte zu behalten, was sie über Comics sagten, über Filme, Musik, Computerspiele und die neusten Apps. Über Lehrer, Mitschüler und Eltern. Der dicke Mick war übrigens recht witzig. Stefan musste regelmäßig lachen. Wenn er Jerro reden hörte, wurde ihm dagegen mulmig. Sein Zwillingsbruder und er sahen sich nicht nur äußerlich ähnlich, auch ihre Stimmen klangen gleich. Stefan fühlte sich manchmal wie ein Junge mit Gedächtnisverlust, der eine Aufnahme von sich selbst anschaute.

Als Stefan eines Nachmittags im November nach seiner Sitzung bei Dexter nach Hause kam, erschrak er fast zu Tode. Im Wohnzimmer saß jemand!

Es war kein Einbrecher, sondern seine Mutter. Sie hockte da, als hätte es eine Katastrophe gegeben. Und zwar keine kleine – wie neulich die verirrte rote Socke in der weißen Wäsche, die alle Hemden und Unterhosen von Herrn van Leent rosa gefärbt hatte –, sondern eine Katastrophe der Kategorie »es ist jemand gestorben oder liegt zumindest im Krankenhaus«.

»Was ist?«, fragte er besorgt.

»Ich wurde entlassen. Sie behaupten, ich hätte Geld aus der Kasse genommen. Stimmt natürlich nicht. Aber dann haben sie in meine Tasche geschaut und …« Ihre Augen wurden feucht. »Jemand muss Geld hineingesteckt haben. Es war so demütigend.«

»Diese verdammten Schweine.« Stefans Fuß schoss vor und traf ein Stuhlbein.

»Hör auf.« Sie hielt seine Hand fest und lachte, aber nicht von Herzen. »Sonst haben wir auch keine Stühle mehr.«

Oh doch! Er war drauf und dran, ihr von der Million zu erzählen, aber dann erinnerte er sich gerade noch rechtzeitig, was Dexter gesagt hatte.

»Es wird bestimmt wieder gut, Mama«, sagte er. »Du findest sofort wieder eine neue Stelle.«

Stefans Handschrift war nicht genau wie die seines Zwillingsbruders. Dexter war es über Kasia gelungen, einen Aufsatz von Jerro in die Finger zu bekommen. Stefan studierte ihn genau und schrieb Wort für Wort nach. Nicht ein Mal, sondern zehn Mal.

»Die Schlaufe vom L ist noch nicht richtig«, sagte Dexter. »Und Jerro verwendet ein anderes T als du.«

Stefan schrieb und schrieb. Er übte so lange, bis es fast perfekt war und man keinen Unterschied mehr sah. Es klappte nur noch nicht, in seinem üblichen Tempo zu schreiben.

Sie spielten Restaurantbesuch, wobei Stefan lernte, welches Besteck er bei welchem Gang oder Gericht verwenden musste. Anhand der Filme schaute er sich ab, wie Jerro lief oder sich bewegte. Er gewöhnte sich an, nicht mehr im Sessel zu hängen, sondern aufrecht zu sitzen und genau wie Jerro die rechte Augenbraue zu heben, wenn er erstaunt war.

Er bekam Fotos von der Umgebung der Prismaschule, die Jerro besuchte. Auf Streetview ging er die Strecke zur Bäckerei Joppen, in der Mick und Jerro häufig Käsebrötchen holten. Auch das Kino, Jerros Lieblings-Comicladen und seine bevorzugte Imbissbude würde er finden.

»Alfred bringt euch überallhin«, sagte Dexter, »aber es ist praktisch, wenn du vorbereitet bist und den Ort sofort erkennst.«

Stefan las endlose Textstücke über Ereignisse, die Jerro erlebt hatte, Dinge, die Kasia aufgeschnappt oder auf Fotos gesehen hatte. Feste, bei denen sie selbst anwesend gewesen war, wie bei Jerros vierzehntem Geburtstag mit einem Auftritt von Anouk.

Anouk! Stefan hatte zehn Minuten gebraucht, um sich davon zu erholen, als er das hörte.

Er betrachtete unzählige Trailer von Filmen, die Jerro und Mick zusammen angesehen hatten. Manchmal hatte er Glück und er bekam den Film auf DVD, sodass es einen Nachmittag lang Heimkino gab.

Er lernte auch Tuppen. Dexter nahm ihn regelmäßig mit in eine Kneipe in der Nachbarschaft, in der fanatisch Karten gespielt wurde. Stefan lernte allerlei Tricks und stand den anderen bald in nichts mehr nach.

Zu Hause lief es weniger gut. Nach ihrer Entlassung bei Aldi hatte seine Mutter gehofft, mehr Wasch- und Bügelwäsche zu bekommen. Seltsamerweise war die Kundschaft jedoch rückläufig. Selbst Frau Poelstra ließ nach fünf Jahren nichts mehr von sich hören. Stefans Mutter beschloss, sie anzurufen und nach dem Grund zu fragen. Aber als sie die Kundenliste mit Adressen und Telefonnummern zur Hand nehmen wollte, konnte sie diese nirgends mehr finden.

Stefan half seiner Mutter, Stellenausschreibungen im Internet zu finden. Sie suchten alle Supermärkte der Stadt ab. Außer gigantischen Blasen an den Fersen kam nichts dabei heraus. Ein Mal wurde sie fast eingestellt, bis der Personalchef auf die Idee kam, noch kurz ihre Referenzen bei Aldi zu überprüfen.

Wegen der in Aussicht gestellten Million machte sich Stefan noch nicht allzu viele Sorgen. Es war vor allem blöd, dass er nicht mehr unbemerkt bis sechs Uhr wegbleiben konnte.

Aber Dexter hatte die Lösung. Stefan gab vor, einen Job

in einem Bekleidungsgeschäft gefunden zu haben. So konnte er einfach weiter zu Dexter gehen und bekam auch noch Geld dafür.

Der Winter flog vorbei, während in der Kleistraat eine Mahnung nach der anderen durch den Briefschlitz fiel – EIN MIETRÜCKSTAND VON ZWEI MONATEN... BITTE BEGLEICHEN SIE IHRE GAS- UND STROMRECHNUNG... – und Stefan seinen Kopf mit Informationen über Jerro vollpumpte.

»Ich glaube, du bist bald so weit«, sagte Dexter eines Tages. »Du musst nur noch ein Kilo abnehmen und zum Friseur.«

Stefan aß schon seit einiger Zeit keine Hamburger mehr, trank weniger Cola und rannte jeden Tag von der Schule nach Hause. Seine Hosen saßen schon lockerer. Es wurde ein Datum geplant – am Samstag, den 11. Mai, sollte der Austausch stattfinden.

»Wo?«, fragte Stefan.

Er und Dexter saßen zusammen auf dem Riesensofa.

»In einem abgelegenen Haus, das ich speziell für diesen Anlass gemietet habe«, antwortete Dexter. »Deine Mutter und du wohnen dann schon dort. Ihr werdet bald umziehen.«

»Und wenn meine Mutter nicht will?«

Dexter streckte die Beine. »Als ob sie noch einen guten Grund zum Bleiben hätte.«

In Stefans Gehirn knisterte es. Es passte Dexter tatsächlich gut in den Kram, dass seine Mutter entlassen worden war und die Miete nicht mehr bezahlen konnte. Zufall oder...

»Hast *du* ihr das Geld etwa in die Tasche gesteckt?«

»Wie kommst du denn da schon wieder drauf?«, fragte Dexter vollkommen gelassen.

Stefan dachte an die Kundenliste mit Telefonnummern. Wie lange war die eigentlich schon verschwunden? Auf jeden Fall erst, nachdem Dexter bei ihnen im Haus gewesen war.

»Wir sitzen im selben Boot«, sagte Dexter. »Wir sind keine Feinde.«

Aber auch keine Freunde. Stefan dachte sofort an Kevin und Mark. Sobald das alles vorbei war, würde er sie nie wiedersehen. Eigentlich fand er das nicht einmal besonders schlimm. Sie gehörten zu seinem alten Leben, dem Leben, das er oft gehasst hatte. Bald würde er neue Freunde bekommen, die er mit nach Hause bringen konnte, ohne dass er sich zu Tode schämen musste wie jetzt.

»Ich habe übrigens ein Geschenk für dich.« Dexter zog eine Plastiktüte von Diesel hinter dem Sofa hervor und warf sie Stefan in den Schoß. »Solche Hosen trägt Jerro. Dann kannst du dich schon mal daran gewöhnen.«

Als müsste er sich daran erst gewöhnen! Es war die perfekteste Jeans, die Stefan je gesehen hatte. Und das, obwohl er Dexter gerade noch beschuldigt hatte!

»Wie kriegt ihr Jerro eigentlich zu meiner Mutter und mir?«, fragte Stefan.

»Wir holen ihn zu Hause ab«, antwortete Dexter. »Seine Eltern sind an dem Wochenende in London, wir haben also jede Menge Zeit.«

»Aber das Haus wird doch bewacht?« Stefan strich über den weichen Jeansstoff seiner neuen Hose. »Dann ist es doch leichter, den Austausch in der Schule oder einem Einkaufszentrum zu machen?«

Dexter schüttelte den Kopf. »Du vergisst Alfred. Außerhalb der Umzäunung lässt er Jerro noch immer keine Sekunde aus den Augen.«

Alfred van Duin, dachte Stefans programmiertes Hirn sofort. Bodyguard und Fahrer.

»Aber sobald Jerro in seinem Zimmer sitzt, glauben plötzlich alle, er sei sicher«, sagte Dexter. »Da achtet kein Mensch mehr auf ihn. Außer Kasia. Sie wird Jerro eine Spritze in den Hals verabreichen, die ihn sofort bewusstlos macht, und ruft danach einen Rettungswagen. Zumindest wird es so aussehen, denn in Wirklichkeit ruft sie natürlich mich an. Ich schicke zwei Männer mit einem Rettungswagen, der nicht von einem echten zu unterscheiden ist. Du kannst Gift darauf nehmen, dass Carl das Tor dann aufmacht.«

»Clever«, kommentierte Stefan. »Aber wie geht es dann weiter? Ihr fahrt in das Haus, in dem meine Mutter und ich schon warten. Jerro und ich tauschen unsere Kleidung. Und dann? Geht es mir dann auf einmal wieder besser und ihr bringt mich wieder zu Jerros Haus zurück?«

»Nein, eine so wundersame Genesung würde zu sehr auffallen. Wir bringen dich ins Krankenhaus.«

»Aber dann merken die Ärzte doch sofort, dass ich gesund bin?«

»Also werden wir dafür sorgen müssen, dass du doch ein wenig krank bist.«

Stefan hörte auf, über den Stoff zu streichen. Sein Magen zog sich zusammen.

»Was meinst du?«

»Mach dir keinen Kopf, wir lassen dich schon nicht sterben.«

Falscher Text!

»Du denkst dir was anderes aus«, sagte Stefan. »Etwas ohne Krankenhaus.« Er versuchte, sich blitzschnell ein anderes Szenario auszudenken. Einen geheimen Austausch auf der Toilette! Wenn Jerro pinkeln musste, würde ihn Alfred bestimmt nicht begleiten. Es musste natürlich ein Klo sein, das Jerro aus eigenem Antrieb aufsuchen würde…

»Wir können uns in der Toilettenanlage der Schule verstecken«, sagte Stefan. »Die Männer vom Rettungswagen und ich. Und dann warten wir, bis Jerro aufs Klo geht. Vor dem Leibwächter hätten wir nichts zu befürchten. Er bleibt natürlich vor der Tür des Toilettenraums stehen. Jerro bekommt eine Spritze, ich ziehe seine Kleidung an und gehe auf den Flur raus. Alfred denkt, ich bin Jerro, begleitet mich zur Klasse und merkt nichts.«

Stefan war zwei Sekunden lang stolz auf sich.

Dann fragte Dexter: »Und wie kriegen meine Mitarbeiter Jerro unbemerkt aus dem Schulgebäude?«

Shit, da hatte er recht.

»Der Tausch findet in dem abgelegenen Haus statt. Ich will nicht riskieren, dass euch jemand zusammen sieht und auf falsche Gedanken kommt«, sagte Dexter in einem Ton, der keinen Widerspruch duldete. »Es ist übrigens schon alles organisiert, wir können nicht mehr zurück.«

Die Härchen in Stefans Nacken stellten sich augenblicklich auf. Er rückte ein wenig von Dexter ab. »Wieso nicht mehr zurück?«

Dann erinnerte er sich wieder daran, wie viel Macht er hatte, und entspannte sich wieder. »Ich will nicht in so ein dämliches Krankenhaus. Denk dir was anderes aus.«

Dexter sah ihn kühl an.

»Du wirst wohl müssen«, sagte Stefan. »Wenn ich nicht mitmache, könnt ihr euren Wahnsinnsplan nicht einmal ansatzweise durchführen.«

Dexter sah ihn nur stumm weiter an. Das verunsicherte Stefan. Warum war der Kerl nicht beeindruckt? Es war ihm anscheinend vollkommen egal, was Stefan gesagt hatte.

»Du verstehst, dass das Konsequenzen hat?«, fragte Dexter.

Jetzt ging es vermutlich um die Million. Na, die würde Stefan bestimmt kriegen. Sonst konnte Dexter auch sein eigenes Geld in den Wind schießen.

»Ich vermute, dass Nel verhaftet werden wird und man ihr das Sorgerecht entziehen wird«, sagte Dexter.

Was schwafelt der Kerl jetzt schon wieder?, dachte Stefan.

»Wieso?«

»Sie hat sich in einem illegalen Labor mit Zellmaterial von jemandem befruchten lassen, der dazu keine Zustimmung erteilt hat.« Dexter zuckte mit den Augenbrauen, so à la was soll ich noch dazu sagen?

Fuck! Dieser Scheißkerl hatte ihn in der Zange. Von wegen, er dürfe selbst entscheiden und könne jederzeit zurückziehen! Eiskalt gelogen!

»Du erzählst es niemandem«, sagte Dexter übertrieben freundlich. »Ich möchte genauso wenig wie du, dass jemand dahinterkommt. Wir werden doch unseren Plan nicht in Gefahr bringen?«

Stefan krallte die Finger in die Armlehne, bis sie völlig verkrampft waren. Am liebsten hätte er Dexter mit aller Kraft aufs Maul geschlagen.

10.

Woher hast du die Hose?«, fragte Stefans Mutter.

»Auf der Arbeit bekommen. Werbung für den Laden, sagt der Chef.«

Es wurde März. Die Post brachte keine Zahlungserinnerungen mehr, sondern bedrohliche Mahnungen. Stefan hatte das seltsame Gefühl, dass seine Mutter schrumpfte – jedes Mal, wenn sie einen solchen Umschlag öffnete, ein bisschen mehr. Wenn er konnte, nahm er die Briefe von der Fußmatte, bevor seine Mutter sie sah, und ließ alle unheilvollen Mitteilungen im Mülleimer verschwinden.

Dann kam ein Gerichtsvollzieher mit einer Aufforderung.

»Ich fürchte, wir müssen unser Haus bald räumen«, sagte Stefans Mutter. Es zerriss ihm fast das Herz, wie sie ihn dabei ansah.

Dexter konnte ihn mal, Stefan begann zu erzählen.

Er hatte erwartet, seine Mutter erleichtert und froh zu sehen, weil ihre Geldsorgen bald ein Ende haben würden, aber nein …

Erst glaubte sie es nicht, bis Stefan ihr das Foto von Jerro zeigte.

Dann würde sie wütend und rief: »Das hättest du mir früher erzählen müssen, gleich am ersten Tag, als der Mann hier eingedrungen ist! Er hätte genauso gut ein gefährlicher Irrer sein können.« Sie fuchtelte mit der Hand durch die Luft, um ihren Worten Nachdruck zu verleihen. »Er *ist* ein gefährlicher Irrer!«

Dann gingen ihr die Nerven durch. Sie tigerte durchs Zimmer und schaute ständig durch das Fenster, als könnten sie jederzeit verhaftet werden.

»Er ist dein Zwillingsbruder«, sagte sie. »Wie kannst du ihm so etwas antun?«

»Ich tue ihm überhaupt nichts an«, sagte Stefan. »Ich nehme nur eine Weile seinen Platz ein. Wir werden ihn bestimmt nicht ermorden oder so.«

Sie stellte sich vor ihn, die Hände in die Seiten gestützt. »Du denkst also, dass dieser Dexter ihn anschließend einfach wieder nach Hause gehen lässt, damit Jerro seinen Eltern erklären kann, was passiert ist?«

Oh. Das saß. Stefan lehnte sich zurück.

»Wo trefft ihr euch immer?«, fragte seine Mutter.

»Das darf ich nicht sagen.«

Ihre Augen wurden zu Laserstrahlen.

»Vloed 45«, sagte Stefan.

Sie ging zum Telefon. »Ich benachrichtige die Polizei.«

»Nicht!«, rief er in Panik. »Wenn sie hören, wie deine Schwangerschaft zustande gekommen ist, können sie dich verhaften.«

Seine Mutter griff nach dem Hörer. Stefan versuchte, ihr zuvorzukommen, aber sie war schneller.

»Die nehmen mich dir weg!«, rief er verzweifelt. »Jemand vom Jugendamt oder sonst die Familie Prins. Was würdest du denn machen, wenn du wüsstest, dass irgendwo noch ein Sohn von dir herumläuft? Einfach stillschweigend so hinnehmen?«

Endlich! Sie gab sich geschlagen.

Stefan schälte ihr das Telefon aus der Hand und legte es oben auf den Schrank.

»Glaub bloß nicht, dass ich dabei helfe, einen Jungen zu entführen«, sagte sie entschieden.

Am nächsten Tag war Stefan immer noch sauer. Man sah es ihm nicht sofort an – er tobte nicht die ganze Zeit oder so –, aber in seinem Kopf wütete ein Gewitter. Niemand gönnte ihm etwas. Alles und jeder war gegen ihn. Man versprach ihm eine Million und dann ging ihm dieselbe Million wieder durch die Lappen. Es war nicht gerecht, dass Jerro alles hatte und er gar nichts.

Schon um zehn Uhr saß er beim Direktor. Als er in der Pause drinnen bleiben musste, stopfte er vier Klorollen in die Mädchentoiletten. Während der Erdkundestunde brachte er Kevin zu Fall, aber der hatte es auch herausgefordert. Er fing Streit mit Mark an, und um die Katastrophe perfekt zu machen, wartete seine Mutter nach Unterrichtsschluss auch noch vor der Schule auf ihn.

»Ist das Cherry?«, fragte Jeroen. »Kein Wunder, dass du sie geheim halten wolltest.«

Haha, sehr witzig.

»Nein, Mann, seine Oma«, mischte sich Roel ein. »Das sieht man doch auf den ersten Blick.«

Stefan verpasste ihm einen gewaltigen Tritt. »Das ist meine Mutter, du Arsch.«

Roel jaulte fast. Richtig so!

Stefan ging eilig zu seiner Mutter. Sie trug diese trostlose alte Regenjacke.

»Was machst du hier?«, fragte er, ohne die Lippen zu bewegen.

»Ich gehe mit dir zu Dexter.« Sie nahm seinen Arm. »Warum hast du den Jungen getreten?«

»Nur so.«

Er machte große Schritte und zerrte sie fast mit. Es war nicht gerade cool, wenn man von seiner Mutter vor der Schule abgeholt wurde. Es sei denn, sie kam mit einem dicken Schlitten.

Dexter war nicht einmal erstaunt oder er konnte es gut verbergen.

»Nel Post«, sagte er. »Willkommen.«

Er ging ihr und Stefan ins Zimmer voraus. Sie behielt ihre Jacke an und wollte sich nicht setzen.

Er gab sich große Mühe, sie zu überzeugen: »Aber ich habe gerade Kaffee aufgebrüht.«

»Ich bin nur hier, um zu sagen, dass wir uns nicht an diesen kriminellen Machenschaften beteiligen.«

Dexter sah Stefan fragend an. »Hast du ihr nicht erzählt…«

»Das hat er sehr wohl«, fiel ihm Stefans Mutter ins Wort. »Ich lasse mich nicht erpressen. Wenn du es unbedingt an die große Glocke hängen willst, wie ich an meinen Sohn gekommen bin, nur zu. Du wirst wohl verstehen, dass dann auch alle erfahren, was du für Pläne gehabt hast.«

»Du hast keinerlei Beweise«, sagte Dexter.

Sie verschränkte die Arme. »Fürs Erste werde ich mit der Familie Prins über ihre polnische Haushälterin sprechen.«

»Du weißt nicht einmal, wo sie wohnen.«

»Das kriege ich schon raus.« Sie machte eine auffordernde Bewegung mit dem Kinn. »Komm, Stefan.«

»Dir ist klar, dass du gerade eine Million wegwirfst?«, fragte Dexter.

Stefans Mutter ging mit großen Schritten in die Diele.

»Was ist dagegen einzuwenden?«, rief Dexter ihr nach. »Bjorge Prins geht es dadurch wirklich nicht schlechter.«

»Ach nein?« Sie blieb stehen und drehte sich um. »Du

glaubst, dass er es prima findet, wenn er seinen Sohn verliert?«

Dexter wurde still.

»Ich weiß nicht, was du dir vorstellst«, sagte er dann. »aber Jerro wird überhaupt nichts passieren. Im Gegenteil, ich will, dass du gut für ihn sorgst, bis er gesund und munter zu seinen Eltern zurückkehrt.«

»Damit er ihnen erzählen kann, was du mit ihm angestellt hast?«, fragte sie ungläubig.

»Jerro wird sich an nichts erinnern. Also kann er auch nichts erzählen.«

»Wieso nicht?«, fragte Stefan.

»Ja«, sagte seine Mutter. »Willst du ihn vielleicht die ganze Zeit im Koma halten, oder was? Als wäre das nicht gefährlich. Vielleicht wird er nie mehr wach!«

»Kein Koma.« Dexter machte eine einladende Geste zum Wohnzimmer hin. »Setz dich doch mal, dann können wir in Ruhe darüber reden.«

Ja, los jetzt!, dachte Stefan.

»Ich rede nicht mit Krimine...« Aus der Tasche ihrer Regenjacke kam ein Klingelton. »Moment.« Sie zog ihr Handy heraus und hielt es sich ans Ohr. »Nathalie?«

Stefan erschrak, als er seine Mutter beobachtete. Es war, als hätte man sie zusammengeknüllt und wieder glatt gestrichen.

»Danke dir.« Sie steckte das Telefon ein. »Der Gerichtsvollzieher hat unser Haus räumen lassen und alle Sachen auf die Straße gestellt. Er sagt, sie würden in einer Stunde abgeholt. Nathalie versucht, so viel wie möglich zu retten.«

»Also können wir nicht mehr in unsere Wohnung.« Das musste Stefan erst einmal verdauen. »Aber wo schlafen wir dann?«

»Hier«, antwortete Dexter. »Ich habe genügend Zimmer. Es ist sogar Platz genug, um euren Hausrat vorübergehend zu lagern. Soll ich ihn abholen lassen?«

Stefans Mutter wurde leichenblass. Sie sank auf die Treppe.

»Ich habe wirklich keine Lust, auf der Straße zu schlafen«, sagte Stefan.

Sie legte den Kopf auf die Knie und weinte leise.

Stefan ergriff die Chance. »Ich glaube, meine Mutter möchte, dass du unsere Möbel abholst.«

Eine Dreiviertelstunde später trugen zwei Männer Stefans Bett herein. Danach folgten sein Schrank, eine große Plastiktüte mit seiner Kleidung, sein Tisch mit dem Stuhl. Sein Wecker und sogar sein alter Computer.

»Hat deine Nachbarin gerettet«, sagte der kleinere von beiden – ein blasser Typ mit rötlichen Haaren und riesigen Händen.

Der andere nickte. »Als wir ankamen, wühlte schon eine Menge Leute in den Sachen herum. Hoffentlich fehlt nicht allzu viel.«

Es konnte Stefan egal sein. Wenn sie bald reich waren, brauchten sie den alten Kram sowieso nicht mehr. Wichtiger war, dass seine Mutter sich nicht mehr querstellen konnte. Sie würde Dexters Hilfe annehmen müssen und dadurch rückte die Million wieder in greifbare Nähe.

Sie saßen zu dritt am großen Tisch im Wohnzimmer. Dexter hatte eine Pizza kommen lassen. Stefan hatte schon sein zweites Stück in Angriff genommen. Seine Mutter hatte wenig Appetit und aß mit kleinen Bissen.

»Ich werde euch erklären, worum es geht«, sagte Dexter. Er wischte sich mit einem Blatt Küchenpapier über den Mund. »Ich kenne einen Hypnotiseur, der Jerro in Trance versetzen wird. Jerro wird das nicht schaden, er kann alles genauso machen wie sonst auch. Sprechen, sich bewegen, nachdenken. Er wird also nicht ins Koma fallen oder so. Wenn der Hypnotiseur mit den Fingern schnippt…« Dexter machte es vor, dreimal dicht vor Stefans Augen, »wird er wieder wach und alles, was während der Hypnose geschah, ist komplett vergessen.«

Das klang wie Betrug.

»Geht das wirklich?«, fragte Stefans Mutter.

Stefan hatte schon mal eine Hypnoseshow im Fernsehen gesehen. Dort hatte ein hypnotisierter Mann geglaubt, er sei ein Huhn, und versuchte, ein Ei zu legen. Aber Stefan hatte ihn einfach für einen Schauspieler gehalten.

Dexter nahm ein Stück Pizza, biss hinein und tippte mit seiner freien Hand etwas auf dem iPad an. Dann schob er das Gerät über den Pizzakarton hinweg Stefan und seiner Mutter hin. Es gab mehrere Seiten über Hypnose und Gedächtnisverlust. Stefan klickte den obersten Link an. GEDÄCHTNISVERLUST AUF BEFEHL DES HYPNOTISEURS MÖGLICH.

»Jerro wird also in Hypnose versetzt und wohnt dann bei dir.« Dexter nickte zu Nel hinüber. »Er kann Stefans Zimmer und Kleidung benutzen. Du kochst für ihn, gehst einkaufen, wäschst. Während der Zeit, in der er nicht bei seinen Eltern sein kann, sorgst du für ihn. Dann bist du sicher, dass ihm nichts passiert. Sobald Stefan ausreichend Daten gesammelt hat, tauschen die Jungs wieder. Jerro wird vor dem Tor zu seinem Haus abgesetzt, der Hypnotiseur weckt ihn und Jerro hat keine Ahnung, wo er die ganze Zeit gewesen ist. Er *weiß* nicht einmal, dass er weg war. Und seine Eltern auch nicht, also macht sich niemand Sorgen.«

»Und wir bekommen eine Million.« Stefan legte seiner Mutter einen Arm um die Schultern. »Wir kaufen ein schönes Haus und fangen ein neues Leben an. Ende gut, alles gut.«

»Und trotzdem bleibt es eine Entführung«, sagte sie bockig.

Stefan verdrehte die Augen. »Was willst du denn? Dass wir im Park bei den Obdachlosen wohnen, oder was?«

Sie seufzte. »Für dich ist es auch viel zu gefährlich. Wenn dich dieser Prins erwischt …«

»… passiert rein gar nichts«, unterbrach Stefan sie. »Er glaubt doch, ich bin Jerro! Und seinem eigenen Sohn wird er schon nichts antun.«

Sie legte ihr Pizzastück hin, zupfte ein Stück davon ab und zerkrümelte es.

»Weißt du, was ich nicht verstehe, Nel?«, sagte Dexter. »Du sagst, du machst dir Sorgen um Stefan.«

»Das stimmt auch.«

Er zerknüllte das Küchenpapier und schnipste es in die Pizzaschachtel. »Warum lässt du ihn dann verhungern und sorgst nicht dafür, dass er ein Dach über dem Kopf hat?«

Ihre Hand blieb regungslos über der Pizza hängen. Dann seufzte sie erneut, aber jetzt so, dass klar war: Sie gab sich geschlagen.

11.

Als die Entscheidung gefallen war, ging plötzlich alles sehr schnell. Stefan verabschiedete sich von seiner Schule und ihre Mutter besuchte Nathalie zum letzten Mal. Sie machten allen weis, sie würden ins Ausland ziehen, weil Nel dort eine Stelle als Kindermädchen gefunden hatte. Ihre neue Adresse und die Telefonnummer würden sie später noch durchgeben.

Was natürlich nicht stimmte. Dexter bestand darauf, dass sie alle Brücken hinter sich abbrachen.

An einem grauen Montag zogen sie in ihr neues Haus. Ihre übrig gebliebenen Möbel zogen mit um. Sein neues Zimmer war ein elender Ort, fand Stefan. Das Gitter vor dem Fenster vermittelte ihm das Gefühl, eingeschlossen zu sein, selbst wenn er am Computer saß und spielte. Er floh regelmäßig nach draußen, wo er Fußball spielen konnte, ohne dass sich Nachbarn beschwerten. Unterdessen wurden die Vorbereitungen unvermindert vorangetrieben. Stefan wiederholte alle Daten und Fakten, die er sich in den letzten Monaten eingeprägt hatte, und Kasia sorgte für die letzten Updates. Er lernte, wie das kleine Gerät – Dexter nannte es Spy-guy – funktionierte, mit dem er die Daten von Prins' Spielecomputer herunterladen konnte. Er wurde darin geschult, wie er Konzepte und andere wichtige Unterlagen erkennen konnte und wie er sie mit einer winzigen geheimen Kamera fotografieren musste.

Dexter kaufte einen Elektroschocker für Stefans Mutter.

»Du glaubst doch wohl nicht, dass ich Jerro wirklich einen Elektroschock versetze?«, fragte sie empört.

»Der dient nur zur Abschreckung«, versicherte er ihr. »Du benutzt ihn nicht wirklich, aber du kannst zumindest damit drohen.«

Stefan wollte sofort ausprobieren, ob man auch eine Scheibe Brot damit toasten könnte.

»Finger weg«, sagte seine Mutter. »Das ist kein Spielzeug.«

Dexter nahm Stefan mit zu einem Friseur in einer anderen Stadt. Er zeigte ein neueres Foto von Jerro und die Friseurin sollte genauso schneiden. Als Stefan mit neuer Frisur und neuer Hose vor dem Spiegel stand, fühlte er sich auch von innen neu. Sein Leben als Jerro Prins konnte beginnen.

Es war Samstag, der elfte Mai. Stefans Mutter ging die ganze Zeit zwischen Küche und Wohnzimmer hin und her. Ob noch jemand Kaffee wolle? Ein Butterbrot vielleicht? Aber die Männer, die Jerro mit dem Rettungswagen abholen sollten, gingen lieber zum Rauchen nach draußen. Wahrscheinlich nervte sie die beiden nur. Sie hatten am Morgen die Plane vom Wagen gezogen und das Fahrzeug anschließend vor der Tür geparkt, damit sie es waschen konnten. Der Lack glänzte und der Fahrer hatte den Motor überprüft. Der Rothaarige mit den Riesenhänden hatte die benötigten Medikamente kontrolliert und hinten zu der Krankentrage gestellt.

»Halb zwei schon«, sagte Stefans Mutter nervös. »Warum ruft sie nicht an?«

Auch Stefan spürte die Anspannung. Er fürchtete, gleich keinen Bissen herunterzubekommen.

Dexter machte sich offensichtlich nicht so viele Gedanken. Er hatte das Telefon neben sich gelegt und las entspannt Zeitung. Aber nun ja, er hatte leicht reden. Er wurde nicht vergiftet und musste auch nicht ins Krankenhaus.

Die Männer zündeten sich bestimmt schon die zehnte Zigarette an. Es wurde zwei Uhr.

»Bin mal pinkeln«, sagte Stefan.

Als er zurückkam, klingelte endlich das Telefon.

Die Männer fuhren mit dem Rettungswagen zu Jerros Haus.

Stefan bekam sein Makrelenbrötchen. Zum Glück stank es nicht nach verdorbenem Fisch.

»Bist du sicher, dass es wirkt?«, fragte er. »Ich schmecke nichts.«

»Histamin kann man nicht schmecken«, antwortete Dexter. »Und bei der Katze, die heute Morgen über den Hof lief, hat es auch gewirkt.«

»Es kann doch nicht tödlich sein, oder?«, fragte Stefans Mutter.

Herzlichen Dank, Mama, dachte Stefan.

Dexter sah auf die Uhr. »Das werden wir gleich merken.«

Stefan war nicht in der Stimmung für Scherze. Er kaute und schluckte, kaute und schluckte.

»Merkst du was?«, fragte seine Mutter immer wieder.

Er schüttelte den Kopf und schluckte den letzten Bissen mit Wasser herunter.

»Zieh dich schon mal aus«, sagte Dexter. »Jetzt kannst du es noch selbst.«

Stefan legte seine Sachen aufs Sofa.

»Auch die Unterhose.«

Stefans Mutter holte ein Handtuch aus der Küche, damit er es sich um die Hüfte wickeln konnte, und eine Schüssel, falls er sich übergeben musste.

Und dann ging es los.

Sein Gesicht wurde warm und kribbelte, als würden kleine Tiere unter seiner Haut herumkrabbeln.

»Du bist ganz rot.« Seine Mutter fühlte an seiner Wange.

Ihre Hand war kühl. Die Tierchen begannen zu nagen. Das Kribbeln verwandelte sich in ein schmerzhaftes, verrückt machendes Jucken, das sich auf Hals und Schultern ausdehnte, und es geschah auch etwas in seinem Mund – sein Gaumen schien auf einmal überwuchert von Brandblasen. Er tastete nach der Schüssel. »Mir ist schlecht.«

Seine Mutter stellte ihm die Schüssel auf den Schoß. Er lehnte sich gegen Nel, weil er Angst hatte, sonst vom Sofa zu fallen. In der Ferne hörte er Dexters Stimme, etwas über von Kopf hinunterdrücken. Er spürte die eiskalten Finger seiner Mutter im Nacken. Er beugte sich vor. Ein Schweißtropfen lief über seine Nase in die Schüssel. Er atmete schnell. Er würde in Ohnmacht fallen. Kratzen. In seinem Bauch fochten seine Därme irgendeinen Krieg aus.

»Da sind sie.« Dexter.

Die Tür ging auf. Vage bemerkte Stefan, dass Leute an ihm vorbeiliefen.

»Beeilt euch«, sagte seine Mutter. »Stefan muss so schnell wie möglich ins Krankenhaus.«

Er erbrach sich und fühlte sich zwei Sekunden lang besser. Dann kam die Übelkeit mit der gleichen Heftigkeit zurück.

»Klo.«

Er konnte nicht mehr gehen. Dexter und seine Mutter halfen ihm auf und trugen ihn zwischen sich. Dexter ließ ihn auf die Klobrille fallen. Es stank, aber Stefan hatte alle Scham hinter sich gelassen. Er glaubte, sterben zu müssen.

Seine Mutter wischte ihm den Po ab, als wäre er noch ein Baby, und die ganze Zeit konnte er nicht aufhören zu zittern. Dexter legte ihm ein Handtuch um die Schultern. Sie zogen ihn wieder hoch und brachten ihn ins Wohnzimmer zurück. Die Männer kamen mit der Trage hinunter. Darauf lagen Kleidungsstücke. Jerros Kleidung.

Stefan wollte sich hinlegen. Er war so müde, ihm war so schwindelig.

»Noch kurz durchhalten«, sagte Dexter. »Sobald du angezogen bist, kannst du ins Krankenhaus.«

Sie hoben ihn hoch, schoben seine Gliedmaßen durch Ärmel und Hosenbeine, zerrten und schimpften vor sich hin. Er bekam Schuhe an die Füße und wurde dann auf die Rolltrage gelegt.

»Die Uhr und sein Handy noch.«

Stefan spürte, wie sich etwas um sein Handgelenk schloss und etwas in die Hosentasche rutschte.

»Tschüss, mein Schatz, pass auf dich auf.« Das Gesicht seiner Mutter kam sehr nahe. Ihre Haut wirkte grau.

»Jetzt beeilt euch.« Dexter hielt die Tür auf.

Sie fuhren Stefan hinaus und schoben ihn in den Rettungswagen. Die Tür schlug zu und er blieb todkrank und allein zurück.

12.

Er lag in einem Untersuchungsraum.

»Wie fühlst du dich?«, fragte die Krankenschwester, die gerade seinen Blutdruck gemessen hatte.

»Übel«, flüsterte Stefan. »Schmerzen.«

»Wo?«

Er legte die Hand auf seinen Bauch. »Und es juckt überall.«

»Hat dich niemand begleitet?«

Er bewegte den Kopf vorsichtig von links nach rechts.

»Wurden deine Eltern benachrichtigt?«

»Weiß ich nicht.«

Ein Mann kam herein. »Hallo«, sagte er fröhlich. »Ich bin der Krankenhausvampir und will dir ein paar Röhrchen Blut abzapfen.« Er stank nach Zigarettenqualm. Als er sich vorbeugte, um Stefans Oberarm abzubinden, fiel Stefan fast in Ohnmacht.

»Hast du einen Ausweis dabei?«, fragte die Schwester.

»Nein.« Stefan konnte nicht aufhören zu kratzen.

»Kannst du mir denn sagen, wie du heißt?«

»Ste... Ich meine Jerro. Jerro Prins.«

»Geburtsdatum?«

Das war leicht. Jerro war einen Tag vor ihm geboren.

Der Vampir war fertig, steckte die Röhrchen in eine Plastiktüte und verschwand.

»Bist du gegen irgendetwas allergisch?«, fragte die Schwester.

Er zuckte mit den Schultern.

»Was hast du als Letztes gegessen?«

»Makrelenbrötchen.« Stefan überlegte, ob sie immer so viele Fragen stellte. Auch bei Patienten, die unterdessen wegstarben.

Die Tür ging auf und eine stattliche Frau betrat den Raum. Sie trug einen langen weißen Kittel, der offen stand; aus der linken Tasche ragte ein Stethoskop.

»Doktor Rutgers«, stellte sie sich vor. »Wie fühlst du dich?«

Erbärmliche Ärztin, fand Stefan. Sogar ein Blinder konnte sehen, dass er hier krepierte.

»Sind deine Eltern nicht hier?«, fragte sie.

Und jetzt fragte sie ihn auch noch dieselbe Liste ab wie schon die Krankenschwester. Stefan schloss die Augen und ihm wurde augenblicklich so schlecht, dass er seinen Mageninhalt nicht mehr bei sich behalten konnte.

»Infusion«, sagte die Ärztin. Und danach zu Stefan: »Wir behalten dich heute Nacht hier.«

Jemand kam und wischte das Erbrochene auf und zwei Krankenschwestern fuhren ein Bett hinein. »Wir bringen dich jetzt auf dein Zimmer.« Stefan wünschte, seine Mutter wäre da. Er blinzelte ein paar Mal, damit er nicht anfing zu heulen.

Er bekam etwas gegen die Übelkeit und ein Antihistaminikum, ein Gegengift, das ihm erstaunlich schnell Besserung verschaffte. Als die Besuchszeit begann, war er in der Lage, aufrecht zu sitzen, ohne sich übergeben zu müssen. Neidisch sah er zu Carlos hinüber, seinem Zimmergenossen. Beide Eltern saßen neben seinem Bett.

Um halb acht bekam er doch noch unverhofften Besuch. Eine blonde Frau, die Stefan vom Foto her erkannte. »Kasia?«, fragte er erstaunt.

»Prüfung eins gut bestanden.« Sie hatte einen kleinen Trolley voller Kleidung dabei. Den Schlafanzug legte sie an das Fußende seines Bettes, die restlichen Sachen in den dafür vorgesehenen Schrank. »Kulturbeutel. Kamm, Shampoo, Zahnpasta, Zahnbürste ...«

»Doch hoffentlich eine neue, oder?«, fragte Stefan.

Sie lächelte. »Du wieder Sprüche hast. Kasia hört gern.«

»Du kannst ruhig normal reden«, sagte Stefan. »Wir sind doch allein.«

Offensichtlich hatte er etwas Dummes gesagt.

Ihr Lachen verschwand und sie drehte ihre Augen zu Carlos und seinen Eltern. »Nix allein.« Dann pikste sie ihn mit dem Finger in den Arm und flüsterte: »Schwester, Junge, jeder hören und erzählen kann.«

Stefans Handy klingelte. Na ja, Jerros Handy. Stefan kapierte es nicht sofort, weil er den Klingelton nicht erkannte. Auf dem Display sah er Micks Namen.

»Nicht annehmen«, sagte Kasia. »Du noch zu krank. Ich gesagt, er kann morgen kommen. Dein Vater und Mutter morgen auch hier, ich denke.«

Meine Mutter!, dachte Stefan für den Bruchteil einer Sekunde. Und sofort danach: Nein, Idiot. Sie meint die Eltern von Jerro.

»Aber ich kann doch zu Hause anrufen, oder?«, fragte er.

Wieder dieser verärgerte Blick. »Deine Eltern nicht in Haus«, sagte sie.

»Meine echte Mutter schon.«

»Frau Prins in London«, beharrte sie.

»Übertreib nicht so«, wehrte sich Stefan. »Bjorge Prins kontrolliert bestimmt nicht ständig, wen Jerro mit seinem Handy anruft.«

»Pssst.« Sie beugte sich vor und sagte dicht an seinem

Ohr: »Du besser schnell gewöhnen. Jerro kann nichts machen, ohne Eltern wissen.«

Wegen Alfred natürlich.

»Okay, okay«, versprach Stefan. »Ich werde niemanden anrufen.«

Sie nickte zufrieden. »Ich dich wiedersehen, wenn zu Hause kommen.«

Stefan sah ihr nach, als sie das Zimmer verließ. Trotz Carlos fühlte er sich einsam. Und er hatte Angst vor morgen. Jetzt, da es beinahe so weit war, erschien ihm Dexters Plan vor allem wie eine Kamikazeaktion. Kasia fand doch eben schon, dass er alles falsch machte. Wie sollte er Mick und die Familie Prins dann überzeugen können?

13.

Stefan betrachtete den unrasierten Mann neben seinem Krankenhausbett.

Das also war sein Vater.

Es war ungefähr genauso gewesen, als er die Bilder der Flugzeuge betrachtet hatte, die sich in die Twin Towers bohrten – Stefan empfand nichts dabei. Es war zu unwirklich. Zu unvorstellbar.

Die Konfrontation mit seiner biologischen Mutter schob er so lange wie möglich vor sich her. Dank Dexters Fotos wusste er, was ihn erwartete. Aber als sie ihn umarmte und er sie doch ansehen musste, erschrak er trotzdem. Ihm war, als hätte jemand seinen eigenen Mund und seine Augen ausgeschnitten, um sie anschließend in das Gesicht von Frau Prins zu kleben. Er beschloss sofort, sie nicht sympathisch zu finden. Nel war seine Mutter und niemand konnte ihren Platz einnehmen. Das waren Jerros Eltern und nicht seine. Für ihn würden sie Herr und Frau Prins bleiben. Wenn alles vorbei war, würde er sie sowieso nie wiedersehen.

Am Sonntagabend durfte er wieder heim. Natürlich nicht wirklich. Der Mercedes mit den verspiegelten Scheiben brachte ihn in das schwer bewachte Haus der Familie Prins. Stefan war froh, dass Dexter ihn so gut vorbereitet hatte, sonst hätte er sein Staunen bestimmt nicht verbergen können. Die riesige Villa war schon gigantisch beeindruckend, aber Jerros Zimmer schlug wirklich alles. Stefan fühlte sich wie ein Kind in einem Spielzeugladen, in dem der Verkäufer sagte: »Das gehört alles dir.«

Sobald Herr und Frau Prins am nächsten Tag zur Arbeit gegangen waren, zeigte Kasia Stefan das Haus. Sie führte ihn in alle Zimmer, Gänge und geheimen Ecken. Sie zeigte ihm, wo die Lichtschalter waren und welche Sachen in welchen Schränken lagen, damit er sie in Zukunft genauso leicht finden konnte wie Jerro.

Die Führung endete beim Aufzug in der Eingangshalle.

Das ist es also, dachte Stefan. Das Tor zum geheimnisvollen Keller, in dem alles geschieht.

»In den Arbeitsraum deines Vaters kommen wir selbstverständlich nicht«, sagte Kasia. »Da wirst du demnächst unvorbereitet hineinmüssen.«

Jerros Vater, verbesserte Stefan in Gedanken.

Mit einer feierlichen Geste überreichte sie Stefan den Spy-guy, mit dem er zu Hause geübt hatte. Die winzig kleine, unsichtbare Kamera klebte schon seit ein paar Tagen an seiner Rolex.

»Und jetzt eine Tasse Tee?«, fragte sie.

Sie saßen zusammen in der Küche, als Micks SMS kam: Liegst du noch im Krankenhaus?

Nein, bin zum Glück zu Hause, antwortete Stefan.

Mick simste zurück, er käme nach der Schule vorbei.

»Warum lässt er mir nicht Zeit zum Eingewöhnen?«, murrte Stefan.

»Dann ruf ihn an und sag, dass du dich noch nicht fit genug fühlst«, antwortete Kasia.

Aber dieser Idiot von Mick hatte sein Handy abgeschaltet.

»Ich sorge dafür, dass er nur kurz bleibt«, versprach Kasia.

Im Krankenhaus hatte Mick sich ruhig und zurückhaltend gegeben, aber jetzt rollte er wie ein Panzer ins Zimmer. Er glaubte nicht, dass Stefan Opfer einer Histaminvergiftung war – oh und ob! –, und wollte wissen, welche Symptome er denn so gehabt habe. Danach begann er auch noch, über den Rettungswagen zu quengeln, der angeblich zu spät angekommen war. Stefan bekam Kopfschmerzen davon. Mick war ja schlimmer als die Leute im Krankenhaus mit ihren Listen! Um seine lästigen Fragen nicht mehr anhören zu müssen, stellte er das Radio lauter, in dem gerade der neue Song von Jan Smit lief. Seine Mutter hatte ihn so oft gehört, dass er jedes Wort mitsingen konnte.

Mick grinste: »Nach Aerosmith jetzt auch noch Jerro Smit.«

Stefan entspannte sich. »Der ist bald auf Platz eins.«

»Das befürchte ich auch, ja.«

Stefan war sofort wieder auf der Hut. »Du magst ihn nicht?«

»Du plötzlich schon?«

Stefan versuchte, ihn einzuschätzen. Machte Mick einen Scherz oder meinte er es ernst? Er dachte an die endlosen Aufnahmen, die er bei Dexter angehört hatte. Jerro und Mick mochten vor allem Trance und andere elektronische Musik. Über Schnulzensänger hatte er sie tatsächlich nie reden hören.

»Jan Smit?« Stefan gab sich Mühe, möglichst überzeugend zu lachen. »Bist du irre?!«

Es wurde Dienstag. Stefan war froh, dass er nicht allein in die Prismaschule musste. Er hatte die Namen und Gesichter seiner Mitschüler zwar auswendig gelernt, aber das musste nicht heißen, dass er sie auch alle erkannte. Fransje ja, das war ja auch nicht schwer; er fand sie schon auf dem Foto zum Anbeißen. Leider konnte er nicht allzu begeistert reagieren – laut Mick hatte Jerro noch nie Interesse für irgendein Mädchen gezeigt –, der musste doch schwul sein!

Und dann das Gebäude. Ein wahrer Irrgarten. Ohne Mick, der ihn immer in den richtigen Klassenraum lotste, wäre Stefan verloren gewesen. Und als er dringend pinkeln musste, hätte er idiotischerweise auch fast noch nach den Toiletten gefragt. Zum Glück hatte ihn das Schild an der Tür noch rechtzeitig gerettet.

Stefans Erleichterung war nur von kurzer Dauer. Sobald er vom Klo kam, verhielt sich Mick plötzlich sehr seltsam.

»Das Password«, sagte er.

Stefan zog die rechte Augenbraue hoch. »Das vom PC meines Vaters, meinst du?«

»Nein, *unser* Password. Das wir verabredet haben. Du weißt schon, *Invasion of the Body Snatchers.*«

Stefan hatte keine Ahnung. »Oh, das«, sagte er möglichst gleichgültig. »Warum willst du das wissen?«

»Einfach so. Um zu prüfen, ob es dir gut geht.«

Password, Password – Stefan graste sein Hirn ab, aber er konnte sich nicht erinnern, dass Dexter je etwas in diese Richtung erwähnt hatte.

»Mir schon, aber wie sieht das bei dir aus?«, versuchte er, sich zu retten. »Meiner Ansicht nach bist du derjenige, der sich hier komisch benimmt.«

»Ich weiß das Password aber noch.«

»Na los, dann sag's.«

»Nein, natürlich nicht. Wir haben es ja gerade vereinbart, weil ...« Mick ließ seine Arme am Körper baumeln. Auf einmal wirkte er todmüde. »Oder weißt du das vielleicht auch nicht mehr?«

»Natürlich weiß ich's«, sagte Stefan, um Zeit zu schinden. »Mach dir keine Gedanken. Ich erinnere mich gleich daran. Ich muss nur mal kurz nachdenken.«

»Und? Weißt du es schon?«

Fuck! Es schien ziemlich wichtig zu sein.

Er musste Mick irgendwie ablenken!

Stefan spielte Theater und tat so, als würde er sich das Password aus dem Schädel hämmern wollen. Da sah er ein Mädchen mit einer Papiertüte von der Bäckerei Joppen. Ablenkungsmanöver Nummer zwei. Dicker Mick war bestimmt ziemlich scharf auf Essen.

»Sollen wir uns ein Brötchen genehmigen?«, fragte Stefan.

»Von mir aus«, antwortete Mick, aber es klang noch nicht sehr begeistert.

Während sie hinausgingen, begann Stefan, über Fransje zu reden. Die Stimmung wurde gleich um einiges entspannter. Mick musste sogar einmal lachen und ausgelassen verließen sie den Schulhof. Stefan erkannte die Häuser von Streetview und wusste genau, wie er gehen musste. Das machte ihn übermütig. »Sollen wir am Samstag ins Kino gehen?«, fragte er. *»The Avengers* läuft.«

Mick begann sofort, allerlei Fragen zu stellen. Über die Waffe von Iron Man und wie das noch war mit Hulk. Stefan konnte die Antworten problemlos auftischen, worauf er ziemlich stolz war.

»Wer hat sich die Serie eigentlich ausgedacht?«, fragte Mick, der kein Ende fand.

Plötzlich war sich Stefan sicher: Das waren keine normalen Fragen, das war ein Verhör! Mick vermutete offensichtlich etwas und nervte schon wieder so wie am Tag zuvor mit den Nebenwirkungen.

»Stan Lee und Jack Kirby«, ratterte Stefan herunter. »Sie brachten die bekanntesten Superhelden von Marvel Comics zusammen und nannten sie *The Avengers.«*

Uff. Nach Micks Gesicht zu urteilen, hatte er ihn vorläufig überzeugt.

»Wie war's?«, fragte Kasia, als sie und Stefan allein waren.

»Grauenhaft«, knurrte er. »Ich glaube, dieser Mick ahnt, dass irgendetwas nicht stimmt. Er und Jerro haben irgendein Password vereinbart, und als ich sagte, ich hätte es vergessen, stellte er mir allerlei Fragen.«

»Ein Password?« Kasia runzelte die Stirn. »Ich gebe es sofort durch, damit sie sich bei Jerro erkundigen können.«

»Lass ihn dann auch gleich einen Grundriss von der Prismaschule zeichnen«, sagte Stefan. »Ich hab mir fast in die Hose gemacht, weil ich nicht wusste, wo die Klos sind.«

Nach dem Abendessen war es endlich so weit.

»Hast du Zeit für den *Forest-Jump*-Abschlusstest?«, fragte Bjorge Prins.

Stefan sah sofort ein Spiel mit hüpfenden Bäumen vor sich.

Er ging mit Prins zum Aufzug. Mann, was war er gespannt! Es war dieselbe Spannung, die er immer verspürte, wenn sie im Supermarkt Schokolade klauten – eine Kombination aus angenehmer Aufregung und der Angst, erwischt zu werden.

Prins drückte auf den Knopf und los ging's. Mit einem kleinen Ruckeln blieb der Aufzug stehen und die Türen schoben sich beiseite. Er ließ Prins vorgehen, denn der kannte den Weg. Jerros Vater war so etwas wie sein Spickzettel.

Stefan wusste nicht genau, was er von dem unterirdischen Arbeitsplatz zu erwarten hatte – etwas Düsteres wie den Klubraum der Hells Angels oder ein hypermodernes Zimmer mit Monitoren, Blinklichtern und durchsichtigen Wänden.

Die Wirklichkeit war ausgesprochen ernüchternd. Prins dachte sich seine Computerspiele in einem stinklangweiligen Büro aus. Stefan sah einen aufgeräumten Schreibtisch mit einem Computer, einen Schreibtischstuhl, einen bequemen Sessel und an der Wand ein Gemälde mit schwarzen Linien und bunten Flächen, die ihm vage bekannt vorkamen. Er fragte sich, was Jerro jetzt machen würde. Sich an den PC setzen?

»Hier«, sagte Prins und warf ihm etwas zu.

Stefan reagierte blitzschnell und es gelang ihm, den Gegenstand zu fangen. Er hing an einem Band, war aus knallrotem Plastik und hatte das Format einer Streichholzschachtel.

»Bist du nicht neugierig?«, fragte Prins.

»Klar doch.« Stefan brach der Schweiß aus. War es das? War dieser kleine Block ein Spielecomputer? Aber er hatte ja nicht mal ein Display!?

Prins nahm auf dem Schreibtischstuhl Platz. Für Stefan blieb nur der Sessel übrig. Ihm wurde immer beklommener zumute. Testete Jerro die Spiele von dort aus?

»Ist was?«, fragte Prins.

»Was soll sein?« Der rote Block klebte an Stefans Händen. Wie schaltete man einen Spielecomputer ohne Knöpfe ein?

»Was hast du nur heute?«, fragte Prins. »Häng dir das Ding um, damit wir anfangen können.«

Das Band!

Stefan streifte es schnell über.

Huch!?

Das Arbeitszimmer von Prins war plötzlich nur noch undeutlich zu erkennen und stark in den Hintergrund gerückt. Stefan befand sich mitten in einem Urwald. Er hörte Grillen zirpen und Insekten summen. Er roch feuchte Erde und modrige Blätter.

Seit wann konnte man Computerspiele riechen?

Dicht vor ihm umklammerte ein winziger Frosch mit seinen Saugfingern einen Stängel. Seine Augen waren riesig groß und er wirkte so lebensecht, dass Stefan die Hand ausstreckte, um ihn anzufassen. Fuck, das war eine Art Giftfrosch. Eine beißende Säure brannte auf seiner Haut. Er sah sich um. Gab es irgendwas in der Nähe, das ihn retten könnte? Eine Heilpflanze oder so? Er berührte allerlei Pflanzen. Nein, nein, ja! Die Blätter eines Farns bogen sich auseinander und Stefan sah einen großen blauen Schmetterling, der sich auf seine Hand setzte. Der brennende Schmerz verschwand.

Stefan war vollkommen verblüfft. Solche Spiele gab es nur in Science-Fiction-Filmen. Kein Wunder, dass Dexter es haben wollte. Es war keine Millionen, sondern Trillionen wert. Und er durfte es spielen!

Wieder sah er sich suchend um. Welches Ziel verfolgte dieses Spiel? War er in Gefahr? Musste er jemanden besiegen oder ging es rein ums Überleben?

Er beschloss, dem Schmetterling zu folgen, und verlor schon bald jegliches Zeitgefühl. Er wurde zum Entdeckungsreisenden. Er kraxelte über umgefallene Baumstämme, plantschte durch Wasser und pflückte – hoffentlich essbare – Beeren, während die Blutsauger seine Fußknöchel suchten und sich seine Socken rot färbten. Er kletterte in eine stinkende Fledermaushöhle und fand ein Messer, das in einer Nische versteckt war. Er schnitzte Pfeile aus Ästen und tötete eine Schlange. Er tunkte die Pfeile in Schlangengift und benutzte sie, um einen gefährlichen herumspringenden Riesenaffen auszuschalten. Er zog weiter, bis er bei einem Wasserfall einen geeigneten Unterschlupf fand. Es wurde dunkel und die Mücken kamen. Er wurde ausgesaugt und kratzte sich zu Tode.

Da erklang auf einmal die Stimme von Prins: »Wir hören auf, es ist spät. Ich will nicht, dass du morgen gähnend in der Schule sitzt.«

Stefan musste erst einmal realisieren, dass nicht der Urwald echt war, sondern das Arbeitszimmer. Noch ziemlich verstört legte er das Band ab.

Der Urwald war sofort verschwunden, nur der Geruch hing noch im Raum. Stefan schaute erstaunt an seinen Arme hinunter. Alle Mückenstiche waren weg.

Er verstand nicht, wie es funktionierte. Es war wie *virtual reality,* aber ohne Spezialkleidung oder Brille. Die Bilder schienen auch nicht von Projektionswänden zu stammen. Hatte sich das Abenteuer denn nur in seinem Kopf abgespielt? Aber das war doch unmöglich ohne Sensoren, die am Kopf befestigt waren? Es sei denn, in dem Band befand sich irgendetwas, das alle Spezialbrillen, Anzüge und Sensoren ersetzte.

Stefan hätte Prins gern gefragt, aber das ging natürlich nicht.

»Und?«, fragte Jerros Vater.

Atemberaubend, unglaublich, wahnsinnig... kein Wort reichte dafür aus.

Erst als sie mit dem Lift wieder nach oben fuhren, dachte Stefan an den Spy-guy. Er hatte vollkommen vergessen, das Gerät zu benutzen.

Am nächsten Tag musste Stefan leider wieder ganz normal zur Schule. Bevor er das Haus verließ, flüsterte Kasia ihm das Password zu. Vorläufig brauchte er es nicht. Mick fragte nicht danach und stellte auch sonst keine blöden Fragen mehr.

Dann wurde es Samstagabend.

Alfred spielte wie immer den Taxifahrer und brachte ihn zum Kino. Nach dem Film bekam Mick Hunger, also gingen sie zu einer Imbissbude. Gute Wahl! Am Tisch saßen zwei knackige Mädels. Stefan stieß Mick an und summte vielsagend eine bekannte Soap-Titelmusik.

Sie hatten Glück. Als ihre Bestellung fertig war, saßen die

Mädchen immer noch dort. Stefan kam allgemein gut an beim weiblichen Teil der Bevölkerung, und das wusste er. Seine neue Kleidung sorgte für noch mehr Selbstvertrauen, also nahm er, ohne zu zögern, Kurs auf die beiden. »Hey«, sagte er. »Ist euch doch sicher recht, wenn wir uns zu euch setzen.«

»Ich halte dich nicht davon ab«, sagte das hübschere Mädchen.

Stefan legte ihr sofort den Arm um die Taille. Normalerweise begnügten sich seine Freunde in solchen Situationen mit den weniger attraktiven Freundinnen, aber es war fraglich, ob Mick überhaupt eine Annäherung gelingen würde. Er stieß Mädchen vermutlich eher ab. Na, Hauptsache, er verdarb Stefan nicht die Chance.

Die Mädchen wollten Cola. Mick nahm mürrisch ein paar Münzen von Jerro an und ging zum Automaten, um Dosen zu holen. Als er zurückkam, war Stefan schon richtig in Schwung.

»Bjorge Prins, den kennst du doch bestimmt?«, fragte er. »Von Prince Enterprise.«

Ha, das wurde ein Volltreffer heute Abend. Die Mädchen hingen an seinen Lippen.

Dann erst achtete er auch auf Mick. Was guckte der Kerl so komisch? Als würde Stefan frittierte Würmer essen oder so. Und es wurde noch seltsamer. Mick warf seine eigenen Fritten in den Müll!

Stefan verstand die Welt nicht mehr. Was hatte er denn falsch gemacht?

Bestimmt war es wegen der Mädchen. Jerro wäre wahrscheinlich nicht auf sie zugegangen.

Mit einem Mal interessierten die beiden Stefan nicht mehr die Bohne.

»Sollen wir gehen?«, fragte er Mick.

Im Auto war Mick immer noch wortkarg und mürrisch. Als Stefan fragte, was denn los sei, murmelte er etwas Unverständliches und wandte sich demonstrativ zum Fenster.

Shit, jetzt war der schon wie Streusel. Der konnte auch so empört tun. Minutenlanges Schweigen. Mick starrte weiter nur nach draußen. Allmählich wurde Stefan sauer. Wer weiß, nachher würde der Fettsack noch überall herumtönen, Jerro benähme sich in letzter Zeit anders als sonst. Er musste sich schnell was ausdenken, sonst war seine Million in Gefahr.

Das Password!

»Ich erinnere mich übrigens wieder an das Password«, sagte Stefan.

»Ach ja?«

»Ja, Meerschweinchen. Weil Diana aus dem Film so verrückt danach ist. Ich weiß auch nicht, wie mir das entfallen konnte.« Stefan lehnte sich zurück.

»Falsch.« Micks Stimme war gepresst. »Das ist nicht das Password.«

Jerro hatte sie verarscht!

Der Sitz verwandelte sich in einen sumpfigen Morast.

»Nicht?«, brachte Stefan gerade noch hervor. »Dann verwechsle ich das bestimmt mit etwas anderem.«

Das Auto bog in eine Seitenstraße ein.

Fuck, fuck, fuck, dröhnte es in Stefans Kopf.

»Die Bosporuslaan«, sagte Alfred. »Wir sind da.«

Mick stieg aus und schaute sich nicht mehr um.

Stefan hatte große Lust, jemandem großen Schmerz zuzufügen. Jemandem, der in *seinem* Haus wohnte, in *seinem* Bett lag und Jerro hieß.

14.

Jerro hat gelogen.« Stefan warf sein Kissen gegen die Zimmerwand. »Es ist nicht Meerschweinchen!« Er schaute sich um, ob er noch etwas zum Werfen fand.

»Halt dich ein bisschen zurück, ja«, sagte Kasia. »Sonst hören sie dich noch.«

»In diesem Haus?« Er lachte verächtlich.

»Es kann immer jemand hereinkommen.« Sie hob das Kissen auf und legte es aufs Bett. »Ein wenig mehr Selbstbeherrschung kann nicht schaden. Jerro würde sich nie so gehen lassen.«

Stefan seufzte. Er hatte immer gedacht, Zwillingsbrüder hätten auch einen ähnlichen Charakter.

»Wir sorgen dafür, dass er uns morgen das richtige Password gibt«, sagte Kasia. »Bis dahin verhältst du dich Mick gegenüber möglichst normal.«

Den ganzen Sonntagmorgen wartete Stefan auf eine Einladung von Bjorge Prins. Sie kam nicht. Aber Jerros Handy klingelte.

Es war Mick. Ob er am Nachmittag vorbeikommen wollte.

Stefan zögerte. Wahrscheinlich waren Louise und Sofie auch da. Zwei zusätzliche Menschen, denen auffallen könnte, dass Jerro anders war als sonst.

»Du kannst auch zu mir kommen«, sagte Stefan.

»Ich dachte, du bist so gern bei uns.«

Mist. Noch so ein Test.

Stefan holte tief Luft. »Okay. In einer Stunde bin ich da.«

Er hoffte, sie würden Karten spielen. Keine Worte, sondern Taten. Das konnte er um einiges besser.

Er hatte Glück. Sie spielten tatsächlich Tuppen und er schlug sich ohne Probleme durch den Nachmittag. Kasia war unterdessen auch nicht faul gewesen. Als er nach Hause kam, sagte sie ihm, wie das Password richtig lauten müsste. Er simste es Mick und bekam eine Antwort: GLÜCKWUNSCH! SIE HABEN DEN HAUPTPREIS GEWONNEN!

Aber der beste Teil des Tages kam erst danach, als Prins ihn doch noch zum Spielen holte.

Es war ein anderes Spiel als beim letzten Mal. Sobald Stefan das Band um den Hals gehängt hatte, stand er auf einem verschneiten Berggipfel und ein eisiger Wind biss ihm in die Wangen. Unter ihm war ein unergründlicher Abgrund, der so naturgetreu nachgebildet war, dass Stefan Höhenangst bekam. Er schloss die Augen und konzentrierte sich auf die Liste, die er mit Kasia zusammengestellt hatte.

»Papa?«

»Ja?«, fragte Prins, der an seinem PC saß.

»Mir ist so kalt. Würdest du uns vielleicht Tee holen?«

Prins musste lachen. »So echt ist es also? Na, dann gehe ich mal schnell nach oben.« Am Aufzug drehte er sich noch kurz um. »Hast du eben Papa zu mir gesagt?«

Was war daran falsch? Prins war doch Jerros Vater?

Stefan grinste, um nichts antworten zu müssen.

Sobald er hörte, wie sich die Aufzugtüren schlossen, nahm er das Band ab. Die Schneelandschaft verschwand. Stefan steckte den Spy-guy in den Computer von Prins und startete den Download. Er zog ein paar Schubladen auf und fotografierte alle Papiere und Aufzeichnungen, die er fand.

PRINS INTERACTIVE PLAY las er mehrfach, oft stand dort auch nur die Abkürzung PIP. So hieß der Spielecomputer also!

Stefan bannte den PIP aufs Foto. Danach suchte er nach einem verborgenen Port, irgendetwas, um ein Spiel laden oder einen USB-Stick hineinstecken zu können, aber er fand nichts dergleichen.

Der Spy-guy war fertig. Er zog das kleine Gerät heraus und steckte es in seine Tasche. Nach einem kleinen Siegestanz legte er das Band erneut um und stand sofort wieder auf dem Berggipfel.

»Tee!«, rief Prins und stellte eine Thermoskanne und zwei Gläser auf seinen Schreibtisch.

Stefan seilte sich gerade über den Berghang ab. »Igitt, hier hat jemand gepinkelt«, sagte er mit einem Blick auf den gelben Fleck im Schnee.

»Vielleicht der Yeti?« Prins schraubte grinsend den Deckel von der Kanne. »Ich kann das Gelbe auch in Grau verwandeln, Hauptsache es fällt auf. Wie oft bist du schon an dieser Stelle vorbeigekommen, ohne dass du was gesehen hast?«

»Oft«, bluffte Stefan, während er herauszufinden versuchte, was ihm aufgefallen sein müsste. Weil er seine Hände für das Seil brauchte, trat er mit den Füßen gegen den Schneehaufen.

Au! Es war ein Rucksack.

»Ich wollte dich nicht schon wieder vor Hunger umkommen lassen«, sagte Prins.

Ein Rucksack mit Essen also. Es würde noch ganz schön anstrengend werden, das Ding auf seinen Rücken zu hieven, während er an dem Seil baumelte.

»Ich habe vor allem Durst.« Stefan legte das Band wieder ab, nahm seinen Tee und setzte sich in den Sessel.

Am nächsten Tag gab Stefan Kasia den Spy-guy und bekam einen neuen dafür. Auch der Speicherchip der versteckten Kamera wurde ausgetauscht.

»Dexter ist sehr zufrieden«, sagte sie. »Er will nur noch, dass du auch versuchst, in den Spielecomputer selbst zu gelangen.«

Das schien Stefan eine unmögliche Aufgabe. Zum Glück wurde es schon immer leichter, sich als Jerro auszugeben, vor allem durch Micks Haltung. Kaum hatte er ihm das richtige Password genannt, war Mick wie verwandelt. Er war nicht mehr missmutig oder misstrauisch, sondern erzählte oft witzige oder verrückte Geschichten.

Stefan musste nur ein wenig mitschwatzen. Ab und zu warf er auch selbst etwas zu einem Thema ein, von dem er viel wusste – wie Anouks Auftritt an Jerros Geburtstag. Neue Informationen, die er von Kasia bekam, konnte er in seinem MacBook nachlesen. Er bekam immer mehr das Gefühl, ihm könne nichts mehr passieren.

Er hätte es besser wissen müssen.

Gerade, wenn man am wenigsten damit rechnete, ging alles schief.

15.

Am Donnerstag war es erdrückend heiß. Nach der Schule lungerten sie lustlos in Jerros Zimmer herum, bis Mick nach Hause musste. Noch keine Viertelstunde später stand er wieder vor Stefans Nase.

»Ich muss mit dir reden«, sagte er ziemlich hektisch. »Es ist dringend.«

Ausgerechnet jetzt, da alles so gut lief. Stefan schob widerwillig sein MacBook zur Seite.

»Ich habe ein paar Dinge herausgefunden.« Mick begann zu erzählen. Von dem Krankenwagen und von Kasia. Dass er davon überzeugt sei, dass sie Jerro absichtlich mit dieser Makrele vergiftet hatte.

Stefan war verblüfft. Woher wusste der Kerl das bloß alles?

Mick redete wie ein durchgeknallter Spielautomat, aus dem statt Münzen die Wörter nur so herausrauschten. Stefan hätte sich am liebsten die Finger in die Ohren gesteckt und ganz laut zu singen angefangen. Er hatte Mick schwer unterschätzt! Ratlos fragte er sich, wie er ihn wohl stoppen könnte. Er musste dafür sorgen, dass alles, was Mick sagte, zwischen diesen vier Wänden blieb. Seine übliche Taktik – mit Kloppe drohen – war aus Jerros Sicht vermutlich eine lächerliche Idee.

Lächerlich! Das war es.

Er musste Mick das Gefühl vermitteln, nicht ganz dicht zu sein.

»Pranke und Mondkrater«, wiederholte Stefan und lachte Mick noch nicht ganz so laut aus.

»So nenne ich das Rettungswagenteam. Schließlich waren die nicht echt, weder der Fahrer noch der Sanitäter.«

»Nein, natürlich nicht.« Der Spott triefte aus Stefans Stimme.

»Ich weiß, dass es verrückt klingt«, fuhr Mick schnell fort. »Aber meiner Ansicht nach ist in diesem Rettungswagen etwas geschehen, das dich so verändert hat. Dein Gedächtnis zum Beispiel …«

Stefan fluchte insgeheim. Er war also doch aufgeflogen!

»Was ist mit meinem Gedächtnis?«, fragte er irritiert.

Jetzt fing Mick schon wieder von diesem dämlichen Password an! »Und als du nach dem Krankenhaus zum ersten Mal wieder in die Schule kamst, wusstest du nicht mehr, wo die Toiletten waren.«

Stefan wurde fuchsteufelswild. »Spionierst du mir nach, oder was?«

»Wirklich nicht«, sagte Mick schnell. »Ich habe es bloß zufällig gesehen.«

Stefan hätte ihn am liebsten aus dem Zimmer getreten. »Na, dann hast du es eben zufällig falsch gesehen. Mein Gedächtnis ist ausgezeichnet.«

Aber dann verplapperte sich dieser Fettsack. »Ach ja? Und wozu dann all diese Gedächtnisstützen auf deinem Computer?«, platzte Mick heraus.

Es war noch viel schlimmer, als Stefan gedacht hatte. Er hätte Mick nie mit dem Mac allein lassen dürfen! Er spürte die Wut durch seinen Körper rasen und sprang mit geballten Fäusten auf.

Halt dich zurück, du Idiot. Sonst weiß Mick sofort, dass er recht hat.

Stefan konnte sich gerade noch beherrschen, aber der Schweiß stand ihm auf der Stirn. »Hast du auch wieder zufällig mitbekommen, nehme ich an?«

Wunderbar. Mick bekam Angst.

Stefan kam besser mit ängstlichen als mit neugierigen Leuten zurecht. »Nun?«

»Nein, aber…« Mick wich zurück. »Ich wollte dir nur helfen.«

Aus Kriegs- und Gefängnisfilmen wusste Stefan, wie man jemanden einschüchterte. Man brachte sein Gesicht bis auf wenige Zentimeter vor das des Opfers und brüllte es an oder sprach drohend leise – bei Streusel wirkte es auch immer. Bei Mick entschied er sich für die leise Variante. »Wie würdest du es denn finden, wenn ich hinter deinem Rücken in deinen Sachen herumschnüffeln würde?«

»Ich sagte doch, es tut mir leid.«

»Und du glaubst, das reicht mir?« Stefan packte Mick am Hemdkragen. Er würde ihm so eine Angst einjagen, dass er es nie mehr wagen würde, das Wort Gedächtnis in den Mund zu nehmen.

»Was ist bloß los mit dir?«, rief Mick. »Merkst du jetzt, dass du dich verändert hast? Jerro würde mich nie bedrohen.«

Stefan hatte das Gefühl, einen Eimer mit kaltem Wasser über den Kopf zu bekommen. Er ließ den Kragen los und schaltete so schnell wie möglich wieder auf seine erste Taktik um, lächerlich machen.

»Idiot«, sagte er. »Ich *bin* Jerro.« Er wollte allein sein, damit er in Ruhe nachdenken konnte. »Und jetzt verschwinde.«

Mit hängenden Schultern ging Mick hinaus auf den Treppenabsatz. Stefan ließ sich auf das Bett fallen und boxte in sein Kopfkissen. Lieber hätte er stattdessen in den Fettsack geboxt. Es war seine Schuld, wenn Dexters Plan fehlschlug.

Schritte. Kasia konnte es nicht sein, die hörte man nie kommen.

Nee, oder? Schon wieder dieser *fucking* Mick!

»Kasia stand vorhin in der Küche und hat telefoniert«, sagte er, »und sie sprach auf einmal fehler- und akzentfrei. Nur, dass du's weißt.«

Der Himmel war pechschwarz. In der Ferne grollte der Donner. Kasia schloss die Fenster, nur für einen Augenblick, bevor das Gewitter losbrach.

»Mach nicht so ein bedrücktes Gesicht«, sagte sie. »Es ist schon besprochen. Ich weiß genau, wie wir den Stier bei den Hörnern packen.«

»Wie kannst du nur so ruhig bleiben?«, fragte Stefan. »Mick hat dich durchschaut.«

»Aber dir vertraut er noch. Sonst hätte er dich nicht vor mir gewarnt.«

Jerros Handy meldete sich.

»Eine Nachricht von Mick.« Stefan las sie vor. »Es tut mir leid, aber hörst du bitte auf mich? Du bist in Gefahr.«

Kaum hatte er das Telefon auf den Schreibtisch gelegt, erklang wieder ein Ping. Wieder Mick: ICH DENKE MIR DAS NICHT AUS.

Stefan zeigte Kasia die Nachricht und sah sie fragend an. »Wie soll ich reagieren?«

»Gar nicht«, antwortete sie.

Aber Mick war ungeduldig. Er schickte schon wieder eine Nachricht: MORGEN IN DER SCHULE DANN. WIR MÜSSEN REDEN.

»Vorläufig können wir beruhigt sein«, sagte Kasia. »Er unternimmt nichts, bevor er nicht mit dir gesprochen hat, so viel ist klar.«

»Aber was sage ich morgen?« Stefan legte seine Stirn an die Fensterscheibe. Sie war angenehm kühl. Der Regen floss am Glas hinunter und am Himmel zuckten Blitze.

Kasia lehnte sich an den Schreibtisch. »Du wirst Mick so bloßstellen, dass ihn kein Mensch mehr ernst nehmen wird, wenn er mit seinen Verdächtigungen ankommt. Er wird böse, kündigt dir die Freundschaft und verschwindet ganz von allein von der Bildfläche.«

»Und wenn er der Familie Prins erzählt, dass du fehlerfrei sprichst, bevor er aus dem Bild verschwunden ist?«

Sie dachte kurz nach. »Wir sorgen dafür, dass er deine Eltern ab sofort nicht mehr trifft. Wenn Carl ihn nicht hereinlässt, kann Mick hier im Haus keinen Schaden anrichten.«

Sie saßen im Esszimmer und Kasia servierte.

»Ich verstehe das nicht«, sagte Bjorge Prins. »Du sagst doch immer, Mick sei der beste Freund, den du je hattest?«

Stefan verschränkte die Arme. »Aber jetzt eben nicht mehr.«

»Was ist denn passiert?«, fragte Jerros Mutter.

Er will unseren Plan torpedieren, dachte Stefan. Das Geld wegnehmen, das mir zusteht. »Ist doch normal.«

»Ich finde es im Gegenteil ausgesprochen unnormal«, sagte Jerros Vater. »Soweit ich weiß, habt ihr euch doch noch nie gestritten.«

Stefan: »Jetzt aber schon.«

»Aber warum denn?« Frau Prins spießte eine Kartoffel auf. »Es muss doch etwas vorgefallen sein, weswegen du ihn auf einmal nicht mehr sehen willst?«

Stefan sah Kasia verzweifelt an. Was sollte er sich ausdenken?

»Ich will mich nicht einmischen«, sagte sie. »Aber ...«

Alle Augen waren auf sie gerichtet.

»Sag ruhig«, ermunterte Frau Prins sie.

»Mick stiehlt Spiel von Jerro«, sagte sie. »Ich denke, Jerro Mick nicht will verraten.«

Jerros Eltern starrten Stefan an.

»Stimmt das?«, fragte Frau Prins.

Stefan konnte nicht anders als nicken.

»Ich werde Carl anweisen, Mick nicht mehr hereinzulassen«, sagte Jerros Vater.

Stefan atmete auf. Vorläufig war er sicher.

»Ist dir vielleicht nach ein wenig Ablenkung?«, fragte Herr Prins nach dem Dessert.

16.

Während sich Prins in seinen iMac einloggte, unterwarf Stefan den kleinen roten Spielecomputer der x-ten Untersuchung. Er hatte immer noch nicht entdeckt, wie man ihn bediente. Den PIP öffnen, ging auch nicht, nirgendwo gab es ein Kläppchen oder Deckelchen. Wo kamen bloß der Stecker des Aufladegeräts oder Batterien rein?

»Doch keine Lust?«

Fuck, wie lange hatte Prins ihn schon beobachtet?

»Doch ja«, sagte Stefan schnell. »Welches Spiel steht heute an?«

Falsche Frage. Prins runzelte die Stirn.

»Auf dem Programm, meine ich«, probierte Stefan, sich herauszureden.

Daneben. Prins runzelte immer noch die Stirn. »Das bestimmst du doch selbst?«

»Ja, das weiß ich, nur...«

Seine Mutter hatte es mal mit Speed-Dating probiert, aber Stefan versuchte sich jetzt an Speed-Denken: Wenn er selbst bestimmen konnte, welches Spiel er spielen wollte, waren also mehrere Spiele auf dem PIP – und da er nicht wusste, wie man ein Spiel auswählte, musste er dafür sorgen, dass Prins es ihm zeigte.

»Ich hatte gehofft, du hättest wieder was Neues«, sagte Stefan.

»Being President?« Prins Gesicht entspannte sich. »Sag das doch gleich.«

Stefan legte den Spielcomputer in Prins' ausgestreckte

Hand. Gebannt schaute er zu, während er jeden Handgriff im Gedächtnis abspeicherte.

Prins wischte mit dem Zeigefinger über die Oberseite des PIP, wie über ein Mauspad oder Screen, wenn man das Bild scrollen will. Der PIP sah nicht nur aus wie eine Streichholzschachtel, sondern öffnete sich auch wie eine. Innen befand sich ein zweiter Block und in der Mitte ein USB-Port, daneben der Buchstabe M. Für MENÜ vielleicht?

Prins zog ein Kabel aus seiner Schreibtischschublade und schloss den Spielecomputer an seinem iMac an. »Der Prototyp ist gerade erst fertig«, sagte er. »Ich hoffe also, dass es funktioniert.«

Sobald das Spiel geladen war, entkoppelte Prins den PIP und berührte das M. Stefan überkam das Gefühl, in die ferne Zukunft versetzt worden zu sein: Es gab keine Monitore mehr, sondern nur noch Buchstaben. Die Namen der Spiele wurden in die Luft projiziert. *Snow Mountain, Forest Jump, See me, Being President …*

Prins berührte den letzten Namen mit dem Zeigefinger. Die Buchstaben lösten sich im Nichts auf. Er wischte über den PIP, der sich wieder wie eine Streichholzschachtel zuschob. »Hier Jerro, du kannst anfangen.«

Stefan hängte sich das Band um …

Der Gestank von Abgasen. Er befand sich in einer beidseitig von Wolkenkratzern flankierten Straße und wurde beinahe von diversen Autos mit amerikanischen Kennzeichen über den Haufen gefahren. Auch bei diesem Spiel schien die virtuelle Welt fast wirklicher als die Realität. Stefan musste sich sehr anstrengen, um sich auf seine eigentliche Aufgabe zu konzentrieren. Ob er den PIP während des Spiels würde öffnen können? Oder sich trauen würde, in Anwesenheit von Prins den Spy-guy in den USB-Port zu stecken?

Als er unverletzt den Bürgersteig erreicht hatte, wischte er unauffällig mit seinem Zeigefinger über den PIP. Der Spielecomputer öffnete sich nicht, aber das Spiel hängte sich auf.

»Jetzt schon?«, murrte Prins.

Stefan ärgerte sich. Da wusste er endlich, wo der Port des Spielecomputers war, und kam immer noch nicht dran. Er würde warten müssen, bis Prins zur Toilette ging oder Durst bekam. Es sei denn… Sollte er es wagen, noch einmal um Tee zu bitten?

Der Spy-guy brannte ihm geradezu ein Loch in die Hosentasche.

»Pap?« Stefan hatte von Kasia erfahren, dass Jerro nie »Papa« sagte.

»Hmmmm.«

»Ich würde gern wieder Tee trinken.«

Prins war mit seinem iMac beschäftigt. »Kannst du ihn eben selbst holen? Ich will erst…«

Was für eine einmalige Gelegenheit! Stefan stand schon im Aufzug, den PIP in der Hand. Sein Herz hämmerte bis in seine Ohren.

Jetzt nur noch hoffen, dass Prins keine Antidiebstahl-Schranke eingebaut hatte.

Vorläufig piepte zum Glück nichts und auch noch nicht, als Stefan aus dem Aufzug trat und über die große Diele in die Küche ging. Kasia war schon nach Hause gegangen. Er füllte den Wasserkocher und schaltete ihn ein. Dann warf er einen Kontrollblick in die Diele, aber es war niemand zu sehen. Jetzt schnell. Er schob den PIP auf und fotografierte sein Inneres. Dann steckte er den Spy-guy in den Port.

Fuck, das Lämpchen leuchtete nicht auf. Das Menü vielleicht?

Er drückte auf das M. Buchstaben sprangen in die Luft: AUFLADEN, FORMATIEREN, KOPIEREN…

Kopieren! Sobald Stefan auf das Wort zeigte, machte sich der Spy-guy an die Arbeit.

Am nächsten Morgen steckte Stefan Kasia den Spy-guy wieder heimlich zu. Danach brachte Alfred ihn zur Schule. Obwohl es noch relativ früh war, stand schon eine Menge Schüler auf dem Hof. Er seufzte. Wäre es doch bloß schon vorbei. Er versuchte, wie ein perfekter Soldat alle Gefühle auszuschalten und sich auf das Ziel zu konzentrieren, das er erreichen wollte.

Mick kam auf dem Fahrrad und hob die Hand.

Schritt eins: Verwirrung säen.

Stefan ignorierte Mick, bis der sein Fahrrad geparkt hatte. Dann stellte er Micks Rucksack auf den Boden und sagte freundlich: »Den hast du gestern vergessen. Er stand noch in der Küche.«

Mick war sichtbar erleichtert. Er bedankte sich bei ihm und hängte sich den Rucksack um. »Hast du noch mit Kasia gesprochen?«

Schritt zwei: der unerwartete Angriff.

»Wir haben uns kaputtgelacht«, sagte Stefan.

Der dicke Mick schrumpfte zusammen wie ein Luftballon. »Wieso?«

»Was dachtest du denn? Wegen deiner seltsamen Geschichten natürlich.«

Stefan zwang mühsam seine Mundwinkel in die Höhe. »Es wird wirklich Zeit, dass du dir Hilfe suchst beim Schulpsychologen oder so.« Er hoffte, dass Mick es aufgab. Je früher er das hinter sich bringen konnte, desto besser.

»Ich weiß, dass das alles merkwürdig klingt«, sagte Mick.

»Aber du kannst Kasia wirklich nicht vertrauen. Sie arbeitet mit den Leuten vom Rettungswagen zusammen.«

Stefan hasste es, dass Mick seine Pläne boykottierte, aber er verspürte auch einen gewissen Respekt. Jerro hatte einen Freund, der blindlings für ihn durchs Feuer ging. Das würden Kevin und Mark für ihn sicherlich nicht so schnell tun.

Schluss! Solche Gedanken machten einen nicht reich!

»Großfuß und Mondmännchen!«, rief Stefan über den Schulhof, sodass alle ihn hören konnten. »So heißen die gefährlichen Außerirdischen, die mich zu Hause abholen kommen.« Er zeigte mit dem Finger auf Mick. »Das behauptet er zumindest.«

Sie starrten Mick an. Sie lachten ihn aus. Er bekam rote Flecken auf den Wangen und rannte zur Schultür.

»Das kommt davon«, rief Stefan, »wenn man zu oft Science-Fiction-Filme schaut!«

Wie Mick sich umschaute …

Stefan schob das Gefühl beiseite und zwinkerte Fransje zu. »Pass bloß auf«, sagte er zu ihr. »Gleich denkt er noch, du bist eine verkleidete Echse, die Ratten und Meerschweinchen frisst.«

»Igitt!« Fransje kicherte und Mick verschwand im Gebäude.

Vorbei.

Stefan schluckte den Kloß in seinem Hals hinunter.

Teil 6
PASSWORD

You ever have that feeling where you're not sure
if you're awake or still dreaming?
(The Matrix)

1.

Nachdem er die Einkäufe bei Nel abgeliefert hatte, fuhr Nolte in erwartungsvoller Stimmung zum Campingplatz.

De Oranje Molen war ein trübseliger Ort mit einem Pool ohne Wasser, zerfallenden Toilettengebäuden mit schimmeligen Mauern und einer Kantine, deren Tür zugenagelt worden war. Auf Anweisung der Feuerwehr sollte das Gelände bald geräumt und abgeriegelt werden. Die Touristen und der Eigentümer hatten es schon längst aufgegeben, aber ein paar Hartgesottene, für die ihr Wohnwagen zur dauerhaften Wohnung geworden war, kampierten immer noch dort. Die meisten Bewohner kümmerten sich nur um sich selbst, was Nolte ausgezeichnet in den Kram passte. Er hauste in einem leer stehenden Wohnwagen, der innen nach nassem Hund roch. Eigentlich hasste er solche primitiven Umstände, aber es war nur vorübergehend und die Vorteile überwogen die Nachteile bei Weitem. Er hatte keinen ermittelbaren festen Wohnsitz, kein Mensch wusste, wo er sich aufhielt, und es gab auch kein aufmerksames Personal wie in einem Hotel. Niemand würde ihn noch aufspüren können, wenn er erst einmal auf der anderen Seite des Ozeans wäre. Er parkte den Volvo unter den Bäumen und ging das letzte Stück zu Fuß. Währenddessen dachte er daran, was Kasia ihm gesagt hatte, als er den Spy-guy bei ihr abgeholt hatte: »Ich glaube, damit sind die Informationen vollständig…«

Vielleicht hatte sie ja recht!

Nolte beschleunigte seine Schritte.

Der Wohnwagen stand im Schatten. Er sprang die Treppe hinauf und hatte es eilig hineinzukommen. Er gönnte sich nicht die Zeit, seine Jacke auszuziehen, und setzte sich gleich an den kleinen ausklappbaren Tisch.

Erst mal sehen. Der Speicherchip der Kamera. Der Spyguy, ein USB-Stick und sein iPad…

Er legte alles bereit und machte sich an die Arbeit.

Eine Stunde später griff er zufrieden nach seinem Telefon. Mehr als zufrieden sogar. Stefan hatte ausgezeichnete Arbeit geleistet. Nolte bekam fast ein wenig Gewissensbisse, weil er den Jungen zum Schweigen würde bringen müssen, aber es war unvermeidlich. Stefan konnte sich nicht ewig als Jerro ausgeben und auch nicht Knall auf Fall verschwinden. Die Familie Prins würde nicht ruhen, bis sie ihren Sohn gefunden hätte, und würde die Polizei zu einer groß angelegten Suche veranlassen. Dann würden möglicherweise auch Dinge über Nolte herauskommen. Dinge, die für immer verborgen bleiben mussten.

Nein, es ging wirklich nicht anders. Des einen Brot…

Nolte suchte in seinem Telefonbuch und rief seinen Käufer in Miami an. Snikes sagte, er würde sofort ein Ticket besorgen, damit die Übergabe noch am Wochenende stattfinden könnte.

Mit einem Lächeln schaltete Nolte das Handy aus. Übermorgen begann es. Sein Leben als reicher Mann. Es mussten nur noch ein paar Kleinigkeiten erledigt werden.

Nolte fuhr den grünen Volvo in das Viertel, in dem der rothaarige John wohnte. Er parkte den Wagen nicht vor dem Haus, sondern auf einem Platz ein paar Straßen entfernt und spazierte in aller Ruhe den ganzen Weg zurück zum Campingplatz.

Es war fast dunkel, als er sich neben den Wohnwagen setzte und eine Dose Bier öffnete. Er trank ein paar Schlucke, um seinen schlimmsten Durst zu löschen, und rief danach John an. »Grünes Licht«, war alles, was er sagte.

John und Rudie wussten genau, was von ihnen erwartet wurde. Zuerst würden sie mit dem Volvo zu dem Haus am Wolversdijk fahren und Nel und Jerro umbringen. Nolte brauchte nicht zu wissen, wie, wollte es auch lieber nicht wissen, aber er hatte den Jungs ans Herz gelegt, keine Spuren zu hinterlassen.

Mit dem Rettungswagen konnten die Leichen bequem abtransportiert werden. Rudie würde am Steuer sitzen, John im Volvo vorausfahren. Er kannte einen Ort, an dem man Leichen verschwinden lassen konnte, ohne dass sie jemals gefunden wurden, wieder etwas, das Nolte nicht zu wissen brauchte. Schließlich würden sie den Rettungswagen zum Schrottplatz bringen – Rudie hatte einen Deal mit dem Mann geschlossen, der die Presse bediente – und mit dem Volvo wieder nach Hause fahren.

Nolte zerquetschte die leere Bierdose. John und Rudie waren gute und verlässliche Jungs. Es war nur schade, dass er ihnen einen so großen Teil seines Vorschusses hatte überlassen müssen. Angeheuerte Mörder sollten nicht so gierig sein. Sie waren nur Fußvolk, das die genialen Ideen von General Nolte ausführen durfte. Also war es auch nur mehr als recht und billig, wenn sie den Rest des vereinbarten Betrags in den Wind schreiben konnten.

Er stand auf, um sich noch ein Bier aus dem Kühlschrank zu holen, und überlegte, was sonst noch gemacht werden musste. Die Möbel der Familie Post zum Sperrmüll bringen – Rudie und John. Den Mietvertrg des Hauses am Wolversdijk kündigen – eher eine Aufgabe für Kasia.

Kasia. Die musste er auch noch informieren.

In einer Hand die volle Bierdose und in der anderen das Telefon, setzte er sich wieder auf den Gartenstuhl.

»Hallo Dexter«, sagte sie gleich.

»Es ist so weit. Du weißt, was du morgen zu tun hast.« Er beendete das Gespräch und hielt sich die kühle Dose an das warme Gesicht.

Morgen würde der riskanteste Teil seines Plans durchgeführt werden. Er hatte lange darüber nachgedacht. Es war wichtig, dass Stefans Tod wie ein schicksalhafter Unfall wirkte. Wenn jemand auch nur ahnte, es könne sich um Mord handeln, wäre alle Mühe umsonst gewesen. Dann hätte er Jerro genauso gut entführen und Lösegeld verlangen können. Na ja, er verdiente jetzt natürlich um ein Vielfaches mehr, aber das war auch angemessen nach der jahrelangen Planung und Vorbereitung.

Wenn Jerro durch einen Unfall ums Leben kam, war es höchst unwahrscheinlich, dass er auf dem Tisch eines Pathologen landen würde. Und dann würde die Familie Prins auch nicht herausfinden, dass er in Wirklichkeit nicht Jerro, sondern Stefan war. Niemand würde Fragen stellen. Niemand würde auf die Idee kommen, dass es einem pfiffigen Jungen gelungen war, in den Arbeitsraum von Bjorge Prins einzudringen. Kein Verbrechen, kein Täter.

Deswegen hatte Nolte Kasia ein Tütchen mit Betäubungsmittel gegeben. John hatte gesagt, es sei geschmacklos und hinterlasse keine Spuren im Körper.

Nolte brachte seinen Gartenstuhl in Liegestellung und schaute in den dunklen Himmel, zu den schwarzen Ästen und dem sichelförmigen Mond. Er stellte sich vor, wie Alfred in der Küche der Familie Prins einen Kaffee trank. Das machte er jeden Morgen, bevor er Jerro zur Schule fuhr.

Kasia würde etwas Pulver in die dunkelbraune, bittere Flüssigkeit streuen. Die Wirkung setzte erst nach etwa zehn Minuten ein, also wenn Alfred und Stefan bereits zusammen im Auto sitzen würden. Nolte trank einen Schluck Bier.

Vielleicht würde ein Baum im Weg stehen oder ein Laternenpfahl oder etwas anderes, um das sich der Mercedes wickeln könnte. Oder Alfred würde mit seinem betäubten Kopf über Rot fahren und auf ein stehendes Fahrzeug prallen. Oder er konnte den Wagen gerade noch an den Straßenrand lenken, bevor er das Bewusstsein verlor oder einen Unfall verursachte. In diesem Fall würde Stefan aussteigen und Hilfe holen. Dabei würde er das andere Auto nicht bemerken. Das Auto, in dem Rudie und John saßen. Stefan würde überfahren werden, bevor er wusste, was geschah.

2.

Mick sah zu Jerros bleichem Gesicht hinter dem vergitterten Fenster. Am liebsten hätte er ihn hundert Dinge gleichzeitig gefragt. Ob er wusste, wer ihn gekidnappt hatte. Wann es geschehen war. Warum Alfred es nicht hatte verhindern können...

Leider war es ziemlich schwierig, sich mit einer Scheibe dazwischen zu unterhalten. Rufen traute sich Mick nicht. Die Frau, die mit Mister Sulu gesprochen hatte, könnte es hören. Daher versuchte er es mit Gebärdensprache. Er zog die Schultern hoch und hielt beide Hände in die Luft, als wolle er fühlen, ob es schon regnete. Was ist passiert?

Jerro hob die Hand – Moment! – und verschwand.

Mick hüpfte von einem Bein aufs andere.

Dann war Jerro wieder da. Er presste ein beschriebenes Stück Papier an die Scheibe.

Mick kniff die Augen zusammen, um die dicken schwarzen Filzstiftbuchstaben besser lesen zu können:

ENTFÜHRT

Ja, darauf war er auch schon selbst gekommen.

Jerro machte erneut das Zeichen für »kurz warten« und die Gardine schob sich wieder vor das Fenster. Es dauerte nicht lange, da kam er mit einem zweiten Text zurück: 1 FRAU, 3 MANN.

Mister Sulu und die Frau, dachte Mick. Und Pranke und Mondkrater wahrscheinlich, sonst würde der Rettungswagen nicht hier stehen. Sulu hatte er weggehen sehen, aber die beiden anderen Männer waren vielleicht doch im Haus. Drei Erwachsene, gegen die konnte er es im Leben nicht aufnehmen. Er sollte besser die Polizei benachrichtigen.

Jerro war wieder verschwunden. Mick tippte die Nummer ein und schaute sich unterdessen angespannt um.

»Eins, eins, zwei, Notfallzentrale«, meldete sich eine Frau. »Wen möchten Sie sprechen: Polizei, Feuerwehr oder Rettungswagen?«

»Polizei.«

»An welcher Adresse?«

Während Mick antwortete, erschien Jerro mit der dritten Botschaft am Fenster: TÜR VERSCHLOSSEN.

»Bleiben Sie bitte dran, ich verbinde Sie.«

Ein paar Sekunden, dann erklang die Stimme eines Mannes: »Wie ist die genaue Adresse dieses Notfalls?«

»Das weiß ich nicht«, sagte Mick. »Ich bin noch nie hier gewesen. Es ist ein Haus oder besser gesagt ein Bauernhof. Mit Scheunen.«

FRAU WAFFE!, meldete Jerro.

»Erzähl mir genau, was passiert ist«, sagte der Mann.

Lesen, Zuhören, Erzählen und das alles gleichzeitig. Schweißtröpfchen perlten auf Micks Stirn. Er war nicht gut in Multitasking.

»Mein Freund wurde entführt«, sagte er. »Sie haben ihn in diesem Bauernhof eingesperrt.«

»Ist er verwundet?«

»Das glaube ich nicht. Ich sehe ihn am Fenster stehen.«

RUFST DU MEINE ELTERN AN?, fragte Jerro.

Mick schüttelte den Kopf.

»Warst du bei der Entführung dabei?«, fragte der Mann.

»Nein. Ich war zufällig hier und dann hörte ich, wie mein Freund an die Scheibe klopfte.«

»Was hast du denn dort gemacht?«

»Ich bin einem Mann gefolgt.« Mick hoffte, es würde nicht allzu idiotisch klingen. »Einem der Entführer. Er ist jetzt weg, aber es sind vielleicht noch zwei Männer im Haus. Und eine Frau. Mit einer Waffe, sagt Jerro. Das ist mein Freund, der entführt wurde.«

»Ihr könnt also miteinander reden?« Der Mann wirkte jetzt weniger geduldig als zu Anfang ihres Gesprächs. »Darf ich Jerro denn auch kurz sprechen?«

»Das geht nicht«, sagte Mick. »Das Fenster ist zu und es ist ein Gitter davor. Es ist im Obergeschoss eines Hauses und ich stehe hier unten.«

»Wie kann er dann etwas zu dir sagen?«

»Er schreibt und hält die Zettel ans Fenster.«

»Aha«, sagte der Mann ziemlich spöttisch.

Mick krümmte sich. Es war wie am Morgen auf dem Schulhof. Dieser Kerl glaubte ihm nicht. Nicht mehr lange und er würde Mick durchs Telefon auslachen.

POLIZEI?, fragte Jerro nach.

Mick nickte mit dem ganzen Oberkörper.

»Wie heißt du?«, fragte der Mann.

»Mick Schipper.«

»Hör zu, Mick. Du weißt, dass es strafbar ist, zum Spaß den Notruf zu wählen?«

»Es ist kein Scherz!«, rief Mick.

Er erschrak vor seiner lauten Stimme und schlug die Hand vor den Mund.

Idiot! Gleich würden ihn die Kidnapper noch hören.

»Warum wurde uns dann keine Entführung gemeldet?«

»Woher soll ich das denn wissen?« Am liebsten hätte Mick den Mann durch den Hörer gezogen, samt einem kompletten Einsatzteam. »Jerro wurde wirklich entführt«, fuhr er leise, aber eindringlich fort. »Jerro Prins. Sie können bei seinen Eltern nachfragen.« Mick nannte Adresse und Telefonnummer.

»Bleib in der Leitung«, sagte der Mann jetzt etwas nachgiebiger.

HOL MICH HIER RAUS!, stand auf dem Papier, das gegen die Scheibe gepresst wurde. SONST… Jerro machte eine Schneidebewegung an seiner Kehle entlang.

Mick bekam Gänsehaut. Was hatte Mister Sulu noch gesagt? *Aber rechne damit, dass sie ihn heute Abend schon holen kommen.* Diese »sie« waren natürlich Pranke und Mondkrater! Mick bekam Visionen von zwei Männern, einem dunklen Wald, einem tiefen Loch und der Leiche eines Jungen.

»Die Polizei muss kommen«, drängte er. »Sie wollen Jerro umbringen!«

Es blieb viel zu lange still.

»Wahrscheinlich heute Abend schon!«, rief er.

Endlich, da war der Mann wieder. »Ich habe mit Jerros Eltern gesprochen, aber ihr Sohn ist ganz normal zu Hause.«

Hä?

»Das kann nicht sein. Sie lügen. Weil die Kidnapper gesagt haben, sie müssten die Polizei raushalten oder so.« Mick schaute am Haus hoch. »Jerro ist wirklich hier, und wenn Sie nicht bald kommen, ist es zu spät!«

»Ich habe gehört, dass Jerro und du Streit hattet, aber das hier ist nicht die richtige Art, sich zu rächen, junger Mann. Wir wissen, wer du bist, diese Geschichte wird noch Folgen haben.«

Tuuut-tuuut.

Mick starrte entgeistert auf sein Handy. Der Mann hatte aufgelegt!

UND?, fragte Jerro.

Mick schüttelte den Kopf. Schnell steckte er sein Telefon ein, bevor er es auf den Boden werfen und zertreten würde. Jerro, der wirklich nicht schnell die Selbstbeherrschung verlor, war offensichtlich auch verzweifelt. Er schlug gegen die Gardine, verschwand und kam wieder zurück, um ihm noch einmal das Blatt Papier mit dem HOL MICH HIER RAUS! zu zeigen.

Ja, aber wie?, dachte Mick. Noch einmal den Notruf wählen?

Er wünschte, er hätte wenigstens ein bisschen was von seinen Filmhelden. Die bekamen nie Bauchschmerzen und wussten immer, was zu tun war. Mick wusste nur, dass er keine Zeit verlieren durfte. Wenn Pranke und Mondkrater am Abend wirklich kamen, konnte das durchaus schon in einer Viertelstunde oder so sein …

Es gab keine andere Möglichkeit. Er musste Jerro selbst befreien.

Mick stellte sich vor, er befände sich an einem Filmset. Das alles hier war nicht echt. Ihm drohte keine Gefahr. Er würde nur schnell Jerro retten.

Die Frau hat eine Waffe, meldete sich eine Stimme in seinem Kopf.

Sie wartet bestimmt nicht mit dem Finger am Abzug gleich hinter der Tür, sagte der Filmheld.

Aber wenn sie schießt, wird das nicht mit Platzpatronen sein, antwortete die Stimme.

Ruhe jetzt!

Mick winkte, um Jerros Aufmerksamkeit auf sich zu lenken. Er zuckte die Schultern, tat so, als würde er mit einer Pistole schießen und danach mit etwas Großem, wie einem Jagdgewehr. Es dauerte einen Moment, bevor Jerro kapierte, was er von ihm wissen wollte, aber dann kam die Antwort: STROMSCHLAG. Auf ein anderes Blatt hatte er eine Art Rasierapparat gezeichnet. KNALLROSA, stand dabei und: ELEKTROSCHOCKER.

Mick nickte. Das klang auf jeden Fall weniger bedrohlich als eine Schusswaffe. Er gestikulierte, dass er versuchen wolle, ins Haus einzudringen. Jerro wünschte ihm viel Erfolg, indem er beide Daumen hob.

Filmset, dachte Mick. Klappe, die erste.

3.

Mick schlich zur Vorderseite des Hauses und schaute durchs Fenster hinein.

Das Wohnzimmer. Niemand zu sehen.

Die Haustür hatte eine Milchglasscheibe, sodass er den Flur nicht checken konnte. Er lauschte mit dem Ohr am Briefkasten. Grabesstille.

Geduckt und dicht an der Hauswand ging er weiter. Er spähte um die Hausecke zu der Stelle, wo der Volvo von Mister Sulu gestanden hatte. Das einzige Fahrzeug, das er entdecken konnte, war ein Damenfahrrad, das in einem offen stehenden Schuppen geparkt war. Keine Autos. Das ließ erneut vermuten, dass die Frau allein zu Hause war.

Mick lief weiter in Richtung Hof und gelangte zur Hintertür. Er spähte durch die kleinen Fenster. Ein verlassener Hauswirtschaftsraum mit Waschmaschine und Trockner. Auf dem gefliesten Boden stand auch noch eine Kiste mit Erfrischungsgetränken und einer Packung WC-Rollen. Der Kassenbeleg steckte noch zwischen den Flaschenhälsen.

Und vielen Dank für die Einkäufe!, hatte die Frau gerufen. Mister Sulu kümmerte sich offensichtlich darum. Der geheimnisvolle Gegenstand bei Kasia … Hatte er den auch in ihrem Auftrag abgeholt? Dann war die Frau wahrscheinlich der Kopf hinter der Entführung und Sulu nur der Laufbursche.

Na ja, vorläufig war das egal. Jetzt zählte einzig und allein, dass er irgendwie zu Jerro musste.

Mick drückte die Klinke hinunter.

Ja, offen!

Er schlüpfte hinein. Sein Herz schlug, als hätte er eine Heavy-Metal-Band in seinem Brustkasten. Die Frau konnte nur noch oben oder in der Küche sein. Oder auf dem Klo sitzen. Er hoffte Letzteres. Wer auf die Toilette ging, nahm eher selten einen Elektroschocker mit.

Die Tür, die den Hauswirtschaftsraum von der Küche trennte, stand ein Stück offen. Mick sah die Frau sofort. Sie saß mit dem Rücken zu ihm am Küchentisch. Leider konnte er nicht sehen, ob die Waffe in ihrer Nähe lag. Er scannte mit seinem Blick den Raum. Ein Schwein auf einem schwarzen Topflappen und ein Deckel in der aufgeklappten Spülmaschine. Mehr Rosa konnte er nicht entdecken.

Er wartete. Nach einiger Zeit hörte er, wie Stuhlbeine über den Boden schrappten. Sie stand auf!

Blitzschnell trat Mick zur Seite und drückte sich neben der Tür an die Wand. Die Heavy-Metal-Band setzte sofort wieder mit einer schnellen Nummer ein. Mick legte seine Hand auf die klopfende Stelle, als könne er das Geräusch dämpfen. Uff, sie kam nicht in den Hauswirtschaftsraum. Mick hörte ein Klappern und Klirren und wagte es doch noch einmal, durch den Spalt der Küchentür zu spähen. Die Frau räumte die Spülmaschine aus und…

Er keuchte vor Aufregung.

Da, auf dem Küchentisch! Das musste der Elektroschocker sein!

Mick rechnete seine Chancen aus. Konnte er es schaffen, vor der Frau bei der Waffe zu sein, wenn er sich darauf stürzte? Sie war auf nichts vorbereitet und würde bestimmt vor Schreck erstarren oder zumindest ein Weilchen brauchen, um sich von ihrer Überraschung zu erholen. Das kam ihm zugute. Leider gab es auch noch ein paar Nachteile. Er würde einen größeren Abstand überbrücken müssen als sie, und das, obwohl er nicht gerade eine Sportskanone war.

Nein, ein Ablenkungsmaöver war geschickter. Er musste die Frau irgendwie weglocken.

Sie drehte den Besteckbehälter um und die Messer, Gabeln und Löffel klirrten auf die Anrichte. Das laute Geräusch brachte Mick auf eine Idee.

Wenn die Frau im Hauswirtschaftsraum etwas hörte, würde sie bestimmt nachsehen. Aber es durfte nicht beängstigend sein, sonst nähme sie den Elektroschocker vermutlich mit. Musik, dachte Mick. *Princess Leia's Theme* schien ihm geeignet. Er nahm sein Telefon und suchte das entsprechende Stück. Abspielen … Er schubste das Handy zur anderen Seite des Raums und presste sich wieder an die Wand.

War die Musik auch laut genug?

Ja, die Tür bewegte sich! Die Frau betrat den Raum neben der Küche.

Mick war unsichtbar. Wie eine Wurst im Brötchen klemmte er zwischen Wand und Tür. Er zählte ihre Schritte. Sie blieb stehen. Er spähte um die Tür. Sie kauerte neben seinem Telefon.

Jetzt!

Er verließ sein Versteck, rannte in die Küche, knallte in seiner Eile mit dem Oberschenkel gegen den Tisch, griff nach dem Elektroschocker und … hatte ihn!

»Du verdirbst alles«, sagte die Frau.

Sie ging vor ihm die Treppe hoch. Der rosa Elektroschocker zitterte in Micks Hand.

»Du bringst Jerro in Gefahr«, fuhr sie fort. »Und dich übrigens auch.«

Was für ein Unsinn.

Sie erreichten den Treppenabsatz.

Mick nickte zu der einzigen Tür mit Schlüssel im Schloss hinüber. »Dort, nehme ich an?«

Tatsächlich, Jerro fing schon an zu rufen. »Mick, hier bin ich!«

»Mach auf!«, kommandierte Mick.

»Ich meine es ernst«, sagte sie, während sie den Schlüssel umdrehte.

»Ich auch.«

Jerro stand in der Tür. Kleiner und blasser als heute Morgen auf dem Schulhof. Eher ungläubig als froh.

»Was machen wir mit ihr?«, fragte Mick.

»Nel?« Jerro sah sich zerstreut um. Sein Blick blieb am Bett hängen, bei der Kette an den Bettstreben. »Wir fesseln sie.«

Nel. So hieß die grauhaarige Frau also.

Mick gebärdete ihr mit dem Elektroschocker, dass sie sich aufs Bett setzen solle.

»Jetzt sei nicht dumm«, sagte sie flehend. »Sonst tut Dexter dir noch was an.«

»Dexter?«, fragte Mick.

»Das ist der Mann mit der Spritze?« Jerro zitterte. »Wenn wir hierbleiben, tut er uns ganz gewiss was an.«

»Aber nein!« Ihre Stimme überschlug sich. »Der Plan ist, dass du wieder nach Hause darfst. Vielleicht heute Abend schon. Sobald du aus der Hypnose geholt wirst, erinnerst du dich an nichts mehr, was während deines Aufenthalts hier passiert ist, und deswegen kann dich Dexter in Zukunft dann auch in Ruhe lassen.«

»Wovon sprichst du?«, fragte Jerro. »Sie haben mich mit Injektionen außer Gefecht gesetzt, nicht hypnotisiert.«

Aber Nel war hundert Prozent überzeugt. »Doch! Ich hab

mit eigenen Augen auf Google gelesen, dass es so funktioniert.«

»Ein hypnotisierter Mensch macht doch ganz genau, was man ihm sagt?«

Jerro schob ihre Hosenbeine hoch, um die Fesseln um ihre Knöchel zu klicken. »Dann erklär mir mal, wozu die Fesseln und die Injektionen notwendig waren?«

Nels Gesicht spiegelte nacheinander viele Emotionen. Ungläubigkeit, Wut, Erkenntnis, Frustration. Mick hatte das Gefühl, einen Film anzuschauen, der beschleunigt abgespielt wurde. Ein Film ohne *Happy End.*

»Es tut mir leid«, murmelte sie schließlich. »Ich habe es wirklich geglaubt.«

»Wir sollten uns lieber beeilen«, sagte Mick.

Jerro nickte und ging mit ihm zur Treppe. »Fast vergessen!« Er ging zurück, um die Tür zuzusperren. »Für den Fall, dass sie den Schlüssel für die Fußfesseln bei sich hat.«

Mick ging vor.

»Wie haben meine Eltern eigentlich reagiert, als ich auf einmal verschwunden war?«, fragte Jerro.

»Keine Ahnung, ich war nicht dabei. Aber ich nehme an, dass sie von den Entführern unter Druck gesetzt wurden.« Mick schaute sich kurz um. »Wagt es nicht, die Polizei einzuschalten, sonst seht ihr euren Sohn nicht lebend wieder«, sagte er mit erhobenem Zeigefinger. Dann wurde seine drohende Stimme wieder normal. »Warum sollten deine Eltern sonst gegenüber dem Mann in der Notrufzentrale behaupten, du seist ganz normal zu Hause?«

»Haben sie denn in der Schule nicht gefragt, wo ich all die Wochen gewesen bin?«

Mick blieb so abrupt stehen, dass Jerro fast auf ihn prallte. »Wochen?«

»Ja.« Jerro seufzte. »Ich habe ein wenig den Überblick verloren, aber es war wirklich lange.«

Mick suchte Halt am Treppengeländer. Darum also … Er hatte es sich nicht eingebildet, er …

»W-wer ist dann der Junge, der bei euch im Haus wohnt?«, stammelte er.

4.

Mick suchte nach der Hausnummer. »Nicht vergessen: sieben.« Er machte eine Kopfbewegung. »Sofies Roller steht dahinten.«

Sie gingen nicht durch das Tannenwäldchen, sondern über die Straße. Das war kürzer und sie konnten immer noch unter den Bäumen Schutz suchen, falls jemand kam. Sie sprachen abwechselnd und durcheinander und schauten sich ständig um.

»Wenn du nicht nach unserem Password gefragt hättest«, sagte Jerro.

»Es war superraffiniert, ein falsches zu nennen«, sagte Mick. »Aber dass du danach doch noch das richtige angegeben hast, das war wirklich meisterhaft.«

»Ein dummer Schachzug der Entführer, meinst du wohl?« Jerro zog seine Sweatjacke zu. »Ich wusste von nichts.«

Mick lief jetzt auf der Straßenböschung. »Wir sind da.«

»Und der Junge sieht mir wirklich ähnlich?«, fragte Jerro.

»Äußerlich schon. Ich habe sogar an einen Klon gedacht.« Mick zog Sofies Helm unter dem Ast hervor und wischte ihn sauber. »Alle dachten, du seist es. Deine Eltern, Alfred und Carl, Lehrer und Schüler.«

»Nur du wurdest misstrauisch.« Jerros Stimme klang warm.

»Hier, setz auf.« Mick reichte ihm den Helm. »Ich bringe dich nach Hause, dann kannst du dein Ebenbild mit eigenen Augen betrachten.«

»Und wenn es ein außerirdisches Wesen ist?«, fragte Jerro.

»Mit bösen Absichten vermutlich?«, sagte Mick.

Sie lachten beide, aber nicht von Herzen.

»Vielleicht sollten wir doch lieber…«

Mick verstand sofort, was Jerro meinte, und nickte. »Es hat uns schon einmal gerettet.«

Der Roller sauste über den Asphalt. Sie kamen gut voran. Nur am Ende der Straße hielt Mick kurz am Straßenschild. Das Haus, in dem Jerro gefangen gehalten worden war, stand am Wolversdijk.

Er gab wieder Gas und seine Haare flatterten im Wind. Seine Augen tränten, weil er keinen Helm trug, es konnten aber auch durchaus Freudentränen sein. Der gute alte Jerro hatte ihn nicht gedemütigt und gequält und das Beste von allem: Er war wieder da!

Sie erreichten die geschlossene Ortschaft. Mick kam sonst nie in diesen Teil der Stadt und musste ein wenig nach Erinnerung fahren. Ein Bürogebäude mit auffälligen gelben Sonnenblenden erkannte er wieder. Aber ob er auf dem Hinweg auch an dieser Möbelausstellung vorbeigekommen war? Bald verlor er die Orientierung und beschloss, sich an die Schilder Richtung Zentrum zu halten.

Ein paar Kilometer weiter wusste er auf einmal, wo sie waren. Danach war es nicht mehr schwierig. Jerro legte sich mit in die Kurven, während Mick auf dem schnellsten Weg zum Stargate knatterte. Er fuhr auf den Bürgersteig und legte den Finger auf die Klingel.

»Mick?«, erklang Carls Stimme aus dem Lautsprecher. »Ich habe dir doch gesagt, dass ich dich nicht mehr reinlassen darf?«

Jerro stand jetzt neben dem Roller und nahm den Helm ab. »Wieso nicht? Jetzt mach schon auf.«

Es blieb lange still.

»Wie kommst du auf die andere Torseite? Ich habe dich gar nicht weggehen sehen.«

»Hans Klok«, antwortete Jerro. »Darf ich jetzt rein oder nicht?«

»Du schon, aber Mick nicht.«

»Er hat mir aber das Leben gerettet.«

Wieder diese Stille.

»Anweisungen deines Vaters«, sagte Carl dann.

»Wenn Mick nicht durch das Tor darf, gehe ich auch nicht.« Jerro stieß Mick an. »Siehst du Alfred irgendwo? Nein? Ich auch nicht. Dann müssen wir heute Nacht also auf der Straße herumhängen ohne Schutz und ...«

Das Stargate schob schon zur Seite. Mick gab Gas und fuhr langsam über den Kies zum Pförtnerhäuschen. Jerro rannte neben ihm her.

Carl stand schon draußen. Er war sichtlich verwirrt und fragte: »Wäre Hans Klok so freundlich, mir seinen Zaubertrick zu verraten?«

Mick stellte den Roller auf den Hauptständer. Sein Gesicht war noch angestrengt von der Fahrt.

»Weißt du noch, dass ich mit dem Krankenwagen abgeholt wurde?«, fragte Jerro.

Carl nickte.

»Ich kann mich an nichts mehr erinnern«, sagte Jerro. Er legte den Arm um Micks Schultern. »Aber er.«

Mick begann zu erzählen und Jerro ergänzte.

Nachtwächter Rikkerts hatte Carls Platz im Pförtnerhäuschen übernommen. Carl ging mit den Jungen zur Villa. Der Kies knirschte höllisch laut unter ihren Schritten. Am Himmel stand ein sichelförmiger Mond.

Carl läutete.

Kasia war schon nach Hause gegangen, Bjorge Prins öffnete selbst. »Was …«

Jerro machte einen Schritt zur Seite, sodass er im Licht der Außenbeleuchtung stand.

Sein Vater sah sich um, zur stattlichen Treppe in der großen Diele und dann wieder zu Jerro. »Du warst doch eben noch oben?«

»Carl wird dir alles erklären.« Jerro fasste Mick am Arm und sagte. »Komm mit, ich will ihn sehen.«

»Moment.« Bjorge Prins versperrte Mick den Weg.

Jerro blieb auch sofort stehen, aber er brannte vor Ungeduld.

»Geh schon vor«, sagte Mick. »Ich komme gleich nach.«

Jerro rannte in die Diele und die Treppe hinauf.

»Offensichtlich haben Sie einen Eindringling im Haus«, sagte Carl.

Auch Frau Prins kam nun zur Haustür. Sobald sie Mick sah, bekam ihr Blick etwas Abwertendes.

»Jerro hat ihn durchs Tor gelassen.« Bjorge Prins sah sich zum wiederholten Mal um. »Er ist gerade in sein Zimmer gerannt.«

»Jerro sitzt schon den ganzen Abend in seinem Zimmer«, sagte Frau Prins, als sei ihr Mann nicht ganz bei sich.

Er nickte. »Das dachte ich auch, aber …«

»Der Eindringling«, sagte Carl.

Mick hatte das Gefühl, Zuschauer in einem schlechten Theaterstück zu sein. Wer weiß, vielleicht war dieser Doppelgänger wirklich ein Außerirdischer und nagte jetzt schon Jerros Knochen ab, während sie hier kostbare Zeit vergeudeten.

»Jerro wurde entführt«, sagte Mick.

»Kommst du jetzt schon wieder mit dieser Schwachsinnsgeschichte?«, fragte Bjorge Prins verärgert. »Heute Abend rief die Poli...«

»Seit dem Tag, an dem Sie in London waren, wurde er gefangen gehalten«, fiel Mick ihm ins Wort. »Ein Junge, der ihm zum Verwechseln ähnlich sieht, hat seinen Platz eingenommen. Der Junge, der da oben in Jerros Zimmer sitzt, ist nicht Jerro.«

Jetzt schaute das Ehepaar Prins Mick an, als sei er nicht mehr ganz dicht.

Carl versuchte, die Situation mit wenigen Worten zu erklären.

»Gehen wir jetzt endlich zu Jerro hinauf?«, rief Mick ungeduldig.

5.

Jerro war zwar die Treppe hinaufgerannt, aber als er an der Tür zu seinem Zimmer stand, war er plötzlich nicht mehr sicher, ob er wirklich hineinwollte. Wie konnte ein fremder Junge ihm so ähnlich sehen, dass sogar seine Eltern keinen Unterschied bemerkten? Die einzigen Szenarien, die er sich vorstellen konnte, stammten aus Filmen – Science-Fiction-Filmen natürlich.

Schließlich siegte die Neugier. Mit zitternden Beinen trat er ein. Es war schön, wieder in sein eigenes Zimmer zu kommen mit den Comicfreunden an der Wand, dem Regal mit den Heften, dem vertrauten Schreibtisch und seinem Kingsize-Bett, AUF DEM JEMAND SASS!

Während der Fahrt auf dem Roller hatte Jerro versucht, sich eine Vorstellung zu machen, aber hierauf war er nicht vorbereitet.

Das bin ich, dachte er. In meiner eigenen Hose und meinem eigenen T-Shirt. Eigentlich sieht er mir ähnlicher als ich mir selbst.

Der Junge auf dem Bett starrte Jerro verständnislos und ziemlich giftig an. »Was machst du hier?«

Sogar seine Stimme war dieselbe!

»Das sollte ich dich wohl fragen«, sagte Jerro heiser. »Das ist mein Zimmer.«

Der Junge stand wütend auf. »Wer sagt das?«

Jetzt wurde es wirklich zu bunt!

»Jerro Prins«, antwortete Jerro kühl. »Und wer bist du?«

»Jerro Prins«, sagte der Junge. »Dieses Zimmer gehört also mir.«

»Ganz sicher nicht. Und warum hast du meine Klamotten an?«

Der Junge kam naher. »Das Gleiche könnte ich dich fragen.«

Was für ein seltsames Gespräch. Jerro begann zu zweifeln, dass er wirklich wach war. Er streckte die Hand nach dem Jungen aus. Nein, es war kein Traumbild.

»Behalt deine Pfoten bei dir«, schnauzte der Junge.

Durch die offene Tür erklang Gemurmel.

»Meine Eltern«, sagte Jerro. »Mal sehen, ob du dann immer noch so eine große Klappe hast.«

Der Junge bekam sofort den Blick eines gehetzten Tieres auf der Flucht. Dann zog er an Jerros Sweater. »Den kannst du mir gleich schon mal wiedergeben.«

»Wer sagte gerade noch was von Pfoten bei sich behalten?« Jerro schob die Hand des Jungen zur Seite und öffnete mit einem Ruck den Reißverschluss des Sweaters. »Hier, ich will das hässliche Teil sowieso nicht.«

Der Junge hatte ihn blitzschnell übergestreift. Mit unschuldigem Lächeln schaute er zur Tür. Auch Jerro drehte sich um.

Seine Eltern und Alfred. Sobald sie Jerro und den Jungen sahen, erstarrten sie.

Mick schob sich an ihnen vorbei. »Habe ich doch gesagt?«

Alfred erholte sich als Erster. »J-jerro?«

»Ja?«, sagten der Junge und Jerro gleichzeitig.

Der Kopf seines Vaters kam wieder in Bewegung. Sein Blick ging von Jerro zu dem Jungen und wieder zu Jerro. Es sah aus, als schaute er sich ein Tennismatch an.

»Du bist Jerro!«, rief er plötzlich und zeigte auf den Jungen. »Ich sehe es an deinem Pullover.«

Deswegen also ... Was war der Kerl ausgebufft!

»Er sagte, er wolle den Sweater haben«, sagte Jerro. »Also habe ich ihn ihm gegeben.«

»Ihr glaubt ihm doch nicht schon wieder, oder?«, rief der Junge. »Er denkt sich einfach etwas aus, damit ihr denkt, dass ich nicht Jerro bin.«

Jerros Eltern sahen sich verzweifelt an.

»Erkennt ihr euren eigenen Sohn denn nicht?«, rief der Junge.

Er sollte Schauspieler werden, dachte Jerro.

»Alfred, tu etwas«, sagte seine Mutter, als könnte der Leibwächter die Welt mit einem Fingerschnipsen wieder einfach und verständlich machen.

»Lasst mich mal.« Mick stellte sich zwischen die beiden Jungen. »Wie lautet das Password?«

»Rothaar«, sagte der Junge.

»Captain America«, antwortete Jerro.

»Captain America ist die richtige Antwort!«, rief Mick. »Der einzige echte Jerro Prins steht dort!«

6.

Carl stand im Flur und telefonierte mit der Polizei. Mick hörte seine Forderung, sofort ein Team zum Haus am Wolversdijk zu schicken.

Danach gingen alle ins große Esszimmer. Eine schnell herbeigetrommelte Polizistin legte Jerros Doppelgänger Handschellen um das rechte Handgelenk und befestigte die linke an einem Stuhl. So konnte er zum einen nicht abhauen und außerdem war es praktisch: Dank der Handschellen sah sofort jeder, dass er nicht Jerro war.

»Aber wer bist du dann?«, fragte die Polizistin.

Er schwieg hartnäckig.

Ein Widerling, der mich auf dem Schulhof lächerlich gemacht hat, dachte Mick sarkastisch.

»Du hast gesagt, es sei dein Sweater«, sagte Jerro. »War es auch dein Zimmer? In dem ich eingesperrt war, meine ich.«

Treffer! Mick sah, wie ein Muskel an seinem Mundwinkel zuckte.

»Ist Nel deine Mutter?«

Das Zucken verstärkte sich, aber der Junge schwieg noch immer.

Dann klingelte es.

»Kriminalpolizei«, sagte Carl, der schon von seinem Kollegen Rikkerts informiert worden war.

Er öffnete die Tür und kam mit einem Polizisten in Zivil zurück. Heijntjes war ein hochgewachsener Mann in einem schäbigen Anzug mit einem roten Fleck auf dem weißen

Hemd. »Kein Blut«, beruhigte er die Anwesenden, »Spaghettisoße.«

Frau Prins ließ Kaffee und Tee servieren.

»Das ist höchst seltsam«, sagte Heijntjes, nachdem er Jerro und den Jungen mit neugierigen Blicken bedacht hatte. »Jerro ist Ihr eigenes Kind?«, fragte er Herrn Prins. »Er ist nicht adoptiert, sodass er einen eineiigen Zwillingsbruder haben könnte?«

»Mein eigener und einziger Sohn. Ich habe seine Geburt miterlebt und es war wirklich nur ein Kind.« Prins klopfte Jerro auf den Rücken. »Wir haben uns ziemlich anstrengen müssen, um ihn zu bekommen. Weil es auf normalem Weg nicht klappte, sind wir in einer Kinderwunschklinik gewesen.«

Wieder der zuckende Muskel.

»Ich glaube, er weiß mehr«, sagte Mick und nickte zu dem Jungen hinüber.

Heijntjes Handy klingelte. Er nahm das Gespräch an, hörte zu und nickte. »Moment.« Er sah Herrn und Frau Prins fragend an. »Sind Sie damit einverstanden, dass Nel hierher gebracht wird? Vielleicht bringt sie den Jungen ja zum Reden. Je schneller wir an Informationen kommen, desto größer ist die Chance, dass wir auch die anderen Täter verhaften können.«

Jerros Eltern nickten.

»Okay. Bringt sie hierher und sorgt dafür, dass das Haus ständig observiert wird«, sagte Heijntjes in sein Telefon. »Ich bin sicher, dass die Entführer heute oder morgen dort auftauchen. Oh und die Spurensicherung soll den Rettungswagen gründlich auf den Kopf stellen.«

Ein Hausmädchen kam mit einem übervollen Tablett und erinnerte Mick plötzlich an Kasia.

»Haben Sie Kasia auch schon festgenommen?«, fragte er Heijntjes.

Frau Prins sah ihn erschrocken an. »Kasia?«

Jerro nickte. »Ja, hat Carl das nicht erzählt?«

»Sie steckt auch mit denen unter einer Decke«, sagte Mick. »Dieser Dexter, wie er laut Nel heißt, hat etwas bei ihr abgeholt und danach bin ich ihm gefolgt.«

»Das kann nicht sein.« Frau Prins griff sich an die Brust. »Kasia ist schon seit Jahren bei uns.«

»Mick hat sie akzentfrei und ohne Fehler sprechen hören«, sagte Jerro.

»Aber sie wurde komplett durchleuchtet!«

Heijntjes fragte nach ihrer Adresse und gab sie der Polizistin. »Lass sie abholen, dann kommen wir schon dahinter, wie das alles zusammenhängt. Im Augenblick bin ich vor allem an Dexter interessiert.«

»Er sieht aus wie Mister Sulu«, sagte Mick. »Von *Star Trek.*«

»Schön, das ist eine deutliche Beschreibung.« Heijntjes nahm eine Tasse Kaffee in Empfang. »Und diese anderen Entführer? Carl gab an, es handele sich um drei Männer.«

»Einer mit rötlichen Haaren und riesigen Händen und einer mit blonden Locken und so Pockennarben im Gesicht«, sagte Mick. »Sie haben Jerro mit dem Rettungswagen abgeholt.«

»Aber davon weiß ich nichts mehr.« Jerro tat, als wäre sein Finger eine Injektionsnadel, die ihm in den Nacken pikste. »Sie haben mir ein Betäubungsmittel gegeben und ich war die ganze Zeit bewusstlos.«

»Es kam also nicht durch die Makrele?«, fragte Mick.

»Ich denke nicht. Sie haben mich noch ein paar Mal weggespritzt.«

Deshalb also die fehlenden Symptome.

»Dann hat Kasia dir die Spritze gegeben«, überlegte Mick laut. »Es war niemand anderes im Haus.«

Klospülung.

Mick fischte sein Handy aus der Hostentasche.

»Mama?«, sagte er vorsichtig.

Es folgte eine Sturzflut aus Wörtern, die er gelassen über sich ergehen ließ. Sie endete mit: »Du kommst jetzt nach Hause, und zwar sofort.«

»Das geht nicht. Ich bin bei Jerro. Er war entführt worden.«

Sie sprach so laut, dass er das Telefon etwas vom Ohr weghalten musste, um nicht taub zu werden.

»Sofies Roller steht hier«, war sein Kommentar. »Und ich erzähle keinen Unsinn.«

Heijntjes machte ihm ein Zeichen: Gib mal her.

Mick reichte ihm das Handy.

»Kommissar Heijntjes hier. Ihr Sohn ist ein Held, sie dürfen stolz auf ihn sein. Er hat Jerro Prins befreit, ganz ohne Hilfe.«

Nach allen Quälereien und der Einsamkeit der letzten Zeit trafen die Worte mitten ins Herz. Mick schossen die Tränen in die Augen.

Heijntjes reichte ihm das Telefon zurück. »Sie kommt her.«

Mick schnäuzte sich in eine Serviette.

»Die Frauen heißen also Kasia und Nel«, fasste Heijntjes zusammen. »Aber die Namen der Männer kennt ihr nicht.«

»Korrekt«, sagte Mick.

Wieder klingelte es und wieder öffnete Carl. Zwei Polizisten brachten Nel herein. Sie hatte rote Augen, als hätte sie geweint. Sie sah zu Jerro und dann zu seinem Ebenbild.

»Stefan?«

Jerro konnte seine Schadenfreude nicht verbergen. »Ha, das Tierchen hat einen Namen.«

»Stefan also«, sagte Heijntjes. »Und wie noch?«

»Halt den Mund, Mama«, brummte Stefan.

Na bitte!, dachte Mick. Es war tatsächlich seine Mutter. Oder Pflegemutter. Wie konnte er sonst Jerro so ähnlich sehen?

»Es ist wirklich besser für dich und deine Mutter, wenn ihr ein Geständnis ablegt«, sagte einer der Polizisten.

Nel senkte den Kopf und nickte. »Wir hätten nie auf Dexter hören sollen.«

»Dexter?«, fragte Heijntjes. »Das war doch der Mann, der aussieht wie Mister Sulu?«

»Sulu?« Nel blies sich eine Haarsträhne aus der Stirn. »Den kenne ich nicht.«

»Ich hole mal eben mein MacBook.« Jerro rannte nach oben.

»Ist Dexter sein richtiger Name?«, fragte Heijntjes.

Nel starrte Stefan auffordernd an. Die Polizisten, die sie flankierten, sahen fragend zu Heijntjes. Er nickte, sie durften sie loslassen. Sobald sie von ihren Handschellen befreit war, ging sie zu Stefan und umarmte ihn. Als sie bemerkte, dass er am Stuhl festgebunden war, sah sie für einen Moment aus wie erstarrt. »Weißt du, ob Dexter wirklich so heißt? Sag es ruhig, Schatz. Wir sollten lieber kooperieren. Die Million kriegen wir sowieso nicht mehr. Wir stehen wieder auf Los…«

»Welche Million?«, fiel Bjorge Prins ihr ins Wort.

»Die Dexter uns geben wollte, wenn…«

Jerro kam mit dem MacBook unter dem Arm wieder herein. Er stellte das Gerät auf den Tisch und klappte es auf.

»Sind die Gedächtnisstützen noch drauf?«, fragte Mick.

Stefan wurde rot. Vor Wut, nahm Mick an.

»Ich sehe Fotos«, sagte Jerro. »Berichte von Ereignissen. Tatsächlich: Gedächtnisstützen. Ich habe die nicht aufgeschrieben.«

»Er musste auch so viel auswendig lernen«, sagte Nel. »Bis vor ein paar Wochen ist er jeden Tag zum Üben zu Dexter gegangen.«

»Wohin?«, fragte Heijntjes.

Sie nannte den Ort. »Irgendwo in einer vorübergehend angemieteten Wohnung. Vloed... Die Nummer weiß ich gerade nicht mehr.« Sie stieß Stefan an.

»Fünfundvierzig«, murmelte er.

Heijntjes gab der Polizistin ein Zeichen. »Kümmere dich um einen Durchsuchungsbeschluss.«

Jerro hatte Mister Sulu gerade gegoogelt und zeigte Nel das Foto.

Sie nickte. »Er sieht Dexter tatsächlich sehr ähnlich.«

»Gut.« Heijntjes trank seinen Kaffee aus und stellte die Tasse mit einem Knall auf die Untertasse. »Einer der Entführer sieht also aus wie Mister Sulu und nennt sich Dexter, aber wahrscheinlich ist der Name falsch.«

Es klingelte zum zigsten Mal.

Jerro zwinkerte Mick zu. »Deine Mutter, nehme ich an.«

7.

Mit leiser Stimme legte Nel ein Geständnis ab. Sie berichtete von Dexters jahrelangen Vorbereitungen. Dass alles mit Kasias Anstellung begonnen hatte. »Weil sie Sie aus der Nähe erlebte, wusste sie sehr viel über Ihre Familie. Außerdem hatte sie eine Kamera in Jerros Zimmer versteckt.«

»So konnte sie also sehen, dass ich zur Toilette ging!«, rief Mick. »Während ich im Badezimmer war, hat sie Jerro die Spritze gegeben.«

Jerro nickte. »Und weil ich auf dem Bauch lag, habe ich sie nicht kommen sehen.«

Frau Prins rührte heftig in ihrer Tasse. Das Löffelchen tickte unaufhörlich an den Rand.

Jerro sah Stefan fest an. »Wie bist du eigentlich plötzlich so krank geworden, dass sie es im Krankenhaus geglaubt haben?«

»Durch eine vergiftete Makrele.« Nel erzählte wieder weiter. Alle lauschten atemlos und Heijntjes machte sich ab und zu eine Notiz auf seinem Smartphone.

»Ich wollte Jerro nichts Böses tun«, sagte sie schließlich. »Ich glaubte wirklich, dass Dexter ihn wieder laufen lassen würde. Wenn ich gewusst hätte...«

»Hypnose.« Jerro tippte sich an die Stirn.

»Es tut mir entsetzlich leid«, flüsterte Nel mit nassen Augen. »Dexter kann ziemlich überzeugend sein.« Sie sah Jerro an, wie ein Hund sein Herrchen anschaut, wenn er ein Leckerchen zur Belohnung will.

»Mir tut es auch sehr leid«, sagte Frau Prins abweisend. »Durch Ihre Schuld hätte ich fast meinen Sohn verloren.«

Nel wurde rot bis in die grauen Haarwurzeln.

»Meine Mutter kann nichts dafür!«, rief Stefan wütend. »Erst hat sie ihre Stelle verloren. Und dann auch noch ihre Bügelarbeit. Wir konnten unsere Rechnungen nicht mehr bezahlen und die Schulden wuchsen immer höher. Trotzdem wollte sie immer noch nicht mit Dexter zusammenarbeiten. Das kam erst später, als man uns auch noch vor die Tür gesetzt hat.« Er schwieg und fuhr dann etwas ruhiger fort. »Ihr habt leicht reden. Ihr wohnt in einem Schloss und könnt kaufen, was ihr wollt. Und wir? Meine Mutter wollte nur, dass ich wieder ein Dach über dem Kopf habe und nicht verhungern muss. Darum hat sie sich auf Dexter eingelassen.«

»Warum haben Sie mich nicht einfach um Hilfe gebeten?«, fragte Herr Prins Nel. »Dann hätten Sie Jerro nicht entführen müssen.«

Stefan schnaubte. »Und wie hätte sie das machen sollen? Ihr würdet doch so jemanden wie meine Mutter nie hereinlassen – nicht einmal durchs Tor käme sie.«

Jetzt war es Herr Prins, der leicht errötete.

»Wie hat Dexter euch gefunden?«, fragte Heijntjes. »Hier am Tisch wusste doch offenbar niemand, dass Jerro einen Doppelgänger hat.«

»Der Professor wusste es.« Nel schubste Stefan an. »Das kannst du besser erzählen.«

Stefan war endlich fertig mit seinem Bericht.

Micks Ohren glühten. Was für eine Geschichte!

»A-aber dann bin ich also doch dein Vater«, stammelte Herr Prins, während er Stefan unablässig anstarrte.

Shit, so weit hatte Mick gar nicht mehr gedacht. Oder

vielleicht hatte er den Gedanken auch nur unterdrückt, weil er ihn nicht gerade angenehm fand. Ihm wäre es lieber gewesen, Stefan wäre ein Außerirdischer. Ein gefährliches Monster, das man ohne Gewissensbisse ausrotten durfte. Aber nein, er war Jerros Bruder. Noch dazu ein eineiiger Zwilling. Die waren doch immer unzertrennlich? Wenn sich der eine ein Bein brach, konnte der andere das noch tausend Kilometer entfernt spüren?

Frau Prins zupfte an ihrem Kleid. »Und ich…«

»Nel ist meine Mutter«, sagte Stefan.

»Natürlich, aber…« Sie legte ihre Hände untätig auf den Tisch.

»Sie sind tatsächlich seine biologischen Eltern.« Nel seufzte. »Ich wollte so gern ein Kind, dass ich mich nie gefragt habe, woher die Zellen kamen. Es war leicht, es zu vergessen. Stefan kam aus *meinem* Bauch.«

Frau Prins stand auf und ging zu Stefan. Sie machte Anstalten, ihm die Hände auf die Schultern zu legen, überlegte es sich dann anders und ging zum Fenster, um die Vorhänge zuzuziehen und die Nacht auszuschließen.

Mick wünschte, er könnte Nel und Stefan auch so einfach ausschließen. Von dem Moment an, als sie anfingen, sich um Jerro zu kümmern, hatte sich alles verändert und es sah leider so aus, als würde das auch so bleiben.

»Ein Arzt, der Embryozellen stiehlt«, sagte Heijntjes nachdenklich. »Das muss herauszufinden sein. Ich lasse feststellen, wer sein Zellengenosse war.«

Bjorge Prins nickte, als hätte er sehr lange gegrübelt und jetzt den Knoten gelöst. »Wir werden euch helfen«, sagte er zu Nel. »Ich weiß nicht, ob ich eine Gefängnisstrafe verhindern kann, aber ihr könnt auf uns zählen. Einverstanden, Christine?«

Frau Prins setzte sich wieder hin. Sie wirkte klein und blass. Und auch sie nickte.

»Stefan ist unser Fleisch und Blut«, fuhr Herr Prins fort. »Wir können ihn nicht einfach aus unserem Leben streichen.«

»Stefan ist ein Idiot«, sagte Jerro böse. »Er hat Mick fertiggemacht.«

Mick schwebte fast ein Stückchen über seinem Stuhl: Jerro ergriff Partei für ihn!

»Das hätte ich nicht tun dürfen«, gab Stefan widerstrebend zu. »Aber er hat immer weiter nachgebohrt und nicht aufgehört, Fragen zu stellen.«

»Logisch.« Jerro sah alle beschuldigend an. Alle außer Mick. »Er war der Einzige, der durchschaut hatte, dass Stefan nicht ich war.«

Mick schwebte mittlerweile schon ungefähr an der Decke. Jerro und er sahen sich zwar nicht ähnlich, aber in ihren Herzen waren sie sich näher, als dieser dämliche Zwillingsbruder und Jerro je werden würden.

»Du hast recht.« Frau Prins legte ihm die Hand auf den Arm. »Entschuldige, mein Schatz.«

Heijntjes bekam einen Anruf. »Zwei der Entführer wurden verhaftet. Rudie und John sind alte Bekannte der Polizei. Mit hoher Wahrscheinlichkeit haben sie Jerro mit dem Rettungswagen abgeholt.«

»Und Dexter?«, fragte Mick.

Heijntjes schüttelte den Kopf. »Niemand kennt seinen richtigen Namen und keiner weiß, wo er wohnt. Der grüne Volvo, der laut Rudie Dexter gehörte, hat ein falsches Kennzeichen. Hoffentlich finden wir Fingerabdrücke am Steuer, aber das muss erst noch untersucht werden. Vorläufig ist die Personenbeschreibung unser einziger Anhaltspunkt.«

Er nickte der Polizistin zu. »Gib so schnell wie möglich die Fahndung raus.«

Mick wäre fast in Lachen ausgebrochen. Das klang alles so unwirklich. Das war CSI, aber bei Jerro zu Hause.

»Ich kapiere es immer noch nicht ganz«, sagte Heijntjes. »Dexter hat euch eine Million versprochen, wenn ihr mitarbeiten würdet. Aber was für einen Plan verfolgte er nun eigentlich? Ich verstehe ja, dass ihr Jerro entführen wolltet, aber warum musste Stefan seinen Platz einnehmen?«

»Ich sollte Informationen über den neuen Spielecomputer sammeln«, sagte Stefan. »Und die dazugehörigen Spiele.«

»Und ich dachte, du bist Jerro.« Bjorge Prins lächelte kopfschüttelnd. »Du hast also direkt unter meiner Nase 007 gespielt?«

Er lächelte!

Mick fragte sich, ob das vielleicht die Nerven waren. Wenn man an ein und demselben Abend von der Entführung des eigenen Sohnes erfuhr und dann auch noch, dass es sich beim Täter um dessen Bruder handelte, ließ einen das bestimmt nicht kalt.

»Hast du vielleicht zufällig die Kopierfunktion des Spielecomputers benutzt?«, fragte Herr Prins.

»Na klar«, sagte Stefan. »Ich bin ja nicht blöd.«

Bjorge Prins brach in Lachen aus.

Teil 7
Wie es endete

Redbull is for pussies.
(I am number four)

Nolte stand im Toilettenraum des Bahnhofsrestaurants. Zufrieden schaute er in den Spiegel und fühlte an seinem frisch gefärbten Haar. Die hellere Farbe machte ihn jünger und passte gut zu seinen blaugrauen Augen. Die braunen Linsen, die er ein Jahr lang getragen hatte, lagen im Abfall. Sein Telefon hatte er schon beim Campingplatz in einem trüben Tümpel hinter dem Wohnwagen versenkt. Es war zwar nur eine Prepaid-SIM-Karte, aber seine Handlanger kannten die Nummer und er wollte definitiv jeden Kontakt abbrechen. Er zog eine Brille aus der Tasche und setzte sie sich auf die Nase.

Leb wohl, Dexter – hallo, Nolte.

Jetzt sah er wieder so aus wie der Mann auf dem Foto in seinem Pass.

Seine Uhr piepte. Er musste sich beeilen. Der Zug zum Flughafen fuhr in wenigen Minuten.

Heijntjes saß an seinem Schreibtisch und versuchte, einen Senffleck mit ein wenig Spucke von seiner Manschette zu entfernen.

»Hartnäckiger Fall?«, fragte Hauptkommissarin Prem.

»Ach, wird schon rausgehen in der Wäsche.«

Sie hatte Humor und lachte über seinen Scherz. »Ich meine natürlich die Entführung unseres Milliardärssohns.«

Heijntjes legte die Hand auf die problematische Akte. »Wir haben es geschafft, den Professor in den Archiven aufzuspüren, aber er hat immer allein in der Zelle gesessen.

Wo und wann er Dexter sonst getroffen hat? Ich habe nicht die geringste Ahnung. Und wir können den Professor auch nicht mehr selbst fragen – er ist seit Jahren tot.«

»Hat die Hausdurchsuchung eigentlich noch etwas ergeben?«, fragte Prem.

»Wenig. Nur einen verschmutzten Zettel, der vermutlich aus Versehen unter das Sofa gerutscht war.« Heijntjes zog eine Kopie des Zettels aus der Akte:

SEHR GEEHRTE KUNDEN,

LEIDER MUSS ICH AB SOFORT MEINE WASCH- UND BÜGELTÄTIGKEITEN AUS PRIVATEN GRÜNDEN EINSTELLEN. ICH WÄRE IHNEN SEHR VERBUNDEN, WENN SIE DIES RESPEKTIERTEN UND MICH NICHT MEHR DARAUF ANSPRECHEN. VIELEN DANK FÜR DAS VERTRAUEN, DAS SIE MIR ENTGEGENGEBRACHT HABEN.

NEL POST

»Es sieht so aus, als hätte Dexter dafür gesorgt, dass Nel Einkommen und Haus verliert, damit es ihr sehr schwerfallen würde, sein Angebot auszuschlagen.«

Prem gab ein saugendes Geräusch von sich. »Fingerabdrücke?«

»Jede Menge. Auf dem Lenkrad im Volvo und in der angemieteten Wohnung.«

Heijntjes fuhr sich durch die Haare und seufzte. »Leider ist der Besitzer nicht in unserer Datenbank.«

»Er hat also zuvor kein Verbrechen begangen oder ist noch nie gefasst worden«, grübelte Prem laut.

Heijntjes schlug die Akte zu. »Ich fürchte, er kommt auch diesmal davon.«

Nolte verließ sein Hotel in Miami Beach.

Blauer Himmel, strahlender Sonnenschein und Urlaubsgefühl. Und das Schönste war, dass dieser Urlaub nie mehr enden würde.

Er kam an einem gelb getünchten Appartementkomplex mit Pool vorbei. In den Stühlen saßen Senioren mit Gesichtern wie Straßenkarten, so faltig waren sie, und ein Mädchen mit Kopfhörern. Er überquerte die breite Allee und sah eine lebensgroße, aufblasbare Palme. Dort musste es sein.

Er drückte die Tür zum Club Palmeria auf. In Florida liefen generell alle Klimaanlagen auf der höchsten Stufe. Blöde Angewohnheit. Für Nolte war es, als käme er aus einem Backofen in einen Tiefkühlschrank. Er bekam Gänsehaut auf den Armen, stellte seine Tasche ab und zog seine Jacke über. Inzwischen konnten sich die Augen an das dämmrige Licht gewöhnen.

Ganz hinten hob ein Mann einen Arm.

Snikes, sein Käufer.

Nolte grüßte zurück und ging auf ihn zu. Sie tauschten einen kräftigen Händedruck.

»How are you?«, fragte Snikes und wies einladend auf den Stuhl gegenüber.

»Fine, how are you?« Nolte setzte sich.

Snikes hielt sein Glas in die Höhe. Sah aus wie ein Energydrink. »Auch etwas?«

»Ein Glas Champagner«, antwortete Nolte. »Wir haben schließlich etwas zu feiern.«

Snikes gab dem Mädchen hinter der Theke ein Zeichen.

Nolte legte seine Aktentasche auf den Tisch und schob sie zu Snikes hinüber. »Hier ist alles drin.«

Snikes hob nochmals die Hand. Von der dunklen Seitenwand auf der anderen Seite der Bar löste sich ein Mann. Noch ziemlich jung. Nolte tippte darauf, dass es sich um irgendein Computergenie handelte, auch wenn er nicht wie der stereotype Nerd aussah.

»Leon checkt die Ware an einem sicheren Ort«, sagte Snikes. Nolte musste kurz schlucken, als seine Aktentasche mit Leon in einem Nebenraum verschwand. Er verlor seine Lebensversicherung nicht so gern aus dem Auge.

»Keine Sorge.« Snikes lachte und hielt sein Glas wieder hoch. »Bestimmt ist alles in Ordnung und dann überweise ich dir das Geld. Lass uns schon mal auf unseren Erfolg anstoßen.«

Nolte nahm sein Glas. »Prost.«

Auf dich, Professor, sagte er in Gedanken. Ohne dich säße ich jetzt nicht hier. Dann würde ich noch immer im Gefängnis arbeiten und meinen Karren mit Süßigkeiten und anderem Kleinkram durch den Bau schieben.

Die Champagnerperlchen kribbelten angenehm auf seiner Zunge.

Kaum hatte er sein Glas abgestellt, kam Leon wieder herein. »Da stimmt etwas nicht.«

»Das kann nicht sein.« Nolte stand auf. »Ich bin sicher, dass alles drauf ist.«

»Hoffen wir, dass du recht hast.« Snikes lachte nicht mehr und folgte Leon.

Beklommen betrat Nolte ein blütenweißes Büro. Auf dem Schreibtisch lag sein iPad. Knallrote Riesenbuchstaben tanzten boshaft über den Bildschirm. Trotz der Klimaanlage brach Nolte der Angstschweiß aus allen Poren und er glaubte zu ersticken, als er las, was dort stand: GAME OVER.

Mirjam Mous

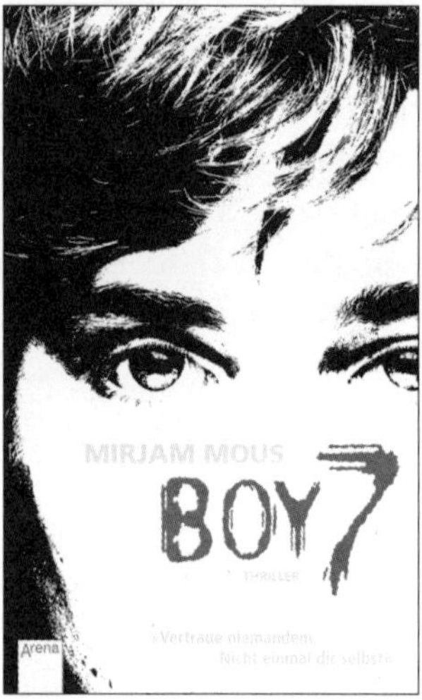

Boy 7

» Vertraue niemandem. Nicht einmal dir selbst «

Boy 7 kommt auf einer glühend heißen, kahlen Grasebene zu sich und weiß weder, wohin er unterwegs ist, noch, woher er kommt. Er weiß nicht einmal mehr, wie er heißt. Die einzige Nachricht auf seiner Mailbox stammt von ihm selbst: »Was auch passiert, ruf auf keinen Fall die Polizei.« Wer ist er? Wie ist er hierher geraten? Und wem kann er noch vertrauen?

Mirjam Mous

Data Leaks

Wer macht die Wahrheit?

Der siebzehnjährige Holden und seine Schwester Prissy leben in Paradise – einer Stadt, in der es keine Armut, keine Umweltverschmutzung und keine Verbrechen gibt. Während Prissy mit ihren Freundinnen im Camchat abhängt und per ID-Armband auf Shopping-Tour geht, rebelliert Holden gegen die starren Regeln der Gesellschaft. Heimlich streift er durch abgesperrte Naturreservate und schmuggelt von dort verbotene Gegenstände in die Stadt – bis er ins Visier der Ordnungskräfte gerät. Sie wissen alles über seine Streifzüge und sperren ihn als Straftäter ins berüchtigte Cliffton Institut. Als Holden abgeführt wird, gerät Prissys heile Welt ins Wanken ...

408 Seiten • Klappenbroschur • ISBN 978-3-401-51235-8
Auch als E-Book erhältlich • www.arena-verlag.de

Mirjam Mous

Room 27
Zur falschen Zeit am falschen Ort

Fin sitzt in einer Zelle in einem spanischen Gefängnis, weil man ihm vorwirft, eine Frau ermordet zu haben. Nur Valerie kann ihm helfen, seine Unschuld zu beweisen. Seit ihrer gemeinsamen Reise durch Spanien, denkt Fin nur noch an sie. Aber Valerie ist verschwunden und die Polizei findet immer mehr Beweise für Fins angebliche Tat. Allmählich wird ihm klar, dass Val nicht die ist, für die er sie bisher gehalten hat.

Arena

www.arena-verlag.de

248 Seiten • Kartoniert
ISBN 978-3-401-50884-9